KB252287

최고의 삶을 말하다

오프라 윈프리

OPRAH WINFREY

오프라 윈프리
최고의
삶을
말하다
OPRAH WINFREY
헬렌 S. 가르손 지음 | 김지애 옮김
이코노믹북스

옮긴이에 대해서

김지애

덕성여대 서반아어과 및 홍익대 예술학과를 졸업했다. 바르셀로나 대학 부설의 어학 및 문화 과정을 비롯해 마드리드 미술·골동품 학교의 미술품 감정 과정을 수료했다. 현재는 번역에이전시 엔터스코리아에서 출판기획 및 전문번역가로 활동하고 있다. 옮긴 책으로는 〈워킹맘 성공 바이블〉, 〈끔찍한 직장의 세 가지 징후〉, 〈여성은 왜 쇼핑을 하는가〉, 〈럭스플로전〉, 〈예술의 노예〉, 〈여성이 세상을 지배한다면〉, 〈아이들을 위한 고고학〉 외 다수가 있다.

오프라 윈프리 최고의 삶을 말하다

초판 1쇄 인쇄일 | 2009년 1월 10일
초판 3쇄 발행일 | 2010년 10월 10일

지은이 | 헬렌 S. 가르손
발행인 | 유창언
편 집 | 이민영
발행처 | 이코노믹북스
출판등록 | 1994년 6월 9일
등록번호 | 제10-991호

주소 | 서울시 마포구 서교동 377-13 성은빌딩 301호
전화 | 335-7353~4
팩스 | 325-4305
e-mail | pub95@hanmail.net / pub95@naver.com

ISBN 978-89-5775-127-5 03840

값 11,000원

※ 파본은 본사나 구입하신 서점에서 교환해 드립니다.

　　오프라 윈프리를 모르는 이는 거의 없으리라 생각한다. 전세계 수
백만의 사람들에게 오프라는 성공한 토크쇼 진행자로 평가받는다. 이
책은 가난뱅이에서 부자로 다시 태어난 오프라의 이야기를 전한다. 미
디어에서는 세계적인 여성 오프라에 관해 끊임없는 정보를 제공하지만
이 책에서는 거짓되고 과장된 이야기는 접어둔 채 솔직하고 현실적인
인간·오프라를 만날 수 있다. 철저한 인물 분석을 통해 현실적이면서도
친근한 그녀의 진면목을 소개한다.

　　미시시피의 어린 시절부터 놀라운 성공을 이룬 현재의 위치에 이르
기까지 복잡하고, 이따금씩은 모순적인 그녀의 삶이 이 책을 통해 독자
들에게 전달될 것이다. 통찰력 있는 이 책은 오프라에게 개인적으로 또
는 전문적으로 지대한 영향을 주었던 중요한 사람들이나 사건들을 자
세히 들려준다. 오프라와 가까운 이들을 비롯해 일반적인 대중에게 미

친 그녀의 무한한 영향력, 다시 말해 문학적이고 정치적인 영향력을 파헤친다. 특히 정신적 · 육체적 건강 문제와 관련한 그녀의 솔직함은 그대로 독자에게 전달된다.

또한 이 책은 사실을 강조하면서도 흥미로운 읽을거리가 될 수 있도록 심혈을 기울였으며 주인공의 탄생부터 어린 시절, 10대, 그리고 성인이 되기까지 일생을 자세하게 기술했다. 가정사와 교육 배경, 개인적이고 전문적인 영향력에 대해서도 빈틈없이 소개할 뿐만 아니라 그녀의 노력과 성과, 업적에 대해서도 자세히 분석했다. 오프라 윈프리의 어록에서는 그녀가 평소에 자주 하는 말들을 통해 그녀의 생각이나 인생관을 알 수 있도록 광범위하게 자료를 수집해 수록했다. 그리고 버락 오바마가 미국 대통령이 되기 한참 전인 2004년에 오프라가 순수하고 열정이 넘치며 아내와 아이들을 사랑하는 가정적인 오바마를 인터뷰한 내용은 한마디로 감동적이다. 왜 그가 최초의 미국 흑인 대통령이 되었는지 오프라 윈프리의 인터뷰를 통해 잘 드러난다. 또한 왜 오프라가 오바마의 선거 운동에 동참했는지도 알 수 있다.

오프라의 연표는 가장 의미 있는 사건들을 정리했다.

| 차 례 |

서 문   5

■제1장　인생은 여행이다   9

■제2장　텔레비전 토크쇼의 여왕   69

■제3장　좋은 책의 전도사 오프라   111

■제4장　인생의 소중한 친구들   131

■제5장　음식과 체중, 그리고 운동   181

■제6장　모든 여성들이 선택한 잡지 〈O〉   231

■제7장　미래를 향하여   255

오프라 윈프리의 어록   261

오프라 윈프리가 만난 사람 - 버락 오바마   289

오프라 윈프리 연표   315

옮긴이 후기   319

Oprah Winfrey

인생은 여행이다

미국 역사상 궁핍한 주로 손꼽히는 미시시피는 인접한 남부의 다른 주들에 비해 인종 문제와 관련된 정치 뉴스를 많이 만들어내는 곳이다. 20세기 평등권 운동의 중심지 역할을 했음에도 흑인과 백인의 통합문제에 있어서는 신속하게 받아들여지지 않았기 때문이다. 이곳은 인종 관계와 법률에서 나타난 다양한 변화를 수용하지 않는 분위기를 풍긴다.

미시시피 주는 세계적으로 명성을 누리는 흑인 엔터테이너이며 미국뿐만 아니라 전세계에서 가장 부유한 여성이자 자선, 교육, 사회 분야의 놀라운 업적들로 커다란 존경을 받는 스타 오프라 윈프리의 고향이다. 또한 음악 역사를 만들고, 죽은 뒤에도 신비로운 존재로 남아 있는 연예계의 또 다른 우상 엘비스 프레슬리가 태어난 곳이기도 하다.

비록 이곳의 문화생활에 대해서는 잘 알려진 바가 없지만 미국의 대문호 윌리엄 포크너와 유도라 웰티, 리처드 라이트의 고향도 미시시피이다. 20세기에는 대부분의 많은 작가들이 조지아나, 루이지애나, 테네시, 앨라배마, 그리고 버지니아 같은 남부에서 창의성을 꽃피웠다. 예를 들어 로버트 펜 워렌, 트루먼 카포트, 워커 퍼시 같은 소설가이자 수필가들, 문학평론가이며 소설가인 앨런 테이트, 시인 랭스턴 휴즈, 시인이자 전기 작가이며 오프라의 절친한 친구이기도 한 마야 안젤루, 오프라가 가장 좋아하는 소설 〈그들의 눈은 신을 보고 있었다 Their Eyes Were Watching God〉를 쓴 작가 조라 닐 허스튼, 카포트의 유년 시절 친구이자 오프라의 또 다른 애장서인 〈앵무새 죽이기 To Kill a Mockingbird〉의 저자 하퍼 리 역시 바로 이곳 남부 출신이다. 오프라는 종종 성장기 때 커다란 영향을 받았던 책에 대해 이야기를 하곤 한다. 그녀가 읽은 책 대부분은 이렇듯 훌륭한 남부의 작가들, 즉 전통성과 현대성을 두루 갖춘 시인과 문학평론가, 소설가, 극작가, 수필가들의 작품이었다.

남부는 다양한 종류의 음악이 탄생한 곳으로도 유명한 곳이다. 그 중에 가장 친숙한 음악이 바로 재즈와 컨트리 음악이다. 남부에서 가장 유명한 음악의 고장 뉴올리언스에 대해 이야기할 때 사람들은 재즈를 만든 많은 음악가와 피아노, 색소폰, 클라리넷 연주자, 드러머들을 떠올린다. 하지만 그런 이들은 대부분 흑인인데다 인종 차별 시대에 살았기에 그들의 이름은 역사와 함께 잊혀져 갔다.

남부는 재즈와 컨트리 음악 외에 가스펠 음악이 태어난 곳이기도 하다. 비록 많이 변형되기는 했지만 가스펠 음악은 마운틴 뮤직 mountain music과 재즈의 초기 배경을 제공했다. 대부분 미국인에게 친숙한 컨트리 발라드는 가스펠 음악에서 유래한 것이다. 비록 가스펠과 컨트리 음악 모두 남부 전역에서 불리고 연주되었지만 이러한 음악 형태는 특히 테네시 주의 내슈빌과 떼려야 뗄 수 없는 관계다. 내슈빌은 훗날 포부 있는 예술가들을 대거 끌어들인 도시이다.

　이런 작은 마을에서 성장한 어린이들은 매주 교회에 나가 예배를 드리고 더불어 가스펠 음악을 듣고 부르는 것이 몸에 밴다. 이러한 영향은 심지어 다른 곳으로 이주하더라도 그들의 삶에 깊숙이 박혀 있다. 미시시피 출신의 엘비스를 비롯해 오프라가 그러한 영향에 대한 산증인이다. 어릴 적의 성장 환경 덕분에 오프라는 이후 어느 곳에 살든지 음악적 취향만은 변함이 없었다. 그녀는 종교와 음악이 결합되어 치유 효과를 준다는 가스펠 음악을 최고로 꼽는다. 오프라에게 가스펠 음악은 신앙과 희망, 치유 그 자체다. 그녀는 불행하거나 무서운 일들이 벌어질 때면 으레 가스펠 음악을 듣는다고 한다. 2001년 9월 11일 비극적인 사건이 터졌을 때도 그랬다.

　오프라 윈프리는 미시시피 주의 폴란드 장군 타데우스 코지어스코 Thaddeus Kosciusko의 이름을 딴 '코지어스코'라는 작은 마을에서 태어났다. 코지어스코는 미시시피의 주도인 잭슨에서 북쪽으로 약 113킬로미터 거리에 위치해 있으며 이 두 도시는 비슷한 점이라고는 찾아보기 어렵다. 코지어스코는 다른 작은 농업 도시들과 별반 다르지 않다. 하지만 초창기에는 내슈빌로 가는 주요 경로 역할을 하기도 했다. 사람들은 물품을 수송할 일이 있을 때마다 미시시피 강을 이용했지만, 당시의 원시적인 항해술로는 쉽지 않은 일이었다. 차선책은 나체즈에서 내슈빌로 가는 육로였는데, 이것이 나중에 '나체즈 길'로 알려졌다. 코지어스코에서는 해마다 4월이 되면 나체즈 길 축제를 열어 과거의 역사를 기념한다. 같은 경로에 있던 다른 도시들과 달리 빠른 발전을 이루는 데는 실패했지만 말이다. 다른 도시들은 인구 밀도도 높아지고 유명해졌지만 코지어스코만은 예외였다.

하천 지역에 자리한 코지어스코는 비가 자주 내린다. 기후는 덥고 습하며 소나무와 화목(花木)이 많다. 20세기 중반 오프라가 태어났을 때 이곳은 100년 전이나 200년 전과 다름없이 일거리가 거의 없었다. 사람들은 기껏해야 소규모 농장을 운영해서 수입 대부분을 얻을 뿐이었다. 미시시피 주는 오늘날에도 절반 이상이 여전히 농업 도시로, 인구의 36퍼센트가 아프리카계 미국인이다. 이는 다른 어떤 주보다도 높은 비율이다.

1954년 오프라가 태어났을 당시에는 그나마 존재하던 산업마저 거의 자취를 감춰 일자리가 부족해졌다. 그래서 젊은이들, 특히 편견과 가난의 희생자였던 젊은 흑인들은 생계를 위해 가능하면 고향을 떠났다. 노예로 살았던 오프라의 선조 때부터 그녀의 조부모와 어머니, 그리고 그녀의 어린 시절까지 미시시피의 경제 상황은 그야말로 바닥에서 헤어 나오지 못했다. 몇몇 위대한 인물이 그곳에서 태어났다고 해도 사정은 별반 다르지 않았을지도 모른다.

만일 오프라의 말투와 행동은 물론이고 그녀가 이야기하는 것에 주의를 기울이지 않으면 그녀가 남부인의 피를 이어받았다는 사실을 간과하기 쉽다. 그녀는 그리 유쾌하지 않았던 밀워키에서의 짧은 시간을 제외하고는 남부의 두 지역 미시시피와 테네시에서 유년기와 10대, 그리고 20대 초반을 보냈다.

오프라는 테네시에서 고등학교와 대학교를 다녔고, 테네시를 떠난 후에 남부 도시인 볼티모어에서 일했다. 그녀는 자신이 어린 시절의 환경에 거의 영향을 받지 않았다고 주장한다. 비록 시간이 흐르는 동안 미시시피 할머니에 대해 자주 이야기하면서 과거와 화해했음에도 말이다. 그리고 자신이 살았던 남부의 마을이나 도시를 고향으로 여기며 그리워해 본 적도 없다. 대부분의 남부인과 달리 오프라는 어린 시절을 보낸 남부를 떠난 이후로 아주 가끔씩만 그곳을 찾았을 뿐 두 번 다시 정착하지 않았다.

남부의 많은 예술가들은 불행한 유년기의 기억을 등지고 다른 지역으로 떠났지만, 그럼에도 남부에 집을 그대로 가지고 있거나 연고를 유지하기 위해 자주 그곳을 찾아갔다. 미시시피 출신 작가 웰티는 뉴욕에서의 짧은 삶을 뒤로 하고 유년기를 보낸 고향집으로 돌아가 정착했다. 단지 어린 시절 짧은 기간 앨라배마에서 보냈으니 자신을 뉴요커라고 선언했던 소설가 트루먼 카포트조차 먼로빌과 뉴올리언스로 돌아가고 싶은 충동을 자주 경험했다고 한다. 그의 작품은 대부분이 철저하게 남부적이다. 작품에서 오프라의 절친한 친구 마야 안젤루와 다른 이들이 '소름끼치도록 비극적'이라고 묘사했던 남부의 배경이 등장한다. 카포트는 항상 남부의 세계를 다시 방문해야 할 필요성을 느꼈다. 그리고 자신을 항상 남부인이라 생각했던 마야 안젤루도 미국의 여러 지역에서 살았지만 결국에는 노스캐롤라이나에 정착했다.

반면에 카포트나 안젤루보다 남부에서 더 많은 시간을 보냈던 오프라는 아예 남부에 등을 돌려 버렸다. 심지어는 30세에 시카고로 이주했을 때 비로소 자신의 고향을 발견했다고 여러 차례 말하기도 했다.

물론 우리는 그녀의 말을 인정해야 한다. 그러나 오프라라는 한 사람을 주의 깊게 관찰하면 그녀의 성격과 인격의 일부에 남부인의 뿌리가 있다는 것을 인정하지 않을 수 없다. 가스펠 음악에서 받은 영향과 그 음악에 대한 열정뿐 아니라 그녀의 본성에 강하게 자리잡은 영적인 면, 남부 소설에 대한 강한 애착과 심지어 남부 요리에 대한 사랑이 이를 잘 설명해 준다.

오프라는 항상 자신의 성공은 외할머니 해티 매 리Hattie Mae Lee와 아버지 버논 윈프리Vernon Winfrey 덕분이라고 말한다. 어린 시절과 관련한 그녀의 기억은 기쁨보다는 고통과 슬픔이 더 많았다. 그녀는 때때로 자신이 과거의 상처들을 극복해냈다고 주장하기도 하지만, 어린 시절의 특정 시기를 이야기할 때 그녀를 보면 그때의 상처가 아직 치료되지 않았다는 것을 짐작할 수 있다.

오프라에게 벌어진 일련의 사고들은 그녀가 받은 유산의 일부였다. 그녀는 젊은 두 남녀 사이에서 사생아로 태어났다. 당시 열여덟 살 나이에 문란한 생활을 하던 그녀의 어머니 버니타 리Vernita Lee는 2주 동안의 휴가를 즐기던 버논 윈프리라는 군인이 자신을 임신시켰다고 주장했다. 하지만 그녀는 때때로 아이 아버지가 누구인지 확실하지 않다며 말을 번복했다. 버논 윈프리는 타블로이드판 신문 기자와의 인터뷰에서 당시 자신은 군대에 있었으니 오프라의 아버지일 리가 없다고 고백했다. 하지만 군인에게도 휴가라는 것이 있지 않은가? 버논 윈프리가 그 시기에 휴가 중이었다는 사실은 이미 여러 차례 보도된 바 있다. 한편, 버니타는 최근 들어 오프라의 친아버지가 될 수 있는 유일한 사람은 버논뿐이라며 자신의 이야기를 또 한 번 강조했다. 당시 스무 살의 버논은 앨라배마에 있는 럭커 훈련소에 배치된 군인이었다. 버니타는 아이가 태어날 때까지 버논에게 임신 사실을 알리지 않았다. 그리고 아기가 태어나자 비로소 버논에게 출생 기사가 실린 신문과 함께 아기에게 입힐 옷을 부쳐달라는 내용의 서신을 보냈다.

오늘날 알려진 오프라라는 이름 역시 버니타의 임신과 마찬가지로 사고로 만들어진 것이다. 오프라의 가족 누구도 그들이 성서 룻기에서 선택한 이름 '오르바Orpah'의 철자를 정확히 쓸 줄 몰랐다. 출생증명서에 이름을 올리긴 했지만 그 이름을 제대로 발음할 줄 아는 가족도 없었다. 그러다가 p와 r의 철자가 뒤바뀌는 오류가 발생한 것이다. 공식적인 문서에서는 '오르바'라고 씌어 있지만, 그 이름은 어느 곳에서도 사용되지 않는다. 대신 그녀는 오늘날 우리가 알고 있는 '오프라'라는 이름으로 널리 불린다.

버니타는 농장 집에서 출산한 후, 어머니 해티 매에게 아기를 남겨두고 떠났다. 오프라의 외할아버지 이어리스 리Earless Lee는 오프라에게 조금도 관심이 없었다. 그녀의 어린 시절 대부분을 함께한 사람은 외할머니였다. 흑인과 백인을 막론하고 몇몇 유명인사들 가운데 그런 경험을 한 사람은 비단 오프라만이 아니다. 클린턴 전 대통령과 티퍼 고어, 클래런스 토머스 판사도 어린 시절 같은 경험을 했다. 오프라는 여섯 살 때까지 미시시피 델타 지역에 있는 외할머니의 작은 농장에 머물렀다.

그러다가 어머니가 사는 위스콘신 주의 밀워키로 갔다. 오프라가 미시시피를 떠난 이유를 두고 상반된 이야기가 전해진다. 버니타가 딸을 보내라고 했다는 이야기도 있고, 오프라의 외할머니가 어린 아이를 돌보는 일이 힘에 부쳐서 보냈다는 이야기도 있다. 또 외할머니가 병이 났기 때문이라는 이야기도 있다. 그러나 어쨌든 오프라가 미시시피를 떠난 이유가 무엇이었든지 간에 친구들이나 친척들은 해티 매가 첫 손녀딸에게 쏟은 사랑만큼은 의심할 여지가 없다고 말한다.

농장에서의 삶은 단순했다. 집에 세탁기가 없어서 외할머니는 방충망이 처진 베란다에서 커다란 철제 냄비에 옷을 삶았다. 물은 우물에서 길어 와야 했다. 실내 화장실도 없어서 옥외 변소를 사용해야 했다. 오프라의 일과 중에 하나는 매일 아침 배설물이 담긴 항아리를 비우는 것이었다. 오프라는 어린 시절을 자세하게 떠올리면서 농담 반 진담 반으로 옥외 변소에서 시어스Sears(미국의 거대 통신 판매 회사-옮긴이) 카탈로그를 휴지 대용으로 사용했다고 말했다. 그녀는 어려서부터 소와 돼지, 닭을 돌보곤 했다. 그녀에게 자기 방은 물론이거니와 자기만의 침대도 없었기에 외할머니의 깃털 침대에서 함께 잘 수밖에 없었다. 가끔은 밤중에 외할아버지가 나타나 자신과 외할머니에게 잔인한 짓을 저지를지도 모른다고 생각하며 겁에 질린 채 깨어 있기도 했다.

그녀가 네 살이었던 어느 날 밤에 실제로 그런 사건이 벌어졌다. 통제 불능의 외할아버지가 그들의 침실로 들어오자 오프라의 외할머니는 이웃에게 도움을 요청하며 어둠 속으로 뛰쳐나갔다. 비록 그 이웃은 늙고 귀가 먹었지만, 오프라는 그를 '구세주'로 기억한다. 오프라에게 외할아버지는 대낮에도 두려운 존재였다. 자기 지팡이로 오프라에게 겁을 주거나 온갖 물건을 던지기도 했기 때문이다.

농장에서의 삶이 보통 그렇듯이 오프라의 외할머니는 엄했다. 규칙을 어길 때면 심지어 어린 오프라가 해내기에는 능력 밖인 일에 대해서도 벌주는 것을 서슴지 않았다. '매를 아끼면 아이를 망친다'라는 보수적인 신조에 따라 채찍질은 오프라 양육 과정의 일부였다. 또, 신앙심이 깊었던 해티 매는 농장과 가까운 미시시피 신앙 연합 침례교회에 어린 오프라를 데리고 가서 여가 시간의 대부분을 보냈다.

외할머니가 종교 다음으로 중요하게 생각한 것은 읽기 공부였다. 해티 매는 어린 오프라에게 읽는 것을 비롯해 성경 구절을 암송하게 했다. 덕분에 아장아장 걷던 어린 오프라가 유명해지는 것은 시간 문제였다. 이런 엄격한 가정교육으로 그녀가 자신을 표현할 기회를 얻었던 곳은 바로 교회였다. 아주 어린 나이부터 성경 구절을 암송하는 능력이 있었던 오프라는 부활절 행사에 선발되기도 했다.

오프라는 그때 자신이 암송한 몇몇 구절을 여전히 기억한다. 그 가운데 하나는 "예수께서 부활하셨다. 할렐루야, 할렐루야, 모든 천사들이 말했다"라는 문장이었다. 더위에 부채질을 하면서 꼬마 여자아이의 암송에 귀를 기울였던 교회의 어른들은 오프라의 할머니에게 그녀를 재능 있는 아이라고 칭찬했을 것이다. 오프라는 자신의 인생에서 첫 번째 연설은 아마도 자신이 42개월쯤 되었을 때 코지어스코 침례교회에서 했던 부활절 암송이었다고 말했다. 그리고 몇 년 후에는 제임스 웰든 존슨의 '창조'에서 '심판'에 이르기까지 일곱 가지 설교 시리즈 전체를 암송할 수 있었다.

오프라는 어린 시절을 회상하면서 자신이 내슈빌에 있는 모든 교회에서 여러 차례 암송했다는 사실을 떠올렸다. 래리 킹 토크쇼에 게스트로 참가해서는 자신이 열세 살 때부터 많은 곳을 다니며 기초 설교자 역할을 했다고 말했다.

오프라가 유명해지자 그녀의 추종자들은 종종 그녀가 방송에서 다년간 경험을 쌓은 것은 곧 영화 작업을 위한 준비 단계였다고 떠들어댔다. 하지만 사실 그녀의 삶 자체가 영화를 위한 준비가 아니었을까? 궁극적으로 그녀가 일을 하는 데 있어 살아온 삶의 여러 경험들은 장점으로 작용했다.

어린 시절부터 싹튼 종교적 열정은 그녀에게 장점이자 단점으로 작용했다. 오프라의 재능을 시기한 아이들은 그녀를 '목사' 또는 '미스 예수'라고 불렀다. 어머니와 함께 밀워키에 살던 시기에는 종교적 열의 때문에 '꼬마 설교자'로 알려지기도 했다. 그녀는 겨우 일곱 살 어린 나이에 설교 내용과 성서 구절을 암송했을 뿐만 아니라 헨리Henley의 '인빅투스Invictus' 같은 영감적인 시를 의미도 이해하지 못하면서 온갖 제스처를 해대며 낭독하곤 했다.

농장에서의 생활은 오프라를 고립시켰고, 그래서 그녀는 늘 외로웠다. 같은 마을에 살던 사촌 앨리스 쿠퍼는 그 시절 고독해하던 어린 오프라에 대해 종종 이야기하곤 했다. 앨리스와 오프라가 사는 농장은 너무 멀어서 어린아이들이 서로 오가는 것이 어려웠다. 이런 생활을 하던 오프라는 당시에 편안한 삶을 사는 아이들, 특히 집에 텔레비전과 세탁기가 있는 백인 아이들을 동경했다. 그리고 상점에서 파는 옷을 입고 영화관에 가는 아이들, 알게 모르게 저지른 조그만 잘못에 대해서는 일일이 벌받지 않는 아이들을 부러워했다. 그녀가 사는 제한된 세계에서는 매질이 평범한 일이었는데 말이다. 언제부턴지 오프라는 백인 아이들은 매를 맞는 일이 거의 없다는 사실을 알았다. 백인 여자아이가 벌을 받아야 할 때는 손바닥으로 살짝 맞는 정도였지만 흑인 아이들은 거의 죽기 직전까지 매질을 당해야 했다.

오프라의 외할머니 집은 실내에 수도 시설이 없어서 세탁용으로 사용하는 커다란 냄비를 목욕용으로 썼다. 그것도 일주일에 단 한 번, 교회에 가는 일요일에 대비해서 매주 토요일에만 목욕을 할 수 있었다. 그들이 입던 옷은 전부 집에서 만들었고, 그나마 신발은 일요일에 교회에 갈 때만 신을 수 있었다. 나머지 시간에는 맨발로 다녔다. 끼니는 농장에서 재배한 것으로 해결했고, 닭이 달걀을 낳으면 해티 매가 약간의 돈을 받고 내다팔았다. 이런 생활은 가난한 남부의 농장 여성들이 몇 세기 동안은 아니더라도 몇십 년 동안 지내온 모습이었다. 어떤 책에서는 오프라의 생활이 극도로 가난했다고도 하고, 혹은 뼈에 사무치도록 빈곤했다고도 한다. 하지만 해티 매가 농장을 소유했던 덕분에 적어도 음식과 옷을 마련할 형편은 되었다. 그러니까 그들이 굶주린 일은 없었다고 봐야 한다.

외할머니의 집을 방문하는 이들은 다 어른뿐이었다. 그들은 아이들이 조용하고 예의바르게 행동해야 한다고 생각했다. 오프라는 집 밖에서 자신이 돌보던 돼지들을 친구삼아 외로움을 달래곤 했다. 엄격한 할머니와 할머니의 친구들은 오프라가 말을 너무 많이 한다고 생각했기 때문이다. 오프라는 작은 집과 조금 떨어진 곳에서 돼지들에게 책을 읽어주며 말도 걸고 이야기도 들려주었다.

어른들은 오프라가 교회에서 보여 준 똘똘한 행동을 높이 칭찬하면서도 교회가 아닌 다른 장소에서는 그녀에게 관대하지 않았다. 그러고 보면 오프라가 여섯 살이 되었을 무렵 밀워키에 있던 어머니와 살길 바란 것이 그리 놀라운 일만도 아니다.

밀워키에서 다른 생활을 하길 바랐던 오프라의 기대는 현실로 이루어졌다. 하지만 그녀가 예상한 그대로는 아니었다. 그리고 오프라는 성인이 되고 나서야 비로소 여섯 살 때까지 외할머니와 함께 산 것이 자신에게 얼마나 다행이었는지 깨달았다. 그제야 두려움 속에 존재했던 사랑이라는 감정을 이해할 수 있게 된 것이다. 외할머니야말로 그녀의 성격을 형성시켜 주고 강하게 성장하도록 도왔으며 종교적으로 믿음을 키워준 분이라는 것도 성인이 되고 나서야 이해할 수 있었다. 그리고 깊은 종교적 열의는 평생 그녀를 떠나지 않았다.

9·11 테러가 닥쳤을 때처럼 나라 전체가 고통에 힘겨워할 때, 오프라는 자신의 데일리 쇼 프로그램에서 공개적으로 기도하며 영적 공유를 시도했다. 오프라는 외할머니에게서 영향을 받은 헌신적인 성격뿐만 아니라 논리적으로 생각하는 능력, 흔들리기는 했지만 결코 잃어버리지는 않았던 자의식을 발전시켰다. 그리고 세상을 향한 지식을 넓혀나갔으며 성공한 후에는 다른 이들을 도와야 한다는 책임감도 키웠다.

오프라는 자신이 나이가 들면 외할머니처럼 보일 것이라고 말했다. 그리고 외할머니가 그랬던 것처럼 자신도 영적이고 열성적인 신자가 되기를 정말로 바랐다. 그런 반면에 오프라의 어머니 버니타는 오프라가 존경하고 소중하게 생각하는 해티 매와 같은 기질이 없었던 것으로 보인다. 오히려 1996년에 고인이 된 계모 젤마Zelma가 오프라의 외할머니와 마찬가지로 엄격하게 그녀를 가르쳤다.

어렸을 적 오프라는 버니타가 왜 자신을 보내려고 했는지 이해하지 못했다. 버니타가 살았던 아파트에는 오프라를 위한 방도 없었다. 그래서 여섯 살짜리 꼬마 오프라는 현관의 큰 방에서 잠을 자야 했다. 버니타는 생활보호대상자로 지정되어 받는 돈과 남의 집을 청소하며 버는 돈으로 생활할 정도로 가난했다. 되돌아보면 그녀가 또 다른 아이를 떠맡을 형편은 아니었던 것 같다.

오프라가 미시시피 농장에서 사는 동안 버니타는 두 번째 사생아를 출산했고, 오프라가 아홉 살이 되었을 때 또 다른 사생아가 태어났다. 오프라는 버니타의 집에서 사랑받지 못한다고 느꼈으며, 자신이 짐 같은 존재이고 심지어는 버림받았다고까지 생각했다. 또한 피부색이 덜 검고 자신보다 더 예쁜 바로 밑의 여동생에게 열등감을 느끼기도 했다. 여동생의 외모는 버니타의 집에서 항상 칭송을 받았다. 반면에 총명했던 오프라를 칭찬하는 이는 없었다. 집주인 밀러 부인도 오프라보다 동생을 더 좋아했다. 오프라는 그런 것이 모두 동생의 피부가 자신보다 하얗기 때문이라고 확신했다.

다른 많은 아프리카계 미국인들처럼 오프라도 어려서부터 색깔을 의식했다. 이는 단지 인종에 대한 의식만은 아니었다. 피부색의 차이가 사람의 삶을 어떻게 좌지우지하는가에 대한 문제를 깨달은 것이다. 오프라가 아직 어린 소녀였을 때, 그녀는 백인 아이들을 부러워했다. 그들이 좀더 편안하고 만족스러운 삶을 사는 것은 물론이고 자신보다 아름답다고 생각했기 때문이었다. 그리고 단지 피부색만 부러워한 것이 아니다. 그들의 코와 입술, 머리카락도 오프라에게는 부러움의 대상이었다. 물론 어린 오프라가 동경했던 것이 흑인들에게 유례가 없거나 결여된 것은 아니었다.

멕시코계 미국인 작가이자 TV프로그램 비평가인 리처드 로드리게스는 '백인이 되고 싶은 것은 무색이 되고 싶은 것과 다름없으며 완전히 자유롭게 활동하고 싶은 것과 일맥상통한다' 라는 내용의 글을 썼다. 로드리게스나 오프라, 다른 소수의 인종들에게 미국에서 백인이 된다는 것은 '색깔이 없는 것' 을 의미했다.

성장하면서 피부색에 대한 오프라의 의식은 백인을 관찰하는 데만 한정되지 않았다. 그녀는 흑인만 다니는 대학에서 공부하는 동안 흑인들의 검은 피부색에도 미묘한 차이가 있다는 사실을 인식하게 되었다. 그녀는 당시 자신이 완전히 흑인 학생으로만 구성된 학교에는 가고 싶지 않았지만 흑인 대학 가운데 하나를 선택했다고 말했다.

70년대는 흑인의 파워를 인정하지 않는 것에 대항하는 투쟁이 일반적이던 시기였다. 오프라는 종종 적대적이던 환경에서 위화감을 느꼈다. 정치적인 양상은 제쳐두고라도 피부색에 대한 이슈가 그녀를 심각하게 괴롭혔다. 같은 흑인이라도 피부색이 밝을수록 온갖 종류의 편

애를 받는다는 사실을 깨달았기 때문이다. 이는 인종과 관련된 미국의 문화사를 통해 이미 밝혀질 사실이었다.

노예 제도가 있던 때, 그나마 피부색이 밝은 편인 남녀 노예들은 집안 하인으로 일하며 좀더 편안한 삶을 살았다. 반면에 피부색이 더 진한 노예들은 농장 노동자로 일해야 했다. 피부색이 어두운 아프리카계 미국인으로서 미시시피를 떠났을 때 편견을 경험한 바 있는 오프라는 심지어 흑인들 사이에서도 존재하는 인종적 속물 근성에 대해 여러 차례 이야기했다.

대학에 입학한 후 오프라는 흑인 사회 안팎에서 자행되는 인종 차별에 냉소를 지었다. 이는 남부 대부분 지역에서 회피하려고 했던 문제로, 적어도 인종차별주의자들이 60년대에 새로운 법안 통과에 대항해 싸우기 전까지 코지어스코에 살던 어린 여자아이는 결코 경험하지 못했던 일이었다. 하지만 밀워키와 내슈빌에 살던 시기에 비로소 피부색에 대한 사회적 이슈를 깨닫게 되었다. 오프라가 대학을 졸업한 지 한참이 지난 후에도 사회에서는 그녀와 같은 피부색의 흑인을 '퍼지 브라우니fudge brownies'로, 눈에 색이 있고 백인의 외모인 흑인을 '생강빵gingerbreads'으로, 사람들 대부분이 갈망하는 피부색의 흑인들을 '바닐라 크림vanilla creams' 혹은 '백인으로 통과Pass할 수 있는 흑인'이라고 불렀다.

지난 20여 년 동안 오프라는 책과 영화, 공예품 등 많은 형태를 통해 흑인의 역사에 관심을 가졌다. 그녀가 좋아하는 책은 대개 인종 문제에 초점을 맞춘 것이다. 예를 들면 노예 제도를 비롯해 공공연하게 혹은 암암리에 벌어지는 차별, 흑인을 상대로 한 폭력(강간, 매질, 살인), 불공평한 법적 제도 등이 이에 해당된다. 몇 년 동안 오프라가 선택해서 읽은 소설 가운데 다수는 흑인 작가 중에서도 대개 여성(예를 들면 조라 닐 허스튼, 앨리스 워커, 토니 모리슨)이 쓴 작품이거나 흑인 주인공이 등장하는 내용이다. 그리고 이 중에서 몇몇 작품은 영화화되기도 했다.

오프라의 인종문제에 대한 관심은 1985년 아프리카계 미국인을 소재로 한 영화 〈컬러 퍼플The Color Purle〉에 출연 제의를 받으면서 더 깊어졌다. 이 영화는 논쟁을 불러일으키며 흥행에 성공했다. 오프라는 비록 이 영화의 제작에 참여하지는 않았지만 이 영화로 명성을 얻은 것만은 확실하다. 이후 몇 년이 지나 오프라는 자신이 선택한 영화에 연기자로서뿐만 아니라 제작자로서도 참여할 수 있게 되었다.

오랫동안 그녀의 머릿속에서 잊혀지지 않은 토니 모리슨의 소설 〈빌러비드Beloved〉는 오프라가 꼭 영화로 제작하고 싶어했던 작품이다. 그 작품은 노예 계보에 대한 역사를 바로잡고 하루하루가 불안하고 고통스러운 노예들에게 인간의 존엄성을 부여했기 때문이다.

오프라는 18세기의 분위기를 잡아내기 위해 만반의 준비를 하고 영화 속 주인공 역할을 맡았다. 농장 노동자의 옷을 입고 눈가리개를 한 채 플랜테이션 농장을 향해 난 좁은 길을 걷는가 하면, 한번은 노예가 달아나는 느낌을 생생히 전달하기 위해 마치 실제처럼 수목이 우거진 지대를 돌아다니기도 했다. 이 영화는 10년이라는 긴 제작 기간 끝에 마침내 1998년에 개봉되었다. 하지만 오프라의 헌신적인 연기, 금전적 지원과 홍보뿐 아니라 유명한 조나단 드미가 감독을 맡았음에도 영화는 흥행에 참패하고 말았다. 흑인 관중과 비평가들은 영화가 너무 길며 복잡하다고 평가했다. 극찬을 받은 오프라의 연기와 영화 마케팅을 담당했던 디즈니의 엄청난 노력도 모두 허사였다. 그리고 영화의 흥행 수익은 단 2,250만 달러로 제작비의 3분의 1 정도밖에 안 되는 금액이었다. 하지만 금전적인 손실보다도 작품에 전념을 다한 오프라의 실망은 아주 컸다. 그녀는 〈빌러비드〉에 너무나도 푹 빠져 있었다. 그래서 자신의 스튜디오 대리석 계단 맨꼭대기에 영화 속 주인공인 자신의 모습을 그린 커다란 그림을 걸어놓을 정도였다.

오프라는 〈컬러 퍼플〉의 성공에 힘입어 〈빌러비드〉에 앞선 몇 편의 영화들을 포함해 자신의 작품에 큰 기대를 걸었다. 그리고 〈컬러 퍼플〉이 흥행을 거둔 지 일 년이 지났을 때 아프리카계 미국인을 소재로 한 또 다른 영화 〈네이티브 선Native Son〉에 출연했다. 하지만 높은 평가를 받은 리처드 라이트의 자서전에 비해 그 책을 원작으로 한 이 영화는 비평가와 관중에게 혹평을 받았다.

〈워싱턴포스트〉의 리타 켐플리는 그 영화를 "불쾌하고 장황할 뿐만 아니라 넌더리가 난다"라고 표현했다. 더욱이 "영화 자체의 숭고함에 압박받은 작품이다"라고 평한 다른 이들의 말도 인용했다. 그럼에도 오프라는 포기하지 않고 계속해서 연기에 뛰어들었고 영화 사업에 자금을 지원했다. 이렇게 그녀는 성공과 실패를 경험했다.

이후에 그녀가 제작하고 출연한 영화는 1989~1990년까지 방영된 TV시리즈 〈브루스터가의 여인들The Women of Brewster Place〉이다. 하지만 이 시리즈도 한 여론 조사에서 시청자들의 관심을 받지 못하자 곧 막을 내렸다. 비록 일부 여성 시청자들은 그 작품을 성급하게 판단하려고 하지 않았지만 NAACPNational Association for the Advancement of Colored People(전국 유색 인종 지위 향상 협회-옮긴이)는 작품 속 흑인들의 묘사가 부정적이라고 평가했다. 백인 작가들은 캐릭터들이 수다스럽다고 비판했고, 일부 아프리카계 미국인 칼럼니스트들은 그 프로그램을 '불쾌하다'고 평했다. 몇몇 장면은 오프라의 첫 번째 영화를 연상시켰기 때문이었다. 〈워싱턴포스트〉의 작가 도로시 길리엄은 이 시리즈에 대해 흑인에 대한 고정관념에 얽매였다고 악평을 했다. 그리고 진부하게 그려진 여성들의 초상화에 빗대어 극심한 인종주의자들의 사고와 비슷하다고 비판했다.

반대로 1996년 1월에 〈사랑을 기다리며Waiting to Exhale〉가 개봉되었을 때는 어떤 평론가들은 영화가 좋은 나머지 두 번이나 보았다고도 했다. 하지만 다른 칼럼니스트는 〈브루스터가의 여인들〉에 대해 퍼부었던 것만큼이나 이 영화에 대해 악의적인 글을 볼티모어의 지역 신문 〈선센티넬〉에 기재하기도 했다.

오프라의 소중한 친구에 대한 영화이자 이듬해 그녀가 제작하고 출연한 또 다른 영화 〈퀸시 존스의 삶에 귀 기울이기Listen Up: The Lives of Quincy Jones〉는 어떤 논쟁도 불러일으키지 않았다. 그리고 1997년에 오프라의 하포 프로덕션이 ABC방송국을 위해 만든 영화 〈여성들이 날개를 가지기 전Before Women had Wings〉은 좀더 성공적이었다는 평도 들었지만 몇몇 영화평론가들은 이 영화가 지나치게 눈물을 자아내는 신파조 영화라며 비꼬았다.

1년 후 그녀는 〈결혼The Wedding〉이라는 제목으로 4시간짜리 미니시리즈를 제작했다. 이 작품에 출연한 할리 베리는 2002년 아카데미 시상식에서 오스카상을 수상했다. 그리고 1999년에 오프라는 마치 자신에 대한 평가를 만회하려는 듯 미치 앨봄의 흥행 작품 〈모리와 함께 한 화요일Tuesdays with Morrie〉을 원작으로 텔레비전 영화를 제작했다. 이 영화는 2,250만 명이나 되는 시청자들의 시선을 고정시켰고, 그 주를 통틀어 다른 어떤 TV쇼와도 비교가 안 되는 시청률을 올렸다.

쉽게 칭찬하지 않기로 악명 높은 〈워싱턴포스트〉의 유명한 TV프로그램 비평가 톰 쉐일즈는 오프라에 대해 호의를 표하기도 했다. 그의 표현에 따르면 오프라는 실수하지 않으며 자신이 맡은 일을 능숙하게 해낸다. 그리고 심지어 어떤 부분에서는 서투르게 하는 데도 능숙하다는 농담도 덧붙였다.

오프라는 역사적인 노예의 삶에 몰두하는 다른 많은 유명하고 부유한 아프리카계 미국인들, 예를 들면 작가이자 교수인 루이스 게이트처럼 과거 노예들의 공예품들을 수집하기도 했다. 그녀는 심지어 영화 〈빌러비드〉의 실패가 보도되던 때도 노예를 경매하던 시절의 매도증들을 구매해 화제가 되기도 했다.

그렇다고 오프라가 피부색이 밝은 미국인들을 향한 특별대우에 대해 논의한 최초의 사람은 아니었다. 역사와 문학에서 이미 이러한 상황들을 기록해왔기 때문이다. 수필과 희곡, 소설, 시를 통해 인종적 문제로 아픔을 겪은 많은 사람들을 자세히 들여다볼 수 있다. 윌리엄 포크너의 〈압살롬! 압살롬Absalom! Absalom〉은 아마도 인종의 비극을 기록한 작품 중에서 가장 위대한 미국 소설일 것이다. 이 작품은 한 집안의 몰락을 시적이고 감동적이며 끔찍하게 묘사했을 뿐 아니라 더욱이 국가의 비극을 이해하는 상징적인 의미를 담았다.

오프라는 성인이 되어 가족과 피부색, 그 밖의 다른 문제와 관련해 자신의 어린 시절을 힘들게 한 많은 것을 이해하고 용서하게 되었다. 시간은 오프라가 험악하고 냉담한 어머니이자 딸에게 사랑을 나눠주지 않은 버니타에 대한 미움도 떨쳐내도록 도왔다. 비좁은 공간에서 극히 적은 수입으로 사생아 세 명을 키워야 했던 싱글맘 버니타가 직면했던 문제들은 누가 보기에도 쉬워 보이지 않았다.

60년대에 백인과 흑인 평등권 운동이 일어나기 전에도 몇몇 흑인 여성들은 좀더 나은 생활을 이끌어 나갈 수 있었다고는 하지만, 학력이나 경력이 없던 버니타가 자신이 가진 것 외에 더 많은 것을 기대하는 자체가 무리였다. 그저 하루하루 버텨 나가는 것만이 그녀에게 주어진 과제였다.

버니타의 삶은 딸 오프라가 엔터테이너로 성공한 후 자신에게 여러 물질적인 지원을 해주면서 나아지기 시작했다. 관심 밖에 있던 자식이 어머니와 형제들에게 도움을 주는 것은 물론 집도 사주었다. 형편이 좋았던 아버지는 오래된 트럭에 교체할 새 타이어를 원했을 뿐 그녀에게 아무것도 바라지 않았다. 하지만 오프라는 값비싼 메르세데스 벤츠를 선물해 그를 놀라게 했다.

그러나 오프라는 여동생 패트리샤Patricia에 대해서는 인터뷰를 통해 그녀는 자신이 주는 어떤 것에도 만족하는 법이 없다고 말했다. 더욱이 여동생은 오프라의 개인적 비밀을 신문에 폭로했을 뿐만 아니라 이전에 오프라가 말했던 것을 심하게 반박하기까지 했다고 전했다. 그래서 오프라가 패트리샤를 용서하는 데 여러 해가 걸렸다. 그들은 평생 친밀했던 적이 없었다. 오프라는 버논 윈프리를 제외하고는 다른 가족 구성원에게 애정이나 책임감을 느껴보지 않았다고 고백했던 적이 있다. 하지만 그녀는 그렇게 말하면서도 그들에게 경제적 지원을 중단하지는 않았다.

오프라는 남동생 제프리Jeffrey가 자기 행동에 책임을 지고 삶을 변화시키길 바랐던 자신의 노력이 실패로 돌아가자 재정적 지원을 거부하기도 했다. 대신 제프리 모르게 버니타를 통해서 계속 도움을 주었다. 부러움과 빈정댐으로 꼬여 있던 제프리는 오프라가 친구 빌리 리조는 도와주면서 자신은 무시한다며 그녀를 비난했다. 제프리는 결국 1989년 1월 스물아홉 살에 빌리 리조와 같은 병인 에이즈로 세상을 떠났다. 패트리샤도 제프리와 마찬가지로 마약중독자였다. 코카인을 상습적으로 복용했던 그녀 역시 2003년 2월에 마흔셋의 나이로 세상을 떠났다.

오프라는 명성과 부를 얻은 후 가족과 주위 사람들에게 분노를 느꼈다. 친척들과 친구들이 그녀에게 금전적인 도움을 바라면서 동생들과 마찬가지로 자립할 생각은 하지 않았기 때문이었다. 오프라는 자조(自助)와 책임감의 중요성에 대해 계속해서 강조해왔다. 비록 그녀는 동생들이 자발적으로 생활하려는 노력이 부족한 데 대해서는 거의 이야기하지 않았지만 그들의 나약함을 동정하지도 않았다.

어린 시절 오프라가 버니타와 같이 지냈던 때 어머니의 빈민가 생활은 나아질 기미가 거의 보이지 않았다. 버니타는 결국 방 두 개짜리 아파트를 갖게 되었지만 자녀 셋은 한 방에서 생활해야 했다. 오프라의 삶은 할머니의 농장에서 생활했을 때보다 훨씬 더 열악했다. 버니타는 결혼을 꿈꾸었지만 현실에서 그녀의 생활은 빈곤하기만 했다. 오프라는 이를 이해하려고 노력했음에도 당시 어린 그녀에게는 역시 어려운 일이었다. 남자들은 계속해서 들락날락했고 버니타는 아들의 아버지였던 남자와 몇 년간 함께 지내기도 했다. 그녀는 아이들이 남녀문제와 관련해서는 자신의 전철을 밟지 않기를 바랐다. 그러나 아이들에게 본보기가 되어 주지 못한 데에 대한 책임을 피할 수는 없었다.

성인이 된 오프라는 좀더 넓은 세계에서 가난하고 젊은 흑인 여성을 많이 접할 수 있었다. 이들의 삶은 버니타의 삶과 비슷했다. 만일 오프라가 어머니에게 남아 있었다면 버니타의 전철을 밟았을지도 모르는 일이다. 오프라가 대단히 총명한 아이였음에도 말이다. 그녀의 미래 역시 빈민가의 젊은 흑인 소녀나 여성들의 미래처럼 처량할 수도 있었다.

여덟 살이 된 오프라가 밀워키 학교에서 첫 번째 학기의 마지막을 보내고 있을 때였다. 경제적으로 곤란을 겪고 있던 버니타는 오프라를 내슈빌에 있던 아버지와 계모에게로 보냈다. 그녀가 살아왔던 곳과는 완전히 반대되는 환경으로 보내진 것이다. 근면했던 그녀의 아버지는 이발소와 소규모 식료품점을 소유했으며 보통의 경제적 수준을 유지하고 있었다. 아버지의 식료품점은 오프라가 좋아하지는 않았지만 그녀가 처음으로 일했던 곳이었다. 정직했던 버논 윈프리는 후에 시의원이 되었다.

그는 버니타가 해줄 수 있는 것보다 훨씬 더 좋은 환경을 오프라에게 제공할 수 있었다. 윈프리 부부는 중류층 흑인 사회의 기반을 잡고 있었다. 그곳은 버니타가 살았던 가난하고 황폐한 밀워키 지역과는 완전히 달랐다. 더군다나 아이가 없었던 버논과 그의 아내 젤마는 오프라를 키우길 원했다. 신앙이 깊었던 버논 윈프리는 교회집사로, 신앙연합 교회에서 상당히 활발하게 활동했다. 그리고 오프라의 외할머니처럼 오프라가 모든 예배를 비롯해 청소년 활동에 참석하도록 했다. 윈프리 부부는 아이의 양육을 절대적으로 중요하게 여겼다. 특히 엄격하기로 소문났던 계모 젤마는 오프라에게 정기적으로 일정 양의 책을 읽게 하고 쓰기와 수학, 어휘력이 향상되도록 지도했다.

버논과 젤마는 오프라를 내슈빌에 있는 이스트 와튼 초등학교에 보냈다. 오프라가 여전히 상당한 애정을 갖고 기억하는, 4학년 때 담임 던컨 선생님은 항상 그녀를 격려했고 이에 그녀는 씩씩하게 자라났다. 여러 해 동안 오프라는 던컨 선생님에 대해 종종 이야기했다. 선생님을 너무나도 좋아했던 나머지 한동안 자신도 교사가 되기를 바랐다.

그러던 오프라가 중년기에 어릴 적 꿈을 이룰 수 있는 기회가 찾아왔다. 노스웨스턴 대학의 J.L. 켈로그 경영 학교J.L Kellogg School of Management에서 남자친구인 스테드먼 그레이엄과 함께 '리더십 역학' 이라 불리는 과목을 10주간 담당하게 되었던 것이다. 3학기 이상의 대학

원생 100명이 들을 수 있도록 마련된 그 수업은 학점을 인정받는 공식적인 과목이었다.

또한 2001년에는 오프라와 관련된 학부 과정이 일리노이 대학 어바나 샴페인 캠퍼스에 개설되었다. 학과 주제는 '거물 오프라'로, 이는 가장 최근에 오프라에게 주어진 강의 기회였다.

던컨 선생님에 대한 추억은 항상 오프라의 마음속에서 떠나지 않았다. 오프라는 교사들의 영향력이 어린이들의 삶에 깊이 작용한다는 사실을 던컨 선생님 덕분에 알게 되었다고 말했다. 던컨 선생님이 오프라에게 애정을 베풀었던 것과는 달리 학급의 다른 아이들은 그녀에게 적대적이었다. 오프라가 외할머니와 함께 살았던 시절, 그녀가 아이들에게 설교를 한다는 이유로 주변 아이들로부터 미움을 받았던 그때와 다르지 않았다. 아이들은 어린 오프라를 싫어했고 심지어 그녀를 미쳤다고 생각했다. 오프라는 버논 윈프리의 영향으로 신앙심이 더욱 깊어졌을 뿐만 아니라 그 집의 도덕적인 분위기에 동화되어, 선교사로 활동하는 꿈을 꿀 정도였다. 그리고 코스타리카의 가난한 이들을 위해 모금에 나서기도 했다. 현재 그녀가 비록 선교사는 되지 않았지만 도움이 필요한 이들을 돕고자 하는 열망만큼은 여전히 식지 않았다.

오프라가 아홉 살이 되었을 때 윈프리가에서 보장된 미래의 모든 약속들은 모두 물거품이 되고 말았다. 1963년 여름에 오프라의 어머니가 결혼을 해서 진짜 가족을 이루고 싶은 희망을 품으며 그녀를 위스콘신으로 불러들였기 때문이었다. 버논 윈프리는 딸이 버니타의 집으로 돌아가는 것을 달가워하지 않았다.

오프라는 많은 사람으로 북적대고 통제가 어려우며 규칙이란 찾아볼 수도 없는, 이전보다 더하면 더했지 결코 나아지지 않은 삶 속으로 역행해야 했다. 더욱이 그녀는 곧 성적학대의 대상으로 전락하고 말았다. 그녀가 아홉 살이었을 무렵 삼촌의 집에서 사촌에게 처음으로 강간을 당한 후, 다시 아버지의 집으로 돌아갈 때까지 추행은 지속되었다. 그녀를 추행한 이들은 친척들을 비롯해 어머니의 남자친구에 이르기까지 여러 남자들이었다. 오프라는 사촌에게 처음으로 강간을 당했을 때 자신에게 무슨 일이 벌어졌는지조차 이해하지 못했다고 말했다. 게다가 그 사촌은 오프라에게 아이스크림을 사주고 동물원에 데려가면서 아무에게도 사실을 말하지 말라고 협박했다.

오프라는 무려 12년 이상이나 성폭행당한 사실을 감추며 살았지만 사실은 어머니가 그 사실을 알면서도 자신을 지켜주지 못했다고 생각했다. 또한 다른 많은 강간 희생자들 특히, 성폭행을 당한 아이들과 마찬가지로 오프라 역시 그녀에게 일어난 끔직한 일을 자신의 탓으로 돌리며 침묵으로 일관했다. 그녀는 스스로를 나쁜 아이로 여겼다고 고백했다. 그리고 30대, 40대가 되어서야 비로소 책임이 자신한테 있었다는 믿음에서 벗어났다. 오프라가 스물네 살이 되었을 때 마침내 어머니와 다른 가족들에게 자신이 성폭행당했던 사실을 고백했지만 아무도 그 사실을 받아들이려 하지 않았다.

어머니가 그 문제에 대해 이야기하려 하지 않자 오프라는 크게 충격을 받았고 다시는 어머니 앞에서 그 이야기를 꺼내지 않았다. 그러던 오프라가 자신의 데일리 쇼 프로그램을 통해 성폭행당했던 사실을 공개적으로 고백했다. 트루디 체이스라는 한 여성이 오프라 쇼에 출연해 어린 시절 성폭행을 당하고 끔찍한 고통 속에 살았던 이야기를 했을 때 벌어진 일이었다. 오프라는 그녀의 고통에 너무나도 공감했던 나머지 오랫동안 숨겨왔던 비밀을 한순간에 털어놓고 말았다. 그리고 강간의 결과로 야기된 분노와 저항을 이해하는 데 오랜 시간이 걸렸다고 말했다.

오프라는 사랑받기를 원했다. 집에서 그 누구도 그녀에게 애정을 주지 않았기 때문이었다. 애정 결핍이야말로 성폭력자들 앞에서 그녀를 무력하게 만든 원인이었다. 그리고 이러한 무력함은 심지어 수년이 지나는 동안에도 회복되지 않았다. 비슷한 환경에 처한 다른 여성들이 경험했듯이 말이다.

처음 성폭력을 겪고 거의 30년이 흐른 후, 오프라는 텔레비전과 영화계에서 국제적으로 유명한 엔터테이너가 되었다. 그녀는 아동 학대를 비롯해 이에 대한 암묵적인 방치에 대항하기 위해서 자신의 명성을 이용하기로 결심했다. 1992년에는 〈겁에 질린 침묵Scared Silent〉이라는 제목의 다큐멘터리에 출연해서 친척과 가족의 친구들에게 강간과 성추행을 당했던 어린 시절의 끔찍했던 경험을 시청자에게 전했다. 또한 〈투데이 쇼〉와 〈디스 모닝〉, 〈굿모닝 아메리카〉를 포함해 여러 텔레비전 아침 프로그램에 출연해서 어린이들과 어른들 모두 이 다큐멘터리를 보고 문제점을 터놓고 이야기하며 도움을 구하라고 강조해 말했다. 덧붙여서 성적학대는 어떤 계층이나 인종, 혹은 낮은 경제 수준의 사람들에게만 한정되는 것이 아니라고 역설했다.

어린이들의 문제에 대한 그녀의 관심은 1993년에 여러 곳으로 확대되었다. 예컨대 어린이들의 총기 사용으로 발생하는 끔찍한 결과에 대해 비통해하며 '어린이 보호 프로그램'을 여럿 만들었다. 픽션과 다큐멘터리가 혼합된 〈여기엔 아이들이 없다 There Are No Children Here〉라는 영화에도 출연했다. 영화 속에서 오프라는 전형적인 흑인 여성의 역할을 맡았다. 영화가 특히 흑인들에 초점을 맞추고 있긴 하지만 오프라가 자신의 역할을 '전형적인 여성'이라는 단어를 사용하여 정의한 것은 그저 어떤 인종이나 피부색에 범위를 한정하지 않기 위함이었다. 이는 자신의 토크쇼를 비롯해 인터뷰를 통해서도 밝힌 바 있었다. 오프라는 자신이 겪었던 상당히 많은 경험이 모든 여성의 경험과 같으리라고 믿었다. 그녀의 역할은 지독한 가난과 사회적 불행 속에서 가정을 꾸려나가며 가족을 단결시키려 애쓰는 아프리카계 미국인 어머니였다. 중심 인물인 어머니 외에도 오프라의 친구 마야 안젤루가 연기했던 할머니, 의지할 수 없는 남편(아버지), 그리고 세 명의 아들이 영화 속에서 가족을 이루고 있다. 큰 아들은 감옥에서 죽을 위기에 있고 둘째 아들은 언제 어떻게 될지 모르는 상황에 처해 있으며, 오직 막내아들에게서만 희망이 보인다. 영화의 배경은 시카고에 위치한 헨리 호너 공영주택단지였는데, 이는 오프라가 출근하는 길에 오랫동안 관심을 갖고 지켜보았던 곳이었다.

오프라는 이 영화에 출연하면서 사람들이 필요로 하는 것이 무엇이며 모든 이들이 품고 있는 꿈이 무엇인지를 간파하게 되었다. 그리고 전형적인 여성의 역할을 통해 모든 인간은 다양한 삶을 경험한다는 사실 또한 이해하게 되었다. 영화는 현실 속의 기쁨이나 슬픔, 실망 같은 감정을 바꾸어 놓지는 못하지만 가난과 궁핍은 실제화할 수 있었다. 오프라는 영화를 제작하는 동안 만났던 몇몇 아이들을 돕고자 그녀가 받은 출연료 50만 달러 전부를 장학기금으로 기부했다. 더 나아가 특정한 가족을 돕는 데 발벗고 나섰다. 열두 살짜리 아이를 사립학교에 보내 주었으며 아이의 어머니가 정신과 치료를 받고, 그녀와 큰아들이 일자리를 찾도록 주선해 주었다. 그뿐만 아니라 영화에 출연했던 모든 아이들이 학교 성적을 향상시킬 수 있도록 그들이 전 과목 A를 받으면 디즈니랜드에 보내 주겠다는 약속도 했다.

오프라는 그녀의 행동 하나하나에 그녀의 철학, 다시 말해 '개인의 책임'과 '자조', '교육'의 중요성에 대한 믿음이 그대로 나타났다. 또 오프라는 변화의 가능성에 대해 줄곧 강조했다. 이는 여러 인터뷰뿐만 아니라 그녀의 데일리 텔레비전 쇼를 비롯해 2000년에 허스트 컴퍼니와 공동으로 창간한 잡지 〈O〉에서도 여실히 드러난다.

오프라에게도 자신의 경험을 밖으로 드러내고 싶어하지 않았던 시절이 있었다. 하지만 지금은 더더욱 많은 것을 공개하고 있다. 몇몇 인터뷰 진행자들은 여전히 그녀가 조심스럽게 엄선해서 이야기한다고 생각한다. 하지만 오프라 자신은 다른 이들과 진실을 공유하는 것이 자유로울 뿐만 아니라 스스로에게 격려도 된다고 주장한다. 그녀는 어느 누구도 과거에 얽매여서는 안 된다고 이야기한다.

오프라는 어린 시절에 이미 이런 철학을 깨달았다. 비록 그녀가 앞

으로 어떻게 살아갈지 확실히 몰랐지만 말이다. 오프라는 〈뉴스위크〉
기자 리네트 클레메트손과 오랜 시간 했던 인터뷰에서 살아가는 동안
자신이 한 노력과 그것에 대한 보상을 결코 계산해 본 일이 없다고 말
했다. 덧붙여 말하기를 어린 시절과 청소년 시절에 그녀가 겪었던 모든
경험들 덕분에 다른 이들이 해결해야 하는 문제들을 이해하는 데 더없
이 큰 도움이 되었다고 했다.

오프라는 다시 어머니에게로 돌아가 생활하면서 정서적으로나 육
체적으로 점점 더 곤란에 빠졌지만 밀워키의 가난한 동네에 위치했던
링컨 중학교에서 누구보다도 훌륭히 학교생활을 해 나갔다. 똑똑하고
재능이 있을 뿐만 아니라 여전히 독서를 열심히 하는 학생이었던 그녀
는 선생님의 도움으로 1968년에 장학금을 받고 새로 통합된 밀워키 사
립학교인 니콜레트 고등학교에 입학할 수 있었다. 학교에서부터 32킬
로미터나 떨어진 곳에 살았기 때문에 버스를 세 번이나 갈아타야 했던
그녀는 일터로 가는 어머니나 다른 가정부들과 함께 버스에 오르는 일
이 많았다.

오프라는 버스에 탈 때마다 자신의 집이 있던 초라하고 황폐한 지
역에서 벗어나 푸른 잔디와 나무, 꽃으로 둘러싸인 집들이 가득한 이웃
지역을 지나가면서 다양한 풍경을 지켜보았다. 그리고 마치 또 다른 세
계로 들어가는 느낌을 받았지만 그녀는 그저 '아웃사이더'일 뿐이었
다. 무일푼의 흑인 소녀는 방과 후에 종종 자신을 집으로 초대했던 부
유한 백인 아이들과 시간을 보냈다. 그녀는 정상적인 가족과 우아한

옷, 넉넉한 용돈과 애완동물 등 백인 친구들이 가진 모든 것을 자신 또한 소유할 수 있기를 꿈꿨다.

한편 그녀는 그들의 집에 초대받아 가기만 하면 어김없이 흑인 시종들에게 소개되었다. 마치 모든 흑인들은 서로 알아야 한다는 식이었다. 게다가 백인 아이들은 오프라가 유명한 흑인 엔터테이너들과 친분이 있을 거라는 식의 말도 안 되는 가정을 하기도 했다. 어린 시절에 대한 이러한 기억은 오프라에게 오랫동안 잊혀지지 않았다. 그녀는 자신의 텔레비전 쇼를 통해 일부 백인들이 흑인들에 대해 사실과 다른 것들을 상상한다며 비꼬는 듯 농담을 하기도 했다.

오프라가 니콜레트 고등학교에 입학하던 1968년에는 역사에 길이 남을 사건이 벌어졌다. 마틴 루터 킹과 로버트 케네디가 암살된 것이다.

오프라가 태어난 해부터 60년대까지는 격변의 시기였다. 그녀가 태어난 1954년에 미 대법원은 공립학교에서의 인종차별이 위헌임을 판결했다. 하지만 미시시피에서는 1964년까지 공립학교에서의 인종차별이 계속되었다. 미시시피에서 폭력은 일상적이었고 1955년 여름에는 과격주의가 난입하기 시작했다. 오프라가 태어난 그 이듬해의 일이었다. 그 해 여름에 미시시피에서는 백인 남성들이 에밋 틸이라는 열 네 살짜리 흑인 소년을 살해하는 사건이 발생했다. 소문에 의하면 소년이 한 백인 여성에게 휘파람을 불었다는 이유에서였다. 틸의 살해는 '평등권 사례'의 중요한 부분을 차지했다. 이와 더불어 앨라배마 몽고메리의 한 흑인 여성 로사 파크스가 당시 흑인이라면 백인에게 자리를 양보하고 버스의 뒷좌석에 앉아야 하는 관습을 따르지 않은 사건 또한 유명했다. 파크스의 이름은 교통시설에서의 인종차별에 대항한 그녀의 용감한 행동으로 오랫동안 사람들에게 기억되었다. 오프라는 그녀에게 경의를 표했고 마리안 윌리암슨 처치 오브 투데이_{Marianne Williamson's Church of Today}에서 열린 〈빌러비드〉 시사회에 그녀를 명예 게스트로 초대했다.

미국의 법안을 바꾸고 평등권을 얻으려 했던 최초의 흑인 여성은 파크스가 아니었다. 파크스 이전에 오프라의 고향인 미시시피 주에서 1862년 노예로 태어난 아이다 웰스가 있었다. 파크스와 마찬가지로 웰스 또한 인종 분리 정책을 거부했다. 웰스가 기차에 탑승해서 숙녀 전용칸 좌석에 앉자 흑인 전용칸으로 옮기라는 압력이 가해졌다. 그녀가 이를 거부하자 바로 기차에서 쫓겨나고 말았다. 웰스는 철도회사를 상대로 소송을 했고 승소했다. 하지만 이후 그 판결은 테네시 대법원에 의해 번복되었다. 그녀가 판결에서 이겼다는 소식은 놀라웠지만 그 판결이 번복되었다는 사실은 그리 놀라운 일도 아니었다. 남북전쟁 후의 남부에서조차 말이다. 웰스는 패배에 굴하지 않고 흑인들의 위치를 향상시키는 데 온갖 노력을 쏟아부었다. 물론 대부분 실패를 거듭할 뿐이었다.

이후 그녀는 멤피스 신문의 공동 소유주이자 작가가 되었다. 하지만 사형반대 칼럼에 대해 앙갚음을 하려 했던 백인들이 신문사를 엉망으로 만들어 버리자 곧 남부를 떠났다. 남부 땅에서는 멀어졌지만 평등권을 획득하려는 대의만큼은 변함이 없었다. 그녀는 리처드 라이트 세대에 앞서, 또한 오프라가 태어나기 전에 시카고로 자리를 옮겼다. 웰스는 그곳에서 최초로 아프리카계 미국인 여성 시민 단체를 세우고 흑인 단체 연맹Negro Fellowship League의 최초 회장이 되었으며 시카고 동등권리 연맹Equal Rights League of Chicago의 의장이 되었다. 그녀의 업적 가운데 가장 위대한 일은 1909년에 이루어졌다. 미국에서 가장 오래되고 가장 잘 알려진 전국 평등권 협회의 설립을 도왔던 것이다. 그리고 이 단체가 결국 전국 유색 인종 지위 향상 협회가 되었다.

오프라는 몇몇 흑인 여성들이 남긴 역사와 유산에 매료되었다. 여섯 살이 된 그녀가 미시시피를 떠나 밀워키로 갔던 1962년은 역사적인 해였다. 제임스 메레디스James Meredith(미시시피 대학에 입학한 최초의 흑인으로 인종분리주의자인 주지사의 반대로 두 번이나 입학을 거부당했다-옮긴이)라는 한 흑인 학생이 미시시피 대학에 입학했기 때문이었다. 물론 그녀는 자신의 어린 시절이나 그녀가 태어나기 반세기도 전에 일어난 정치적 사건들에 대해서는 개인적으로 아는 바가 없다.

19세기 재건시대 이래 흑인들을 위한 최초의 평등권 법안이 통과되었을 때 그녀는 단지 어린아이에 불과했다. 그 시절에는 이런저런 중대한 변화들에도 불구하고 몇 년에 걸쳐 항의와 폭동, 평등권 주장 행진이 끊이지 않는 등 불안이 사회에 팽배했다. 심지어는 살인사건도 벌어져 종종 연방병력이 소집되기도 했다.

이 시기에 오프라는 사춘기를 지나 성년기 초반을 맞고 있었다. 전형적인 사춘기 소녀들과 마찬가지로 그녀 또한 주위의 정치적 상황보다는 자신에게 익숙한 세계에 더욱 관심을 가졌다.

60년대에 오프라가 아직 10대였음을 감안할 때, 그녀가 자신이 살고 있던 주와 그 밖의 지역에서 벌어지는 정치적 문제들에 관심을 두지 않았다는 사실은 그리 놀라운 일도 아니다. 분명하게 말하자면 정치에 대한 그녀의 중립성은 지금도 변함이 없다. 하지만 그녀에게도 사회를 변화시키는 데 필요한 자신만의 철학은 있다. 오프라는 어떤 정당을 위해서도 연설하지 않는다. 비록 고향인 미시시피가 과거와 현재 모두 민주당을 지지함에도 말이다. 1874년 이래로 두 명을 제외하고 미시시피의 모든 주지사는 민주당원이었다.

오프라는 인정 많은 성격임에도 주 혹은 연방 정치에 휩쓸리지 않고 계속해서 거리를 두고 있다. 물론 자신의 텔레비전 쇼에서 민주당과 공화당 대통령을 비롯해 영부인들을 인터뷰한 적은 있다. 또한 국가의 이해와 관련된 문제가 있을 때는 그들과 함께 모습을 나타내기도 했다.

그녀의 중립적인 태도에도 한 번의 예외는 있었다. 오프라가 자신의 친구들이었던 마리아 슈라이버와 캘리포니아 주지사 후보자였던 아널드 슈워제네거를 쇼에 초대했던 것이다. 오프라는 그 외에는 국가의 우두머리들과 자리를 함께 해달라는 요구들을 거절해왔다. 2002년에는 심지어 조지 부시 대통령이 아프가니스탄에 있는 학교들을 방문하는 여행에 관리들과 함께 동행해 달라는 초청도 거절했다. 선약이 많기 때문에 갈 수 없다고 잘라 말하면서 말이다. 이렇듯 직설적인 대답은 미디어의 기사거리가 되기에 충분했다. 그녀의 반응을 정부에 대한 정치적 경멸이라고 생각한 사람들에 의해 비판 여론이 형성되었기 때문이다.

　오프라는 그 명성 덕분에 종종 정계에서 활동할 계획이 있는지 농담 반 진담 반조의 질문을 받는다. 대답은 간단히 '노(No)'이다. 일부에서는 그녀를 '정치적인 인물'이라고 평가하지만 오프라는 성인이 된 이후로 정치활동이 아닌 여성들의 권리에 대해서만 관심을 둘 뿐이었다. 더욱이 정치와는 상관없이, 도움을 필요로 하는 사람들과 방치되어 있거나 차별받는 이들을 돕고자 하는 일생의 소망이 있음을 이야기해왔다.

　오프라는 인권운동가인 제시 잭슨과 흡사하다. 이들은 뛰어난 사람이라면 성차별과 인종차별 앞에서도 당당하다는 데 의견을 모은다. 그리고 각자의 삶을 책임져야 하는 사람은 바로 우리들 자신이라고 말한다. 잭슨과 오프라는 자유를 만끽하는 길은 다름 아닌 교육을 통해서라고 역설했다. 무엇보다도 교육은 모든 것을 변화시킨다고 주장했다. 오프라는 특히 여성들의 교육에 열성적이다. 버니타를 비롯해 그녀와 비슷한 처지에 있던 다른 이들의 삶에 한계가 있었음을 기억하고 있기 때문이다. 잭슨은 오프라를 향해 마음 깊은 데서 우러나오는 존경을 표하며 그녀가 사회 구조를 변형시키기 위해 헌신했다고 치하했다. 그런 잭슨의 발언은 〈베너티 페어〉 잡지에 다소 과장되어 실리기도 했다. '오프라의 영향력은 교황을 제외하고 지구상의 어떤 이들보다도 더 위대하다'고 말했던 것이다.

　1998년 〈타임〉지에서는 그녀의 이름이 '20세기의 가장 영향력 있는 인물' 명단에 올랐다. 그리고 2004년에 오프라는 또다시 '21세기에 가장 영향력 있는 사람'으로 선정되었다. 잭슨은 오프라를 일컬어 '어두운 장소를 밝혀주는 사람'이라며 칭송했다. 오프라도 그녀의 소중한 친구 퀸시 존스를 가리켜 같은 표현을 한 적이 있었다.

해가 지날수록 오프라는 유명한 인물이 되었다. 여론조사를 통해 그녀는 영부인들과 힐러리 로댐 클린턴 상원의원, 마거릿 대처 전 영국 수상과 더불어 미국에서 가장 존경받는 여성 가운데 한 명으로 뽑혔다.

오프라는 특권이 없는 사람들과 특히 아프리카계 미국인들의 삶에 관심을 갖는다. 오프라가 자선을 베푸는 대상은 주로 흑인들이다. 그렇다고 그녀가 다른 이들과 소통하지 않는다는 의미는 아니다. 사실 국내외에서 그녀의 텔레비전 프로그램을 시청하는 여성 대부분, 그녀의 직원, 친구들 다수가 백인이기 때문이다. 잭슨이 1996년 3월에 흑인 후보자가 적다는 이유로 아카데미 수상식에 이의를 제기했을 때-후보자 166명 가운데 흑인은 단 한 명이었다-오프라와 우피 골드버그, 그리고 퀸시 존스가 그의 행동을 비판했던 것도 놀라운 일은 아니다.

오프라는 사회의 여러 문제에 대해 사회적인 변화보다 오히려 개인의 책임이 훨씬 더 중요하다고 강조한다. 물론 예외도 있다. 또 총기사용의 엄격한 규제와 아동 성범죄자들에 대한 처벌, 교육의 중요성 역시 그녀가 힘주어 주장하는 것들이다. 때문에 여러 차례에 걸쳐 비평가들로부터 보수주의자이며 자본주의자라는 평을 받았다.

오프라가 '삶에 변화를 주는 교육'에 열성적으로 헌신하는 모습은 많은 곳에서 찾아볼 수 있다. 예컨대 그녀는 텔레비전 스타가 된 후, 모교인 테네시 주립대학교에서 아버지의 이름으로 10개의 장학금을 지원하고 있다. 그뿐만 아니라 크고 작은 대학에 엄청난 금액의 돈을 지속적으로 보낸다. 2002년 후반에는 클리블랜드에 있는 쿠야호가 커뮤니티 칼리지Cuyahoga Community College에서 기조연설을 하며 장학금을 위한 60만 달러 기금 모금 활동을 펼치기도 했다. 이는 장학 자금이 충분하지 않았던 학교에서 학생들을 외면하고 있다는 사실을 알게 된 오프라가 직접 도움을 자청한 일이었다. 오프라는 자신의 어린 시절을 잊지 않았기 때문에 쿠야호가에 이렇듯 큰 선물을 줄 수 있었다. 더욱이 모어하우스Morehouse 흑인 대학에는 자그마치 500만 달러를 기꺼이 기부했다. 그녀는 이전에도 이 대학에 100만 달러를 보냈다. 덕분에 학교에서는 그녀를 최고의 기부자로 기억하고 있다.

오프라는 국내외 많은 학교에 기부하는 등 적극적으로 자선활동을 한다. 그리고 〈오프라 윈프리 쇼〉를 떠난 후의 계획을 질문받을 때마다 무엇보다도 아프리카의 교육문제에 좀더 발벗고 나서고 싶다고 이야기한다. 이미 아프리카에 여학교를 지었고 최근에는 집이 필요한 이들에게 집을 지어주고 싶다는 소망도 내비쳤다.

한편 오프라는 자신을 '양육자'로 간주하고 있음에도 어머니가 되고 싶다는 생각을 해본 일은 없다고 반복해서 이야기해 왔다. 어머니가 되고 싶지 않은지 물어올 때마다 그녀는 부정적인 대답을 한다. 버니타가 어머니로서의 역할모델이 되어주지 않았다는 점을 강조하면서 말이다.

세상은 오프라를 감동의 시선으로 바라본다. 하지만 오프라에게도 아픔이 있었으며, 그녀가 고통 속에서 살았던 아이였다는 사실을 자세히 기억하는 이는 드물다. 오프라는 열네 살 때 닥친 개인적인 문제들로 힘든 시간을 보냈다. 끊임없이 성적 괴롭힘을 당해야 했던 것이다. 아버지의 형제인 트렌트에게도 성폭행을 당했지만 몇 년 동안이나 이를 숨겼다. 나중에 아버지가 사실을 알게 되었을 때, 그는 이를 쉽게 받아들이지 못했다. 오늘날 오프라는 소녀들과 여성들에게 이런 일을 숨기지 말아야 한다고 말한다. 그리고 학대를 참아서는 안 된다고 이야기한다. 오프라는 자신의 삶에 책임을 지기 위해서는 누군가 들을 때까지 계속해서 피해 사실을 숨김없이 이야기해야 한다고 가르친다.

오프라는 집안에 드나들던 남자들에게 종종 성적 괴롭힘을 당했다는 사실을 어머니에게도 숨겼다. 버니타는 오히려 딸을 통제하기 위해 다양한 방법을 써 보았지만 역부족이었다. 심지어 문제 아이들을 지도하는 기관에 딸을 맡기려고도 했지만 결국엔 버논과 젤마에게 다시 보내기로 했다. 그때까지만 해도 버논이나 버니타 누구도 십대였던 오프라가 임신했다는 사실을 알지 못했다. 14년 전 그녀의 어머니처럼 오프라 역시 자신의 상태를 철저히 숨겼기 때문이다.

그러다가 임신 7개월째에 접어들었을 때 비로소 아버지에게 사실을 고백했다. 그녀는 아버지를 훌륭하고 정직한 사람이라고 말한다. 그는 오프라의 삶을 구제해 준 사람이었다. 그녀가 사춘기를 겪는 동안 버논 윈프리가 없었다면 오프라는 오늘날과 같이 성공하지 못했을 것이다. 오프라는 아버지가 그녀의 상황을 고민한 끝에 마침내 아이를 낳을 수 있도록 허락해 주었다고 회상한다. 하지만 조산아였던 아이는 태

어난 지 2주 만에 세상을 떠났다. 그 당시 열네 살이었던 오프라의 심정
은 같은 입장에 처한 중년여성과는 같지 않았을 것이다. 그럼에도 그녀
가 가야 할 길이 그동안 걸어왔던 길과 달랐다는 것만은 의심의 여지가
없다.

오프라는 아이가 살아 있다면 그녀가 어떤 인생을 살았을지, 혹은
어떤 어머니가 되었을지 모르겠다고 솔직히 고백한다. 십대에 어머니
가 되어 이미 미래가 정해진 이들은 많다. 1968년, 열네 살에 임신했던
흑인 소녀 역시 미래에 대한 희망을 품지는 못했을 것이다.

버니타의 집에서 겪은 억압된 생활에서 벗어났을 뿐만 아니라 십대
에 어머니가 될 뻔했던 운명에서도 벗어난 오프라는 밝은 미래에 대한
가능성이 보이기 시작했다. 물론 그 시절 누구도 그녀가 오늘날과 같이
성공하게 되리라는 사실은 예측하지 못했다.

오프라가 아직 어렸을 때 미래를 알 수 없었음에도 그녀는 자신이
언젠가 유명해질 거라고 아버지에게 이야기했다고 한다. 다시 윈프리
가로 돌아온 후에 그녀는 그들의 엄격한 규칙을 따라야 했다. 버논 윈
프리는 딸의 성적에 무척이나 엄했다. 무조건 A만을 받아야 한다는 원
칙을 세웠다. 오프라가 좋은 성적을 받아왔어도 그 대가로 아이스크림
하나 사주는 일이 없었다. 그저 딸이 최선을 다하길 기대할 따름이었
다. 그의 아내 젤마 역시 오프라가 뛰어난 학생이 되기 위해 모든 노력
을 다하도록 지도했다.

오프라는 열다섯 살부터 일기를 쓰기 시작해서 그 후 지금까지 쓰
고 있다. 십대 때 쓴 오프라의 일기장에는 전형적인 이야기들로 가득하

다. 이를테면 남자아이들과의 문제와 아버지의 엄격한 규칙에 대한 사소한 불평 등 대부분의 미국 십대 소녀들이 하는 고민들이다.

그녀는 내슈빌 이스트 고등학교에 들어간 후 상당히 활발해졌다. 학급 부회장을 시작으로 학생회와 연극부, 그리고 전국 토론 연맹의 회장으로 선출되었다. 상급생이 되었을 때는 가장 인기 있는 여학생으로 뽑혔고 영예학생 단체 회원으로도 선발되었다. 1971년 닉슨 정부 시절에는 테네시 대표로 뽑혀 해외를 비롯해 각 주에서 두 명씩 선발된 학생들과 함께 백악관 청소년 회담에도 참석했다.

오프라가 소규모 내슈빌 라디오 방송국 WVOL에서 면접을 본 직후에 장차 그녀의 미래를 열어줄 사건이 벌어졌다. 그녀가 백인 소유이지만 흑인이 운영하고 청취자 대부분이 흑인이었던 그 방송국에서 후원하는, 화재예방미인대회에 참가한 것이다. 오프라를 추천한 사람은 존 하이델베르그였다. 그는 당시 오프라의 똘똘함과 카메라 앞에서의 당당함에 크게 감동을 받았다고 회상한다. 오프라가 기금 모금을 목적으로 개최된 한 걷기대회 행사에 서포터로 지원했을 때 그녀를 인터뷰했던 사람이 바로 존이었다.

화재예방미인대회에 참가한 여성들은 오프라를 제외하고 전부 백인이었으며 대학 1학년생이었다. 오프라는 자신이 선발될 가능성이 없다고 생각했다. 그래서 마음을 편하게 가지고 새 야회복을 입은 데 대한 자부심과 기쁨에 넘쳐 심사관의 두 가지 질문에 유쾌하게 답했다. 첫 번째 질문은 만일 그녀가 우승하면 상금으로 무엇을 하겠냐는 내용이었다. 이에 오프라는 심사 위원에게 흥청망청 써버리겠다고 대답했다. 그리고 미래에 무엇이 되고 싶은지 묻는 질문에 그 당시로서는 결코 평범하지 않은 답을 했다. 바로 언론인이 되고 싶다는 것이었다. 그에 비해 다른 참가자들은 예상했던 대로 뻔한 답을 했다. 결과는 오프라의 승리였다. 그녀는 화재예방미인대회에서 왕관을 쓴 최초의 흑인이 되었다.

예상치 못했던 성공에 뒤이어 오프라는 흑인 최초로 '미스 내슈빌'이 되었으며 이후 또다시 '미스 블랙 테네시'에도 선발되었다. '미스 블랙 아메리카' 선발대회에 참가해서 비록 우승은 못했지만 할리우드 여행 기회 또한 얻었다. 하지만 이런 영예들은 그저 시작에 불과했다.

1971년 오프라는 고등학교 졸업 후, 엘크스 자선보호회 지부에서 수여하는 장학금을 받고 테네시 주립대학에 입학했다. 그녀는 미래에 대해서는 확실한 계획이 없었지만 언어학을 전공으로 선택했다. 하지만 오프라에게 미래는 이미 열려 있었다. 고등학교 상급생 때 보았던 면접을 시작으로 화재예방미인대회에서 선발된 이후로 말이다.

라디오 방송국 WVOL에서 그녀에게 뉴스를 전하는 일자리를 의뢰했다. 외향적인 성격의 오프라가 방송국에서 재미삼아 뉴스 대본을 읽기만 하면 되는 일이었다. 방송국에서 적임자를 찾던 중, 오프라의 목소리와 침착함에 인상을 받았던 존 하이델베르그가 그녀를 기억해냈다. 순박하면서 때묻지 않았던 그녀가 미디어에 대해 아는 것이라고는 물론 없었다. 뉴스를 낭독하는 일자리가 장차 자신에게 국제적인 명성을 가져다주리라고는 더더욱 알지 못했다. 오프라는 처음에 그 일이 학업에 지장을 줄지도 모른다고 걱정하며 제안을 선뜻 받아들이지 않았다. 하지만 아버지의 격려가 그녀에게 힘을 주었다. 아버지는 언어학을 전공하겠다던 그녀의 선택이 그다지 달갑지는 않았지만 그녀에게 주어진 일자리 기회는 반가워했다. 오프라는 주말 뉴스에서 시작해 나중에는 이따금씩 주중 방송까지 맡으며 무급에서 주당 100달러라는, 그 당시로서는 파격적인 급여를 받으며 일했다.

이후 대학 재학 중, 그녀에게 훨씬 더 멋진 기회가 찾아왔다. 규모 있는 라디오 방송국 WLAC로부터 말이다. 열아홉의 오프라는 머지않아 WLAC-TV 방송국에서 리포터와 공동앵커로 일하기 시작했다. 최초의 여성이자 최초의 흑인 앵커가 된 것이다. 오프라는 사실 그 제안도 쉽게 받아들이지 못했다. 하지만 오프라를 관심 있게 지켜보았던 윌리엄 콕스 교수가 제안을 받아들이도록 그녀를 설득했다. 그 일이야말로 오프라가 준비해 왔던 일이라고 충고해 주면서 말이다. 더욱이 오프라가 했던 거의 모든 일을 감독했던 아버지 또한 콕스 교수와 같은 생각이었다.

시간이 지난 후, 다른 사람이 오프라에게 스스로 그 일의 적임자라고 생각했는지 질문했다. 이에 그녀는 그 질문을 농담으로 받아넘겼지만 사실은 그녀 스스로 '행복한 적임자'였다는 사실을 이미 알고 있었다. 또 다른 시기에 오프라는 그 사실을 다시 한 번 분명히 밝혔다. 오프라는 주어진 기회들을 받아들인 데 대해 결코 후회해 본 일이 없다고 말했다. 물론 공개적으로 후회해 본 적이 없다는 말이다.

미국에서 70년대는 변화의 시기였다. 평등권 법안 덕분에 여성이나 유색인종에게 닫혀 있던 문이 서서히 열리고 있었다. 오프라는 일은 물론이고 대학에서의 활동을 확대시켜 나갔으며 '스위트 허니 인 더 록 Sweet Honey in the Rock'이라는 내슈빌의 여성 아카펠라 그룹에서 노래도 했다. 이 그룹은 투쟁과 인내, 승리를 노래했으며 아프리카계 미국인의 삶을 찬양했다. 오프라가 이 활동에 매료되었음은 물론이고 청중 또한 이들의 노래에 빠져들었다. 그 결과 이 그룹은 30여 년이 지난 지금까지도 남부 곳곳에서 여전히 노래를 하고 있다.

가족에게 구속감을 느꼈던 오프라는 이윽고 중대한 결심을 했다. 학과 공부와 일을 병행하기가 힘에 겨웠을 뿐만 아니라 통금시간 등을 포함해서 아버지의 엄격한 규칙을 따르기도 어려웠다. 그녀는 대학을 중퇴하고 일자리를 옮겨서 메릴랜드 주 볼티모어 방송국에서 리포터이자 저녁 뉴스 공동 진행자가 되었다.

여러 책에서는 오프라가 1976년에 대학을 졸업했다고 밝히고 있다. 하지만 이는 사실이 아니다. 실상은 다소 모호하기까지 하다. 어떤 책에서는 오프라가 후에 명예학위를 받았다고 하고 다른 책에서는 그녀가 1987년에 테네시 주립대학으로부터 예술학 학사 학위를 받았다고도 했다. 게다가 또 다른 책에서는 오프라가 1987년에 학교로부터 졸업식 연설을 부탁받았으나 그녀가 학과를 마치고 학위를 받을 때까지는 하지 않겠다며 거절했다고도 한다.

진실이 무엇이든 간에 오프라는 테네시 주립대학의 학위를 가지고 있다. 더욱이 그녀의 친구이자 조언자 마야 안젤루와 같이 오프라 또한 2002년 이래로 '박사'라는 호칭으로 불렸다. 프린스턴 대학에서 오프라를 포함해 - 예컨대 야구 '칼 리프켄 주니어', 의학 '앤서니 파우시', 역사 '콜린 루카스', '버나드 루이스', 종교 '제임스 포브스 주니어', 극작 '에밀리 만'에 이르기까지 - 다양한 분야에서 활동하는 다수의 유명 인사들에게 명예학위를 수여했기 때문이다. 오프라가 받은 것은 예술학 명예박사 학위이다.

얼마 지나지 않아 오프라는 메리언 앤더슨상의 여섯 번째 수상자로 선발되었다. 수령자들은 대개 10만 달러의 상금을 자신이 좋아하는 자선단체에 기부한다. 메리언 앤더슨의 감동적인 콘트랄토 음성을 기억하는 많은 이들은 그녀가 오늘날과 같이 유명한 가수들에게 열려 있는, 다양한 무대에 설 수 없었던 이른바 인종차별 시대에 살았다는 사실을 잊고 있다. 그녀는 불명예스럽게도 헌법기념관에서 노래해 달라던 초청을 취소당했다. 하지만 그 이후에 백악관의 초청을 받아 그곳에서 노래한 최초의 흑인 가수가 되는 영예를 누렸다.

필라델피아 시장 존 스트리트는 2003년 앤더슨상의 주인공으로 오프라를 선택하면서 그녀의 업적에 높은 점수를 주었다. 그녀가 다양한 사회활동에 공헌한 점을 포함해 미국은 물론이고 남아프리카의 여러 학교에 쏟고 있는 지대한 관심에 주목한 것이다. 그뿐만 아니라 개인의 노력을 강조하는 오프라 쇼의 중요성에 대해서 또한 언급했다. 그리고 오프라가 국민의 스승 역할을 한다고 말했다. 시장의 발표에 이어 메리언 앤더슨상의 이사회 회장이자 필라델피아 시티즌 뱅크 공보 선임부사장 파멜라 크롤리가 말했다. 크롤리는 오프라를 메리언 앤더슨과 비교하며 두 여성의 유사성에 주목했다. 오프라와 앤더슨 둘 다 스스로의 능력과 노력을 통해 지금의 위치까지 오를 수 있었기 때문이다. 몇 해 전 오프라는 역경을 딛고 훌륭한 성과를 이루어낸 이들에게 매해 수여하는 호레쇼 알저상Horatio Alger Award을 받기도 했다. 오프라에 대해 이야기하는 거의 모든 이들이 빠트리지 않는 화제는 그녀가 지독히 가난한 삶을 극복하고 세계무대에 올랐다는 사실이다.

오프라가 어린 시절 겪은 많은 경험들은 그녀 또래의 다른 흑인 여성들의 경험과 비슷했다. 언젠가 그녀는 내슈빌 밖에서 열렸던 다른 대학 콘테스트에 참가하도록 선발된 일이 있었다. 그런데 콘테스트에 선발되어 시카고에 도착한 대학생들이 남부 우범지대에 있는 허름한 모텔에서 숙박하게 되자 분개했다. 그렇지만 오프라는 역시 미래의 스타가 될 재목답게 불리한 환경에 연연하지 않았다. 그리고 엔토자케 상게의 희곡 〈무지개가 뜰 때 자살을 꿈꾸던 흑인 소녀들을 위해For Colored Girls Who Have Contemplated Suicide when the Rainbow Is Enuf〉의 한 구절을 낭송하여 당당히 2위의 영예를 안았다.

오프라는 1996년에 가장 영예로운 방송상인 조지 포스터 피버디George Foster Peabody상을 받았다. 그리고 2002년에는 밥 호프 인도주의자상Bob Hope Humanitarian Award의 최초 수상자로 선정되었다. 비참한 어린 시절을 보냈던 그녀가 과연 이런 상을 받게 되리라고 누가 상상이나 할 수 있었을까? 몇십 년 전 오프라는 자신의 능력을 시험해 보기 위해 내슈빌을 떠났다. 그 당시의 나이는 스물두 살로 여러 면에서 순수한 젊은이였다. 이때의 모습은 결국 오늘날과 같은 스타로 부상하기 위한 첫 단계를 거치고 있었던 것이다. 비교적 소규모 도시인 내슈빌을 떠나 미국 내에서 열 번째로 큰 볼티모어로 간다는 것이 젊은 여성으로서 쉬운 일은 아니었다. 오프라가 마야 안젤루의 시 '경이로운 여성Phenomenal Woman'에서 칭송하는, 당당하고 자신감 넘치는 사람이 되기까지는 몇 년이 걸렸다. 예쁘지도 날씬하지도 않은 오프라가 삶의 기쁨이 충만하고 열정적이며 멋진 자신을 발견하는 데는 시간이 필요했다.

볼티모어에서 가장 규모 있는 방송국 WJZ-TV에서의 신인 시절 저녁 여섯시 뉴스 진행자로서의 첫 임무는 그리 성공적이지 못했다. 방송 전 오프라는 불안해했다. 게다가 마냥 순수하기만 했던 그녀의 성격 때문에 급기야 난처한 실수를 하고야 말았다. 오프라가 뉴스 진행에 적임이 아니라는 사실은 상당히 빨리 밝혀졌다. 오늘날과 마찬가지로 그 당시 오프라의 강점은 바로 사람들과의 소통이었다. 뉴스 진행이 아니었던 것이다. 오프라는 리포터로 일하기엔 너무나 감수성이 강했기에 특정 상황들이나 사람들에게 자주 흥분한 모습을 보였다. 그녀는 스스로 저널리즘을 위한 자질이 부족하다는 사실을 인정한다. 그렇지만 몇 년 후인 2000년에 잡지 〈O〉를 창간하여 성공한 잡지 소유자이자 작가의 대열에 합류했다.

오프라가 직장에서 아직까지 걸음마 단계에 있던 당시에 프로듀서들은 그녀의 보도기자로서의 면모와 외모를 탐탁지 않게 생각했다. 급기야 오프라를 변신시키기 위해 뉴욕으로 보낸 일이 있었다. 하지만 머리카락에 특수 처리를 하고 파마를 하려던 것이 잘못되는 바람에 머리카락 대부분이 빠지는 일이 벌어졌다. 결과적으로 머리카락은 물론이고 직장까지 잃게 된 것이다. 그녀는 여섯시 뉴스 진행자 자리에서 쫓

겨났다. 하지만 다행스럽게도 오프라의 스타일을 좋아했던 새로운 한 방송국 매니저가 〈사람들은 말한다People Are Talking〉라는 아침 프로그램에 리차드 셰르와 공동 진행을 맡도록 자리를 마련해 주었다. 상당히 인기 있는 프로그램이었지만 오프라는 공동 진행이 마음에 들지 않았다. 그럼에도 그녀의 표현처럼 '숨쉬는 것만큼이나 자연스러운' 토크쇼를 좋아했기 때문에 몇 년 동안이나 그 자리에 머물러 있었다.

프로그램의 시청률은 볼티모어에 거주하는 흑인 인구가 상당히 많을 뿐만 아니라 시청자 수도 꽤 많았지만 다른 열두 도시들과 비교해 낮았다. 물론 볼티모어 내에서의 시청률은 유명한 도나휴 쇼보다도 높았다. 오프라는 자신의 생활이 불안하고 불행하다고 생각했다. 게다가 6년간이나 해왔던 일에 싫증을 느끼고는 다른 일자리를 찾기 시작했다.

그러던 중 1984년 서른의 나이에 미국에서 세 번째로 큰 규모의 방송국에서 일할 기회가 찾아왔다. 그녀가 '좀더 세련된 뉴욕'이라고 칭했던 시카고에서 말이다. 이력서 전문가의 도움을 비롯해 의욕적인 프로듀서 친구와 오프라 자신의 노력 덕분에 가능했던 일이었다. 오프라는 그곳에서 20년 이상을 근무했다. 그녀가 처음 진행을 맡게 된 쇼는 시청률이 낮았다. 오프라는 다른 프로그램과의 경쟁에 초조함을 느끼며 방송국 매니저 데니스 스완손에게 고민을 털어놓았다. 이에 스완손은 오프라에게 그녀 그대로의 모습을 보여 주라고 충고했다. 그녀가 아등바등한다고 필 도나휴가 되는 것은 아니라는 말이었다. 놀랍게도 오프라는 낯선 환경 속에서 그것도 한 달 이내에 〈에이엠 시카고AM

Chicago〉의 시청률을 급상승시켰으며 머지않아 가장 유명한 토크쇼로 거듭났다. 오프라는 연봉 22만 5,000달러를 받고 일하면서 자신을 어마어마한 부자로 여겼다.

오프라가 시카고로 옮긴 지 두 해가 지났을 뿐인데 그녀의 쇼는 신디케이트syndicate(네트워크를 거치지 않고 프로그램 제작사에서 개별 독립 방송국으로 완성된 프로그램을 직접 공급-옮긴이)를 통해 전국으로 방송되기 시작했다. 그리고 〈오프라 윈프리 쇼〉로 이름이 바뀌면서 이른바 오늘날의 유명한 쇼로 부상했다.

오프라 쇼가 1986년에 전국으로 방영되기 시작할 무렵 서른두 살의 오프라는 버논, 젤마와 함께 추수감사절을 맞았다. 그들은 마치 개선장군이 된 듯 의기양양하게 미시시피로 돌아가 가족과 친구들을 만났으며 오프라가 어린 시절을 보냈던 곳도 둘러보았다. 외할머니의 집은 없어졌지만 그 도로는 '오프라 윈프리 로'로 이름 붙여졌다. 코지어스코에서 오프라의 명성은 미국 그 어느 지역만큼이나 높았다. 아니, 아마 그 어느 지역보다도 더 높을 것이다. 얼마 후에 내슈빌 또한, 오프라의 삶에 공헌한 아버지에게 경의를 표하는 의미에서 버논 윈프리의 이발소가 있던 거리를 '버논 윈프리 로'로 이름지었다.

그 후 1년이 지난 1987년에 오프라는 낮 텔레비전 방송 부문에서 에미상 수상자로 선정되었다. 그리고 마지막으로 평생 공로상을 받기 전까지 수십 년에 걸쳐 무려 30번 이상이나 같은 상을 받았다.

오프라 쇼가 신디케이트를 통해 운영되면서 그녀는 명실 공히 미국을 비롯해 해외에서까지 유명인사가 되었다. 그녀의 프로그램을 〈오프라 윈프리 쇼〉로 이름 바꾼 것은 킹 브라더스 코퍼레이션의 작품이었다. 킹 브라더스사는 꽤나 잘 알려진 두 배급업자가 소유한 회사로, 1986년 9월에 〈오프라 윈프리 쇼〉를 사들였다. 그리고 곧 〈오프라 윈프리 쇼〉는 전국 137개 방송국을 통해 방영되었다. 오프라는 자신의 프로그램이 놀랄 만한 성과를 이룬 것은 같은 시간에 전국에서 방영되기 때문이라고 말했다. 오프라 쇼는 낮 시간대에 방영되지만 일부 비평가들의 견해와 마찬가지로 그녀 역시 이 시간대를 '골든아워'라 믿는다.

오프라는 일과 관련해서 주요한 역할을 했던 킹 브라더스를 신뢰한다. 그리고 그들이 없었더라면 지금과 같은 어마어마한 결과는 얻지 못했을 거라고 말한다. 시간이 지나면서 킹 브러더스는 오프라 쇼의 단독 배급자로 남았다. 물론 오프라가 자신의 회사를 통해 오프라 쇼를 소유하고 이를 감독하고 있지만 말이다. 1999년에 CBS 코퍼레이션이 텔레비전 신디케이트 회사인 킹 월드 프로덕션을 25억 달러에 인수한 후에도 킹 월드는 계속해서 경쟁 방송국들에 오프라 쇼를 판매하는 권한을 갖고 있다. 오프라 쇼는 계속해서 엄청난 금액의 수익을 벌어들였다. 오프라 쇼를 보는 주간 시청자 수는 대략 1,500만 명에서 그 두 배 이상에 달한다. 결과는 그 수를 미국 내 시청자로 한정짓느냐 해외 시청자까지 포함시키느냐에 따라 다르다. 20세기 말까지 오프라 쇼는 그녀가 주요 주주로 있는 킹 월드의 총수입 가운데 대략 40퍼센트를 차지하고 있다.

종종 '소년들'로 불려지는 킹 브라더스의 로저와 마이클은 중년의 백인 남성들이다. 이들은 아버지인 찰리 킹이 타계했을 때, 고군분투

중인 신디케이트 비즈니스를 상속받은 여섯 형제들 가운데 두 형제다. 로저와 마이클은 보잘것없었던 사업을 수백만 달러 가치의 회사로 부흥시켰다. 또한 뒤이어 떠맡은 텔레비전 프로그램으로부터 거대한 금액의 수익을 거둬들였다. 덕분에 텔레비전 프로그램 최강의 딜러가 되었다. 시청자 대부분이 좋아하는 채널은 대단히 성공적인 게임 쇼 프로그램이었지만 그 가운데 핵심은 단연 오프라 쇼였다. 간헐적으로 오프라가 은퇴한다는 공론이 있을 때마다 킹 브라더스는 오프라와 새 계약을 체결했다. 그녀가 은퇴를 재고했다는 갑작스런 발표는 놀라운 일도 아니었다. 오프라는 2003년 5월에, 너무나도 훌륭한 시간을 보내고 있기 때문에 일을 그만둘 수 없다고 말했다.

로저 킹은 193센티미터 키에 체중이 90킬로그램이며, 비상할 정도의 재정적 통찰력을 가졌기에 오프라와 비즈니스 거래를 하는 방식이 다소 놀랍기까지 하다. 그는 도박을 좋아하고 사치스러운 생활을 즐긴다. 그러나 킹이 아니었다면 오프라가 텔레비전에 오늘날과 같이 출연할 수 있다거나 지금과 같이 막대한 금액의 수입을 벌어들이지 못했을지도 모른다. 그는 선물을 보내고 여행을 보내 주는 등 고객들에게 아낌없이 돈을 쓰기로도 유명하다. 그와 거래하는 다른 엔터테이너들과 마찬가지로 오프라 역시 그의 선물 공세를 받아왔다.

오프라가 시카고 프로그램을 떠맡았을 당시에는 필 도나휴가 토크쇼 비즈니스의 선두주자였다. 사람들은 그를 낮 시간대 텔레비전의 '소유자'라고까지 이야기할 정도였다. 하지만 오프라는 그를 무너뜨리고 말았다. 그녀는 도나휴와 바버라 월터스의 쇼를 녹화테이프로 보고 배우면서 토크쇼의 길을 닦아놓았던 도나휴에게 감사했다.

하지만 그녀는 그들과는 다른 방식으로 접근했다. 오프라가 도나휴를 칭송했듯이 도나휴 역시 청중과 소통하는 오프라의 능력을 높이 평가했다. 더군다나 그에게는 10년이 걸렸던 일을 그녀가 단 1년 안에 이루어낸 데 대해 감탄했다. 도나휴는 비록 자신이 오프라와의 경쟁 때문에 떠난다고는 말하지 않았지만 시카고를 떠나 뉴욕에서 쇼를 진행했다. 그럼에도 그의 명성을 되찾지는 못했으며 결국 일정 기간 동안 텔레비전을 떠나야 했다. 그러던 중 2002년에 MSNBC-TV로 컴백을 시도했으나 텔레비전 비평가들로부터 '친절한' 평은 듣지 못했다. 결국 6개월 후에 그의 프로그램은 막을 내렸다. 도나휴에게는 혹독했던 곳에서 오프라는 승승장구해 나갔다. 시청자들은 21세기에 이르기까지 그녀의 충실한 추종자가 되어 지지를 아끼지 않았다.

오프라가 시카고로 거취를 옮긴 지 몇 년이 지나지 않아 그녀는 백만장자가 되었다. 보도에 따르면 그녀는 백만장자 10위권 내에 들 뿐만 아니라 세상에서 가장 부유한 엔터테이너였다. 게다가 〈포브스〉지는 그녀를 미국에서 가장 부유한 사람 가운데 한 명으로 손꼽았으며 1993년 9월에는 그녀의 재산이 9천8백만 달러에 달한다고 보도했다. 이는 오프라에게 첫 영화 배역을 주었던 스티븐 스필버그 감독의 당시 재산 7천2백만 달러보다도 많은 금액이었다. 또 코미디언이자 연기자이며 그녀의 소중한 친구이기도 한 빌 코스비가 벌어들인 6천6백만 달러보다도 훨씬 많았다.

그로부터 10년 후인 2003년에 〈포브스〉지가 다시 '세상에서 가장 부유한 100인의 인물' 순위를 보도했는데 이때 오프라는 미국 최초의 흑인 억만장자로 등극했다. 222인의 미국인과 134인의 유럽인 가운데 오프라의 10억 달러 재산은 그리 높은 순위에 들어가지 않았다. 그럼에도 오프라의 사진은 다른 억만장자 두 명의 사진과 함께 잡지 표지를 장식했다. 그녀와 함께 사진이 실린 이들 가운데 한 명은 샘 월턴가 사람이자 월마트 창립자인 월턴 후계자였다. 그리고 나머지 한 명은 컴퓨터 업계의 스타이자 마이크로소프트사의 공동 설립자이며 회장이기도 한, 세계에서 가장 부유한 남자 빌 게이츠였다.

1986년까지 오프라는 시카고 사람이 가장 꿈꾸는 펜트하우스를 사고도 남을 만큼 충분한 돈을 벌어들였다. 호반에 있는 그녀의 펜트하우스는 57층에서 호수가 내려다보일 뿐만 아니라 시카고 전경이 다 보이는 전망을 자랑한다. 아파트 내부에는 누구라도 꿈꿀 만한 모든 것들이 갖춰져 있다. 크리스털 샹들리에며 발렌티노, 웅가로, 크리지아 같은 최고의 디자이너 의상들을 수납하는 옷장 또한 마련되어 있다.

소위 '호화로운 여왕' 오프라는 상당히 값비싼 수입 면 티셔츠를 비롯해 눈에 띄는 온갖 물건들을 사들이기를 좋아한다. 그뿐만 아니라 동료들에게 선물하는 것도 좋아한다. 그녀의 직원 200명에게 고급 부츠를 선물하기도 했으며 친구들에게 상당 금액의 현찰을 선물로 주기도 했다. 시카고 아파트에는 와인 저장실이 있고 거품목욕 애호가로 알려진 오프라를 위한, 황금색 돌고래 모양의 수도꼭지가 달린 대리석 욕조도 있다. 사치품을 즐기는 그녀는 또한 10만 달러짜리 BMW 자동차를 운전한다.

그녀는 시카고 아파트 외에도 집이 세 채가 더 있다. 인디애나 주 롤링 프레리에 위치한 집은 워싱턴 경관건축가인 제임스 반 스웨덴이 설계한 것으로 대략 648,000평방미터의 농장에 162,000평방미터에 달하는 목초지로 이루어져 있다. 이 집은 시가 200만 달러에 이른다. 오프라는 개를 좋아해서 아홉 마리나 되는 개를 키운다. 그 가운데 오프라가 가장 좋아하는 개는 솔로몬과 소피라는 이름의 코커스패니얼이다. 그녀는 이들을 위해 난방이 되는 집을 마련해 주었다. 농장에는 순혈종의 말들이 있으며 또한 헬리콥터 이착륙장이 구비되어 있는 것도 눈에 띈다.

두 번째 집은 유명한 건축가 브루스 그레그가 오프라를 위해 설계한 별장으로 콜로라도 스키 지역인 텔루라이드 외곽 344,000평방미터 넓이의 대목장에 위치한다. 세 번째 집은 캘리포니아 몬테시토에 있다. 이는 170,000평방미터 넓이의 토지에 지어진 2,136평방미터에 달하는 대저택으로 그 가치는 5,000만 달러에 이른다. 항간에는 오프라가 집값을 개인 수표로 지불했다는 소문도 있다. 이외에도 오프라는 하와이 마우이 섬에 있는 해변 부지를 소유하고 있는 것으로 알려졌다. 또한 한 장소에서 다른 장소로 편하게 이동할 수 있는 제트기도 소유하고 있다.

시간이 지날수록 늘어나는 재산 덕분에 오프라는 훨씬 더 중요한 것을 손에 넣을 수도 있었다. 월터 크롱카이트와 데이비드 브링클리, 바버라 월터스, 테드 코펠 등과 함께 '그 해의 방송인'으로 선정되며 가장 유명한 방송인 순위에 합류했던 때의 일이었다. 오프라는 하포사를 설립하여 시카고 ABC-TV방송국 WLS로부터 〈오프라 윈프리 쇼〉의 소유권과 감독권을 얻었다. 그 후 오프라는 새로운 회사를 위해 하키장이었던 낡은 건물을 사들였다. 그리고 그곳을 사무실과 영화제작소를 비롯해 스파와 체육시설을 갖춘 새로운 복합공간으로 탈바꿈시켰다. 그녀는 건물 보수공사에서 즐거움을 얻으며 대형 카펫부터 타일과 문손잡이, 장식품에 이르기까지 리모델링에 필요한 거의 모든 것을 자신의 취향대로 선택했다.

오프라는 흑인 여성 최초로 자신의 스튜디오와 프로덕션 회사를 소유했다. 그 전까지는 단 두 명의 미국인 여성 메리 픽포드와 루실 볼만이 이룰 수 있었던 일이었다. 더군다나 그들은 둘 다 백인이었다. 오프라는 하포 엔터테인먼트 그룹의 회장이자 CEO로서 자신의 쇼를 관리하고 다양한 종류의 영화와 주요 시간대 텔레비전 특별 프로그램, 어린이 특별 프로그램, 가정용 비디오 개발에 참여했다. 〈포춘〉지에 따르면 2002년까지 하포 그룹의 가치는 5억 7,500만 달러에 달했으며 오프라는 주식의 90퍼센트를 소유했다.

하포 그룹의 설립을 처음부터 도왔던 전 엔터테인먼트 변호사 제프 제이콥스는 몇 년 후 하포사 사장이 되었다. 그가 소유한 주식은 10퍼센트였다. 오프라는 그를 통찰력과 문제해결 능력이 풍부한 사람이라며 칭찬을 아끼지 않았다. 이에 그는 오프라가 제일선에서 활약하고 있다며 오히려 그녀의 칭찬을 늘어놓았다. 그녀가 자신의 잡지 〈O〉에 쏟는 노력 또한 만만치 않았다. 이러니저러니 해도 그가 회사를 이끌어나가는 것만은 사실이다.

오프라의 재력에 관해 글을 썼던 한 작가는 제프를 가리켜 '전략적인 조언자' 이며 '전투적인 거래자' 라고 칭했다. 이는 오프라가 그를 두고 지칭하는 '피라냐 piranha(동물이나 사람을 습격하는 남미산 물고기 - 옮긴이)' 와 일맥상통했다. 그를 어떻게 묘사하든지 제이콥스는 오프라의 재정적 성공을 위해 중요한 역할을 했다. 게다가 그의 역할은 단지 하포사 사장으로 그치지 않았다. 영화와 텔레비전에서 그녀의 배역을 협상하는 '무급 에이전트' 로도 활약했기 때문이다.

하포 그룹은 제이콥스와 오프라의 운영 하에, 1994년에는 종업원 221명의 거대한 조직체로 성장했다. 이 가운데 여성 인력은 무려 68퍼센트에 달했다.

1997년에는 평소 다른 이들에게 많은 것을 베풀고자 했던 오프라의 바람에 따라 엔젤 네트워크가 창설되었다. 이 조직은 도움을 필요로 하는 이들을 도울 의지와 열정이 있는 사람들이 자선을 베풀고 봉사하는 단체이다. 오프라가 선을 행하고자 하는 소망은, 그녀가 한때 꿈꾸었던 선교사가 되길 바랐던 희망과 다르지 않다. 하지만 아무리 부유할지라도 한 사람의 힘만으로는 다수를 세세하게 도울 수 없다. 따라서 부유한 사람들로 하여금 선행과 재정적 후원, 혹은 그 두 가지 모두를 사회에 환원할 수 있도록 격려하는 것이 엔젤 네트워크의 일이었다. 엔젤 네트워크 참가자들은 또 다른 유명 자선 단체인 해비타트와 함께 수천 명의 가족들에게 집을 제공했고 더 많은 교육을 받길 원하는 학생들을 위해 대학 장학 기금 모금도 했다. 또한 다른 이들에게 봉사하며 살아온 사람들에게는 엄청나게 큰 상을 수여했다.

초기의 엔젤 프로그램은 두 가지가 유명하다. 하나는 해비타트 건설 그룹과 협력한 '오프라 집짓기Build an Oprah House' 프로그램이었고 또 다른 하나는 형편이 어려운 어린이들을 위해 기금을 모금하는 '세계 최대 돼지저금통The World' s Largest Piggy Bank' 프로그램이었다.

1999년 오프라는 또 다른 사업을 맡았다. 제럴딘 레이본과 마시 카시와 함께 공동설립자로서 옥시전 미디어Oxygen Media라는 신설 케이블 회사의 주식 8퍼센트를 사들였다. 그녀가 이 회사를 사들인 이유는 다른 네트워크 프로그램과는 차별된 방법으로 자신을 표출할 수단을 갖고 싶었기 때문이다.

옥시전 미디어는 일주일 내내 하루 24시간 방송하며 여성들과 그들의 관심 주제에 방향을 맞춘다. 이따금씩 좀더 폭넓은 대중을 타깃으로 프로그램 주제가 정해지기도 한다. 하지만 오프라가 기대하던 성과는 얻지 못했다. 일하는 여성들을 위한 〈오프라 애프터 더 쇼Oprah After the Show〉라는 신설 토크쇼를 개설했지만 별 소득이 없었다. 그 이유는 미국 내 1억 5백만 가정의 절반에도 못 미치는 오직 한정된 수의 시청자를 대상으로 방송했기 때문이었다. 그뿐만 아니라 여론조사에 따르면 여성 시청자들 대부분이 '여성들을 위한 텔레비전Television for Women' 채널로 알려진 라이프타임 채널을 더 선호했던 것 또한 한 이유였다.

오프라는 "참 많이 발전했군요You' ve come a long way, baby"라는 한 광고 속 문구의 포스터 인물이 될 수 있을지도 모른다. 인종차별이 심했던 미시시피 주에서 가진 것 없는 조부모와 살았던 네다섯 살 정도의 아주 어린 아이였을 때부터 많은 장애에 가로막히고 또 여러 고충을 겪었을지라도 오프라는 앞으로 자신의 삶이 달라질 거라는 확신을 가졌다고 한 인터뷰 자리에서 고백했다. 물론 그때의 느낌이 어떤 것이었는지 분명히 설명하지는 못했다.

40여 년이 지난 1997년 봄 중년의 오프라는 어린 시절을 떠올리고 그때의 바람을 기억하면서 웰슬리 대학 졸업생들에게 연설했다. 오프라는 젊은 여성들에게 자신의 이야기를 들려주면서 인생 그 자체가 여행임을 상기시키고 그녀에게 중요했던 몇 가지 일들을 나열했다. 그녀는 자신의 인생여행으로부터 배운 것들, 살아오면서 자신을 만족스럽게 했던 몇 가지 지침 등을 졸업생들에게 설명하고 따르기를 권했다. 오프라는 먼저 자신이 어떤 사람인지 발견해야 한다고 강조했다. 그리고 각자의 경험으로부터 스스로가 누구인지를 파악해야 한다고 설명했다.

오프라는 우리가 스스로를 발견하는 데 오랜 시간이 걸리며 소위 많은 깨우침이 필요하다고 말했다. 아무리 존경하는 인물이라 할지라도 자신이 아닌 다른 누군가가 될 수는 없다는 의미였다. 오프라는 어린 시절을 회상하면서 존경하는 유명인사들을 따라했던 자신의 모습을 조소하고, 우리 자신이 아닌 다른 사람이 되려고 한다면 불행만이 뒤따를 뿐이라고 덧붙였다. 그녀는 마야 안젤루 덕분에 이러한 진실을 이해할 수 있었다고 고백했다. 웰슬리 졸업생들에게 이를 명심하라고 간곡히 부탁했다. 그리고 자신에게 실수가 있었다면 그것을 받아들여야 하고 그 경험을 통해 더욱 현명해지고 더욱 앞으로 나아갈 수 있어야 한다고 힘주어 말했다.

오프라는 수십 년간 간직해 온 자신의 일기장을 다시 읽으면서 자신의 개인적 성장을 더듬어 볼 수 있었다고 전했다. 그녀가 자신의 텔레비전 쇼 시청자와 잡지 독자들에게 권고하듯이 웰슬리 졸업생들 또한 일기를 쓰라고 강조해 말했다. 덧붙여서 그저 평범한 일기가 아닌 '고마운 일기'여야 한다고 설명했다. 부족한 것보다는 충만한 것에 초점을 맞추는 기록이 되어야 한다는 뜻이다. '고마운 일기'는 삶을 풍요롭게 만든다. 우주의 가능성을 믿는다면 우리 개인의 미래 또한 믿게 된다는 의미가 담긴 말이었다.

오프라는 영적인 면을 강조하며 신이라는 소위 근원과의 연결을 꾀하기도 한다. 그녀가 말하기를 삶의 근원이란 생명력이나 자연, 알라신 혹은 그저 힘을 의미할 수도 있다. 근원이란 것이 무엇이든지 이는 한없는 성과를 위한 힘인 것이다. 오프라는 종교의 필요성에 대해서는 그다지 중요하게 생각하지 않는다. 신앙을 전통적인 방식에 한정짓지 않는 것이다.

그녀는 이따금씩 시카고 남부에 있는 삼위일체 연합교회 예배에 참석하기는 하지만 열심히 나가지는 않는다고 고백한다. 그녀는 삶의 가능성에 한계를 부여하지 않고 교회는 자신 안에 존재한다고 믿는다. 만일 자신의 내부에서 근원을 발견할 수 있다면 도달하지 못할 곳은 없다는 말이다. 오프라는 자신의 생각을 경험의 예를 들어 묘사하면서 웰슬리 졸업생들에게 원대한 꿈을 가질 것을 강조했다. 꿈이 작으면 결실 또한 작다는 것이 그녀의 설명이었다.

오프라는 아버지 덕분에 자신의 삶에서 두 번째 기회를 얻었음을 깨달았던 그 시절부터 끊임없이 노력했다. 이는 단지 일적인 문제뿐만이 아니었다. 그녀가 행했던 중요한 역할 여럿 가운데 가장 의미 있는 것은 바로 2001년 9월 엄청난 사건이 벌어진 후의 일이었다. 바로 뉴욕 양키 스타디움에서 종파를 초월한 의식을 거행한 것이다. 연예인들을 비롯해 많은 전문가들, 즉 배우와 가수, 종교와 정치 리더들이 참석해 국가적인 비극을 극복하는 미국인의 단결을 온 세계에 보여 주었다.

9·11 참사는 모든 미국인들의 비극이었다. 하지만 그 중에는 처절한 아픔을 경험한 이들도 있었다. 오프라는 이들을 위로하기 위해 이야기와 음악, 그리고 글로 상실과 절망의 특징에 대해 연설했다. 그리고 인생의 왜곡된 두 면, 빛과 어두움에 대해서도 이야기했다.

또 그녀는 잡지에서 '내가 확실히 아는 것What I Know for Sure' 이라는 제목의 칼럼을 통해 슬픔과 기쁨, 상실과 만족, 일상과 신비를 주제로 하는 글을 실었다. 그리고 이러한 모든 것들이 인생이라는 여행의 일부라며 물론 자신의 인생에서 경험한 것들이라고 밝혔다. 그럼에도 오프라는 각각의 삶은 자신만의 길을 만든다고 믿는다. 또한 모든 일에는 다 이유가 있으며 의지만 있다면 완전한 인생을 꾸려나갈 수 있다고 확신한다. 자신만의 길을 따르라는 오프라의 충고는 우리에게 스스로의 행복을 책임져야 한다는 사실을 알려준다. 더 나아가 자신을 먼저 사랑해야 다른 이도 사랑할 수 있다는 사실을 일깨워준다.

그녀는 가능성의 예로써 자신의 삶을 가리킨다. 하지만 오프라가 도달한 성지의 근처에라도 이를 수 있는 이들이 얼마나 될 것인가?

제 2 장

텔레비전 토크쇼의 여왕

〈워싱턴포스트〉지 기자이자 CNN 저녁 뉴스 토론 프로그램 진행자인 하워드 쿠르츠는 〈허풍:끊임없는 이야기 Hot Air: All Talk, All the Time〉라는 자신의 저서에서 '최고의 재담꾼' 역할을 하는 이들의 이름을 나열했다. 모두 TV나 라디오 청취자들에게 친숙할 뿐만 아니라 평소 주변 사람들과 대화할 때 종종 거론되는 이름들이었다. 쿠르츠가 주야 토크쇼 진행자 가운데서 뽑은 일류 재담꾼 일곱 명은 킹, 매클로플린, 림바흐, 이무스, 도나휴, 윈프리, 그리고 코펠이었다.

오프라는 이 중에서 유일한 여성으로, 쿠르츠가 선택한 일곱 명 가운데 여섯 번째 재담꾼으로 뽑혔다. 하지만 그녀의 이름이 몇 순위에 올랐는지에 상관없이 오프라가 진행하는 프로그램은 낮 시간대 프로그램 중에서 시청률 1, 2위를 다툰다. 그래서 언론인들에게 '낮의 TV 여왕' 이라는 별명을 얻기도 했다. 실제로 90년대 중반까지 엄청나게 많은 여성들이 낮이든 밤이든 다른 많은 프로그램들을 마다하고 오프라의 쇼를 시청했다. 아마도 그런 별칭이 붙은 가장 큰 이유는 인터넷 미스터 쇼비즈Mr. Showbiz에 게재된 기사처럼 오프라가 누구에게나 공감을 잘하는 '가장 훌륭한 여자 친구'이기 때문일 것이다. 또 여러 비평가들이 지적했듯이 많은 시청자들이 머리를 써야 하는 뉴스 위주의 저녁 토크쇼보다 다소 선정적이면서도 감상적이고 고백을 이끌어내는 낮 시간대의 가벼운 프로그램을 선호하기 때문일 수도 있다.

텔레비전 토크쇼는 방송의 역사만큼이나 오래되었다. 하지만 지금과 같은 토크쇼 형식은 60년대에 필 도나휴가 등장하면서 형성되었다고 해도 과언이 아니다. 작가들은 때때로 내용의 유사성을 들며 낮 시간대의 토크쇼와 멜로드라마를 비교하기도 했다. 그러니 토크쇼의 시청률이 여러 드라마를 압도하는 것은 어쩌면 당연한 일이라 하겠다.

대중문화를 연구하는 학자들은 토크쇼의 뿌리를 19세기의 삶과 연결했다. 타블로이드판 신문의 특징인 폭로성 내용과 연극조의 멜로드라마 기사, '디어 애비Dear Abby(애비게일 밴 부렌의 필명으로 독자의 질문에 답하는 신문의 인생 상담란-옮긴이)'의 선구자격인 일간지 여성 상담 코너와 같은 특성이 토크쇼 진행자와 시청자들을 이어주는 것이다. 게다가 텔레비전이 등장하기 전 한때 미용실에서 즐겨 찾는 읽을거리였던 '고백 스타일'의 잡지들은 토크쇼의 선행물 격이었다.

크래커 배럴 같은 레스토랑에서 〈트루 스토리True Story〉를 비롯해 제2차 세계대전 이전에 생긴 다른 가십 잡지들의 겉표지를 걸어놓는 것은 의도적으로 세련과는 좀 거리가 먼 듯한 느낌을 주려는 것이었다. 인터스테이트 95Interstate 95(미 동부 해안의 주요 고속도로-옮긴이) 근방의 레스토랑에 걸린 〈트루 스토리〉 겉표지는 '진실은 픽션보다 더 낯설다 Truth is stranger than fiction'라는 최고의 표제로 독자들을 매료시켰다. 또 '나만의 사랑이라는 함정My own love trap' 같은 머리기사 제목은 오늘날 TV프로그램으로 만들어도 손색이 없을 정도이다. 요컨대 오래된 대중 문화와 오늘날의 토크쇼는 이렇듯 여성들에게 호소하는 주제들을 내세 우는 것이 공통된 특징이다. 프로듀서들이 선택한 주제는 마구잡이식 으로 결정되는 것이 아니다. 이들은 여성의 관심거리를 아는 것은 물론 이고 항상 경쟁 프로그램을 주의 깊게 지켜보며 연예계 인물들을 주목 할 뿐만 아니라 〈더 내셔널 인콰이러〉나 〈스타〉, 〈글로브〉, 〈피플〉 같은 타블로이드판 신문, 가십거리들을 다루는 출판물을 통해 최근의 동향 을 주시한다.

'방영 시간이 낮이든 밤이든 토크쇼는 다 비슷비슷하다'고 했던 최 근까지의 주장은 이제 현실과 맞지 않다. 90년대 이래로 낮 시간대와 밤 시간대 프로그램의 관심사는 달라졌다. 심지어 진지한 뉴스 프로그 램조차 좀더 연예 위주로 흘러가는 반면에 일부 낮 시간대 프로그램은 논리적인 토론에 초점을 맞춘다. 방송사의 영원한 관심사는 바로 끊임 없이 변화하는 대중의 흥미를 끄는 일이다. 그런 면에서 저녁 토크쇼가 활기를 띠게 된 것은 아마도 클린턴 대통령과 고어 부통령, 부시 대통 령 같은 인사들이 늦은 밤 코미디 쇼에 출연하면서부터인 듯싶다. 이들 은 여기에서 자신을 이른바 보통 남자로 드러낼 기회를 얻었다.

예를 들면 빌 클린턴 대통령은 네트워크 텔레비전에 출연해 색소폰 을 연주했고, 앨 고어 부통령은 〈새터데이 나이트 라이브〉에 출연해

2000년 민주당 전당 대회 때 유명했던 키스 사건을 재연하기도 했다. 자신이 후보에 지명된 후 아내에게 퍼부은 고어의 열렬한 키스 세례는 당시 큰 화젯거리가 되었다. 키스에 관한 이야기라면 오프라도 여러 대통령 후보자들에게서 키스를 받았다. 그 중에는 오프라 쇼에 출연해서 땅콩버터와 젤리잼이 들어간 샌드위치를 가장 좋아한다고 털어놓은 조지 부시 대통령도 있다. 이밖에 영부인 힐러리 클린턴과 로라 부시도 오프라의 쇼에 출연한 바 있다.

저녁 토크쇼 프로듀서들은 감소 추세인 시청률을 올릴 방편으로 유명한 기자들을 게스트로 초대했다. 그뿐만 아니라 토요일이나 일요일 낮 시간대는 물론이고 밤 시간대 토크쇼에서도 새로운 정부 관리들을 종종 초대했다. 그래서 인기 있는 주말 토크쇼에서는 한 인물을 서로 먼저 초청하려고 경쟁하는 해프닝도 벌어졌다. 그 결과, 일부 게스트들은 종종 여러 프로그램에 연이어 얼굴을 내비치기도 했다.

주말과 주중의 낮 시간대 토크쇼는 대략 15년 동안 꾸준히 전성기를 누렸다. 그 가운데 특히 활기를 띤 것은 다소 경박스러운 토크쇼였다. 급기야 피터 칼슨이라는 한 기자는 이러한 프로그램을 일컬어 '미국에서 크게 성장하는 산업'이라고 비꼬아 말했다. 데일리 토크쇼 프로그램의 수는 90년대 후반까지 급격히 증가했다. 그러다 다소 공격 성향이 강한 일부 프로그램들은 90년대 후반에 이르러 막을 내려야 했다. 그때까지 많은 프로그램들이 선정적인 방향으로 흘러갔다. 이야깃거리가 되지 못할 것은 없었다. 게다가 참가자들은 기꺼이 자신의 개인적인 문제들을 시청자와 공유했다. 다른 이들에게는 말하지 못했던 그런 이야기들 말이다. 의사들의 보고에 따르면 일반적으로 환자들이 성적인 문제를 이야기하기 꺼린다고 하지만 토크쇼에서는 상황이 달랐다. 의사 앞에서는 입을 다무는 환자들도 TV프로그램에 출연해서는 다 터놓고 이야기했다. 특히 오프라의 토크쇼는 개인의 문제를 공유하는 데 초점을 맞추었다.

오프라가 1986년에 시카고에서 일을 시작했을 때, 당시 낮 시간대 TV프로그램에서 '절대 군주'로 군림하던 필 도나휴에게 그녀의 프로그램이 어떠한 영향을 미치리라고는 누구도 예상하지 못했다. 그러나 그녀는 순식간에 도나휴의 자리에 올라서는 위력을 발휘했다. 오프라는 도나휴가 한 가지 주제로 진행하는 토크쇼 형식을 도입하고 확립한 것에 대해 TV에서 선구자적 업적을 이루었다고 평가하며 존경을 표한다. 도나휴 쇼는 〈오프라 윈프리 쇼〉뿐만 아니라 다른 모든 낮 시간대 토크쇼의 원형을 세웠다. 그래서 TV 비평가들도 진지하면서도 창조적인 도나휴 쇼를 높이 평가했다.

그러나 도나휴 역시 오프라와 마찬가지로 그를 비방하는 이들이 있었다. 그 가운데 가장 혹독한 비평가는 CNN 저녁 토크쇼 진행자였던 하워드 쿠르츠였다. 쿠르츠는 도나휴의 업적을 경시하며 그가 시청자를 선동하고자 대개가 미심쩍은 논점을 찾는다며 비난했다. 그리고 모욕적이고 독선적이며 융통성이 없다고 가혹하게 비평했다. 그러나 그런 쿠르츠조차 도나휴가 단순한 엔터테이너는 아니라는 점을 인정했다. 그리고 대통령 후보자를 쇼에 출연시킨 그의 능력에 주목했다. 하지만 그러면서도 여전히 도나휴의 프로그램을 천박하다고 치부하고, 다른 텔레비전 진행자들보다 유독 도나휴에게서 더 많은 결점을 찾아내려 혈안이 된 듯 보였다. 그러다 1994년에는 도나휴가 진행하는 CNBC 토크쇼에 쿠르츠가 출연해 서로 얼굴을 맞대고 공론을 펼치기도 했다.

또 쿠르츠는 〈오프라 윈프리 쇼〉의 선정적 주제들을 열거하며 오프라에게도 비판을 가했다. 그러면서 동시에 오프라가 자신의 프로그램과 관련해 떠도는 이야기들에 거북함을 느끼기 시작했다는 사실에 주목했다. 오프라는 사람들을 교묘하게 속이거나 그들의 불행을 이용해 덕을 볼 생각이 없다고 주장했다. 그리고 선행을 베풀며 살고 싶은 것이 자신의 소원이라며 반복해서 이야기했다. 실제로 오프라가 미국과 그 밖의 다른 나라에 행하는 선행을 보면서 누가 감히 그녀의 주장에 반기를 들 수 있을까? 그녀의 말을 조롱조로 받아들였던 냉소적인 쿠르츠조차 나중에는 오프라의 진심을 인정했다. 또한 오프라의 쇼가 처음과 같지 않다는 사실도 깨달았다.

토크쇼의 범주는 저속한 것에서 진지한 것에 이르기까지 다양했다. 그 가운데 〈오프라 윈프리 쇼〉는 이른바 고급스러운 스타일을 지향하는 프로그램에 속했다. 덕분에 오프라는 낮 시간대 프로그램 진행자로서 에미상을 비롯해 평생 공로상을 수상하는 영예를 얻었다. 일단 그녀가 프로그램의 수준을 향상시키겠다고 결심을 세우자 가치 있는 변화들이 뒤따랐다. 이를테면 낮 시간대 토크쇼들 사이에서 경쟁이 심화되며 점점 주제가 저속해질 때도 〈오프라 윈프리 쇼〉는 천박한 요소들을 과감하게 버리고 안정적인 발전을 이루었다. 경쟁 프로그램들이 역겹고도 충격적인 제목으로 앞다투어 진행할 때 오프라 쇼는 질적 향상을 꾀한 것이다. 이와 반대로 다른 토크쇼 진행자 가운데 특히 제리 스프링거는 한 기자가 '수렁에 처박힌 프로그램'이라는 혹평을 쓸 정도로 형편없는 프로그램을 만들어갔다.

이런 상황 속에서 모든 시청자가 좀더 좋은 프로그램을 제공하고자 하는 오프라의 노력을 높이 평가한 것은 아니었다. 시청자들은 이따금 변덕스러웠다. 종종 오프라가 아닌 스프링거의 프로그램에 채널을 고정했다. 90년대에 실시된 인기도 조사를 보면 이 두 진행자가 일진일퇴하는 것을 알 수 있다.

그러나 낮 시간대 쇼를 대개 무익하고 시시하며 못마땅한 것으로 치부하는 비평가들조차 오프라의 쇼는 최고의 쇼이며 대히트 프로그램이라고 극찬하면서 변화를 인정했다. 이때도 물론 모든 기자가 토크쇼의 가치를 향상시킨 그녀의 노력을 극찬한 것은 아니었다. TV문화를 비평하는 기자들은 계속해서 그녀의 프로그램을 헐뜯었다. 오프라의 쇼가 보통 토크쇼에서 어느덧 주목할 만한 방송으로 90도 전향했다는 사실을 간과한 채 말이다. 안티 오프라 비평가들은 그녀가 미국 문화에 끼친 영향력에 실망을 나타내며, 오프라가 평범한 이들의 약점을 이용하고는 짐짓 그들을 격려한다고 비꼬았다.

오프라의 '반(反)남성'에 대한 감정 또한 비난을 받았다. 특히 흑인 기자들은 흑인 남성을 향한 그녀의 불친절한 태도에 강하게 분노를 표했다. 또 다른 비평가들은 그녀가 '잡동사니식 정신주의'와 '자기만족

심리학'을 퍼뜨린다며 분개했다. 그리고 오프라가 마치 집단 정신치료 법에서나 쓰일 법한 스킨십으로 사람들에게 다가가 '자격 없는 고해 신부' 역할을 해왔다고 꼬집었다. 또한 그렇게 함으로써 오프라 역시 대부분 토크쇼 진행자들과 마찬가지로 시청자들을 '희생'에 몰두하게 하는 해로운 영향을 끼쳤다고 주장했다. 기자들과 치료 전문가들은 오프라의 쇼에서 소개하는 자기수양 치료법을 일컬어 전문가의 도움을 경시하는 감상적인 미봉책이라고 평했다. 아울러 토크쇼는 그저 토크쇼일 뿐 치료가 가능한 프로그램은 아니며, 게스트를 포함해 프로그램을 만드는 모든 이들이 단순히 연기하는 것이라고 강조해서 말했다.

한편, 오프라는 자신의 프로그램 수준을 향상시키고자 결심한 이후로 불명예스러운 주제를 과감하게 버리고 좀더 전문적인 게스트들을 초대하기 시작했다. 그 결과 다양한 이슈들이 진지하게 논의되었다. 당시 미국에서 시시각각 벌어지는 사건 정보들에 귀 기울인 덕분에, 이를테면 콜롬비아 우주선의 폭발 사건과 이라크 전쟁이 현실화될 가능성, 경제를 비롯해 다른 주요 사건들 등에 귀추를 주목하면서 〈오프라 윈프리 쇼〉는 〈짐레러의 뉴스아워〉, 〈CNN〉 방송 등 최고의 몇몇 TV프로그램과 어깨를 나란히 하며 위업을 달성했다.

콜린 파월 미 국무장관이 유엔 대표자들 앞에서 힘차게 연설하고 이라크 관련 결정을 내리기 직전인 2003년 2월 6일, NBC 오프라 방송과 그녀의 옥시전 방송은 미국이 직면한 문제와 이라크 전쟁에 참가할 연합국들에 초점을 맞췄다. 또 오프라는 CNN의 후원하에 중동 문제 관런 유명 칼럼니스트인 톰 프리드먼, 해외 여러 기자들과 협력해 국내외의 다양한 의견을 보여 주는 프로그램을 장시간 방영했다. 이 프로그램은 일반적인 오프라의 낮 시간대 방송과 크게 달랐다. 리허설 없이 즉흥적으로 진행된 것이다. 그래서 관중 가운데 흥분한 한 사람이 톰 프리드먼에게 욕설을 내뱉는 장면도 여과 없이 방송되기도 했다.

하지만 금요일 방송에 뒤이어 월요일 방송은 평소와 다름없이 시청자들이 좋아할 만한 내용으로 진행되었다. 어느 월요일, 그날의 주제는 체중이었다. 오프라의 토크쇼에서 가장 많이 등장한 주제는 바로 체중과 관련된 것이다. 오프라는 체중 문제의 심각성에 대해 역설했다. 시청자와 기자들은 그녀가 자신이 없앤 체지방을 보여 주기 위해 무대 한쪽에서 다른 한쪽까지 지방이 담긴 수레를 끌고 다녔던 과거의 방송을 기억한다. 오프라를 비롯해서 〈오프라 윈프리 쇼〉의 프로듀서들이 기대하는 것은 바로 이처럼 주목할 만한 효과인 것이다.

오프라는 정기적으로 자신의 친구 밥 그린을 게스트로 초대해 이른바 '감정적인 음식물 섭취'를 주제로 프로그램을 진행한다. 그리고 체중 관리를 위해 스스로의 노력을 강조한다. 그린과 오프라는 시청자에게 여러 충고의 말을 전한다. 그린은 운동의 중요성을 강조하는 반면에 오프라는 과식하고 싶은 유혹을 떨쳐버리게 할 일기쓰기를 중시한다. 그린과 오프라는 농담을 주고받는 편안한 친구 사이다. 한번은 그녀가 세금보고서 작업을 하면서 간식을 먹었다고 털어놓자 그린은 오프라가 세금보고서를 너무 진지하게 작성한다고 놀렸다. 그러면 오프라는 웃으면서 전문가의 도움을 받아야겠다고 말하기도 했다.

이따금 오프라를 비롯해 토크쇼에 초대받은 전문가들은 〈오프라 윈프리 쇼〉와 게스트들의 자유분방한 특성을 보여 주듯 매우 자유롭게 이야기한다. 물론 과거보다 선정적인 내용이 훨씬 줄어들었지만 오프라는 여전히 선정성 자체를 없애기 위해 노력한다.

또한 오프라 윈프리 쇼에서는 의미 있는 주제들로 쇼를 진행하면서 종종 말하기 어려운 고백들을 이끌어내기도 한다. 최근에는 성전환 수술을 한 남편을 주제로 이야기가 진행되었다. 오프라 쇼는 어마어마한 시청자 수만큼이나 주제 또한 다양하다. 때때로 게스트들의 이른바 성형 '전후' 사진을 보여 주며 이야기를 나누는가 하면 은밀한 폭로와 감동, 유머 등을 주제로 쇼를 진행하기도 한다.

그동안 오프라의 스타일에 대해 이런저런 이야기가 많았다. 특히 그녀의 참신한 즉흥성에 칭찬이 자자했다. 오프라는 준비된 대본을 좋아하지 않는다고 한다. 좀더 느슨하면서 스스럼없는 접근을 좋아하기 때문이다. 그래서 볼티모어에서는 뉴스 진행자 자리를 잃었지만, 시카고로 옮겨와서 시작한 토크쇼는 놀랄 만한 성공을 거뒀다. 오프라의 자연스러움, 즉 고백을 이끌어내는 그녀의 탁월한 능력은 이미 여러 기사에서 소개되었다. 일부에서는 이를 각본에 짜인 조작된 행동이라고 일축했다. 그러나 마샤 앤 걸레스피 기자는 오프라가 항상 농담이나 의미 없는 이야기만 하는 것은 아니라며 그녀를 옹호했다. 그리고 오프라가 무의식적으로 질문하고 이야기하는 것처럼 보일 때조차 모두 심사숙고해서 준비된 것들이라고 덧붙였다.

이와 반대로 또 다른 비평가는 오프라를 거짓말쟁이라고 몰아붙이며 그녀의 진실성에 이의를 제기했다. 그런 한편, 여성과 남성의 이야기 방식에 관해 권위자로 알려진 데버러 타넨은 오프라가 전형적인 여성의 대화 방식을 이용해 자연스럽게 신뢰감을 이끌어내는 대화를 주도하는 능력이 있다고 말했다.

토크쇼는 사실 자연스러움과 거리가 멀다. 비록 시청자들이 〈더 캐피털 갱The Capital Gang〉 같은 저녁 토크쇼는 생각 없이 말이 나오는 대로 내뱉는 프로그램이라고 여기지만 말이다. 〈워싱토니언Washingtonian〉이 〈더 캐피털 갱〉 토론자 가운데 한 명인 로버트 노바크에 대해 평가한 글을 보면 다음의 사실을 알 수 있다. 노바크가 평소 성격과 달리 인색한 인물로 변신했던 것은 동료들과 대립적인 구도를 이루고자 의도적으로 자극적인 입장을 취했던 것이다. 이러한 행동은 시청자들을 매료시킨다. 오프라는 표면상으로 각본 없이 토크쇼를 진행하는 덕분에 그녀 특유의 유머 감각을 발휘해 사람들을 즐겁게 할 수 있다. 일례로 결혼 문제를 다루다가 오프라는 긴장을 완화시키려는 농담을 던졌다.

"……당신은 멋진 섹스를 하고 있어요. 침대를 뒹굴고 있고요. 황홀한 시간을 보내고 있습니다. 하지만 그 다음 날 아침이 되자 그가 여전히 얼간이라는 사실을 깨닫게 되죠."

물론 오프라의 농담은 항상 이렇게 노골적이지는 않다. 가끔은 단지 암시적이기도 하다. 예를 들면 성전환을 주제로 이야기하던 중에 그녀는 성전환 수술을 받은 게스트가 수술에 대해 간략히 설명하자 갑자기 어떤 쉬운 곡조를 흥얼거렸다.

"네, 우리는 바나나가 없어요.Yes, we have no bananas."

그러자 그 게스트는 즉흥적인 것인지 아니면 미리 준비한 것이었는지는 몰라도 그 곡조를 다음처럼 바꿔 부르며 받아쳤다.

"네, 우리는 질이 없어요.Yes, we have no vaginas."

이것은 정말 대본 없이 진행된 것일까? 그럴 수도 있고 아닐 수도 있을 것이다.

가끔 코미디언들은 오프라의 아슬아슬한 유머를 모방하기도 한다. 예를 들면 〈새터데이 나이트 라이브〉는 오프라가 '버자이너 모노로그 The Vagina Monologues' 라고 불리는 회의에서 영부인들을 인터뷰하는 패러디 연기를 선보이며 '오프라와 버자이너 모노로그' 라는 제목의 공연을 하기도 했다.

한번은 오프라 쇼가 새롭게 유행할 가을 패션 스타일을 주제로 진행된 적이 있다. 오프라의 유머는 미니드레스와 데님, 스웨터 등 어느 것 하나 관련시키지 않는 것이 없었다. 또 그녀는 한 날씬한 모델과 자신의 몸매를 비교하며 익살을 떨었다. 넓게 떨어져 있는 모델의 가슴을 언급하면서 그녀는 천진난만한 척 질문했다.

"어쩜 그럴 수 있죠?"

오프라는 옷을 정말 좋아한다. 매력적인 그녀의 사진 수백 장을 통해서도 금방 알 수 있다. 어떤 해에는 오프라 쇼 한 시간 내내 최고급 디자이너 도나 카란 특집을 진행하기도 했다. 그 디자이너의 값비싼 의상은 〈오프라 윈프리 쇼〉 시청자들 대부분에게는 가당치도 않은 것이었지만 적어도 눈요깃거리는 되었을 것이다. 무엇보다 오프라가 도나

카란을 게스트로 초대한 중요한 이유는 그녀 또한 자선 활동을 하는 것으로 잘 알려져 있기 때문이었다.

또 한번은 '멋지게 보이기'라는 주제로 프로그램이 진행되었다. 사실 이 주제의 이면에는 다소 진지한 문제가 숨어 있었다. 게스트로는 한때 건강과 허영심 사이에서 힘겨운 싸움을 해야 했던 이들이 초대되었다. TV뉴스 캐스터였던 첫 번째 여성 게스트의 문제는 머리카락이었다. 암으로 모두 잃기 전까지 말이다. 그녀는 자신의 상태를 숨기려고 가발을 썼지만 마침내 머리카락보다 더 중요한 것을 깨달았다. 바로 암을 극복하고 다시 살아났다는 자기 자신의 정체성이었다. 그때부터 그녀는 가발을 쓰지 않고 TV에 모습을 나타냈다.

두 번째 게스트는 끊임없이 성형수술을 해야 했던 자신의 이야기를 고백했다. 남편에게 계속해서 젊고 아름다운 모습을 보여 주고 싶은 욕망에 계속해서 수술을 했지만, 수술 후에 돌아오는 것은 계속되는 고통과 심각한 신경손상이었다. 안타깝게도 그녀는 결국 돈과 일, 심지어 남편까지 모두 잃고 말았다.

세 번째 게스트는 좀더 매력적으로 보이려고 지나치게 일광욕을 즐긴 나머지 흑색종(멜라닌에 의해 피부 세포에 생기는 검은색 종양-옮긴이)이 생겨 얼굴과 치아에 손상을 입었다.

마지막으로 선천성 색소 결핍증인 한 흑인 여성은 어린 시절 내내 다른 이들의 시선을 느끼며 암울하게 보내야 했다고 이야기했다. 하지만 대학에 들어가고 나서는 자신을 이상하게 쳐다보는 이가 없다는 것을 깨닫고 마음의 평화를 얻었으며 졸업 후에는 교사가 되었다.

특히 프로그램의 마지막을 장식한 네 번째 게스트의 이야기에는 시청자들에게 전하는 중요한 교훈이 담겨 있었다.

TV가 미국 문화와 일상생활에 끼치는 영향력에 대해 파헤치는 글은 넘치고 또 넘친다. 여러 논평과 기사, 책에서 같은 내용의 이야기가 계속적으로 되풀이된다고 해도 과언이 아닐 것이다. TV는 대부분 미국인의 삶에 '이미지 메이커'로서 중심 역할을 한다. 한번은 학자들이 미국과 그 외 국가 국민의 사고방식, 철학, 정치, 소비 형태 등 다양한 분야에 대한 텔레비전의 영향력을 조사했다. 그 결과 상품에서 양육 문제에 이르기까지 유명인사가 텔레비전에 출연해서 추천한 것이라면 다른 것과 비교할 필요도 없이 상업적인 가치를 크게 올릴 수 있다. 오프라의 모든 프로그램 사이사이에 방송되는 광고는 생각보다 긴 시간을 잡아먹는다. 한 프로그램이 방영되는 동안 자동차나 체중감량 상품, 사료, 살충제, 패스트푸드, 식기세척기, 치즈, 시럽 등 온갖 상품 광고가 등장한다. 이때 상품을 판매하는 주요 역할을 하는 이들이 바로 스타들이다. TV프로그램이나 잡지는 다양한 상품과 제휴하여 매우 많은 것을 얻는다.

어느 해 봄에 오프라가 수놓은 면 블라우스를 입고 자신의 쇼에 출연하자 한 기자는 이를 가리켜 '결정적인 광고'라고 일컬었다. '오프라가 봄에 가장 좋아하는 것들'이라는 프로그램 주제에 따라 오프라는 그 블라우스를 비롯해 열여덟 가지 다른 아이템들을 전시해 놓고 방송 내내 격찬했다. 그 결과, 방송이 끝나자마자 블라우스 판매사인 보스톤 프로퍼에는 전화가 빗발쳤다. 그리고 모회사인 더 마크 그룹은 1분 당 블라우스 한 장을 판매하는 기록을 세웠다고 보고했다.

또 한번은 실베스터 스탤론이 게스트로 출연했을 때 오프라가 아일랜드와 프랑스 마을에서 덩치가 조그마한 할머니들이 직접 만드는 티셔츠를 구입했는데 정말 좋아한다고 말했다. 그러자 같은 물품을 판매하던 시카고의 쉐비 시크Shabby Chic 매장에서는 오프라가 언급한 바로 다음 날부터 그 상품이 불티나게 팔렸다.

기업들은 여성 시청자들이 텔레비전에서 선전하는 상품뿐만 아니라 오프라가 추천하는 물품 또한 열광적으로 구매한다는 사실을 알고 있다. 오프라가 그만큼 강력한 영향력을 행사한다는 의미이다. 이에 대해 폴 오워스는 '오프라가 입는 것이라면 시청자들도 구매할 것이다'라는 내용의 기사를 썼다.

언젠가 오프라 쇼에서 특정 브래지어가 방송에 등장한 일이 있다. 그러자 '오프라'라는 이름의 효과를 잘 알고 있던 플로리다의 한 속옷 매장에서는 즉시 자신들의 광고에 오프라 쇼에 나온 브래지어의 사진을 조그맣게 실었다. 비록 광고 사진의 크기는 작았지만 여성들의 주목을 끌기에는 충분했다. 광고가 나가고 나서 많은 여성이 그 브래지어를 구매했음은 물론이다.

또 오프라가 여성의 성적 욕구를 증진시키는 것 같다며 한 약품에 대해 이야기하자 이를 제조한 메릴랜드의 한 작은 회사에 주문 전화가 쇄도했다.

이쯤 되자 많은 기업들이 상품의 종류를 막론하고 판매에 지대한 영향을 끼치는 오프라의 비상한 능력에 주목했다. 사이먼 앤 슈스터 Simon & Schuster 출판사의 사장은 다음과 같이 말했다.

"오프라가 대중에게 주입한 신뢰 덕분에 시청자들은 그녀가 추천하는 것이라면 믿고 따른다."

그 결과 오프라는 항상 시장을 창출하는 셈이라고 덧붙였다.

언젠가는 〈식탁으로 되돌아가기Back to the Table〉의 저자이자 오프라의 현 주방장이기도 한 아트 스미스가 〈오프라 윈프리 쇼〉에 출연해 요리하는 모습을 보여 주었다. 스미스가 요리하는 동안 오프라는 익살을 떨고 돌아다니며 자신이 감자 애호가라고 떠들어댔다. 심지어 디저트도 감자 요리를 먹는다면서 말이다. 이때 오프라는 음식을 주제로 요리하는 방송을 내보내면서 크레이트 앤 배럴Crate and Barrel(주방용품을 포함하는 미국의 종합 가구 전문쇼핑몰 - 옮긴이)사의 상품을 선전하는 효과를 창출했다. 오프라는 방송 중에 상품의 가격까지 밝히면서 농담조로 자신이 상품을 선전하고 있으니 대신 할인을 좀 해달라고 요구하기도 했다.

일부에서는 그녀가 TV프로그램에서 상품을 추천하는 것에 대해 그 진실성에 의문을 제기한다. 일례로, 하포 그룹에 불만을 품은 전(前) 직원이 오프라의 거의 모든 행동은 거짓이며 상업적이고 또한 이기적이라는 내용의 장황한 글을 인터넷에 올렸다. 이 직원은 오프라가 이른바 기업과 연줄이 있거나 아니면 여러 기업과 방송망, 출판사들에서 대가를 받는 모종의 계약을 맺었다고 주장하며 그녀를 사기꾼이라고 불렀다. 또한 그녀가 자신의 명성을 이용해 대중에게 상품을 판매하고 있으며 기업에서는 오프라가 어떤 방식으로 판매를 이끌어내든지 전혀 신경 쓰지 않는다고 주장했다.

또 〈오프라 윈프리 쇼〉의 선임 부제작자로 일했던 엘리자베스 코디라는 여성은 오프라에 대해 글을 쓰거나 이야기하지 못하도록 평생을 제한하는 이른바 '비밀 유지 계약'에 항의하는 글을 썼다. 코디는 오프라의 경영과 관련해 글을 쓰고 싶다고 주장했지만 법원에서는 그 권리를 허가하지 않았다.

수백만 명에 달하는 오프라 추종자들이 비평가들의 수를 훨씬 능가하는 것은 사실이지만 코디 외에도 오프라에게 이의를 제기하는 사람들은 많다. 〈모든 이가 오프라를 사랑한다 Everybody Loves Oprah〉라는 제목의 책에서는 오프라에게 적대적인 몇몇 기자의 이름이 공개되었다. 그 가운데 한 명이 〈시카고 선타임스〉의 P. J. 베드나르스키이다. 그는 1986년에 오프라가 성적인 문제와 관련해 도덕관념이 없으며, 사회적인 중요한 문제들에 영향을 끼치지 않는다고 주장했다. 그러자 오프라를 옹호하는 많은 이들은 그녀가 사회적 이슈에 관여하지 않는다는 그의 발언에 이의를 제기하고 나섰다. 대부분의 사람들이 오프라에 대해 이야기할 때 가장 먼저 꺼내는 말은 다름 아닌 그녀가 얼마나 많은 선행을 베푸는가이기 때문이다.

그리고 이 책에는 잡지 〈스파이〉의 빌 제머 이야기도 인용되었다. 그는 오프라가 다른 유명인사의 이름을 들먹이는 것을 비롯해 그녀의 모든 말과 경박함에 질색했다. 그리고 오프라와 함께 일하는 이들을 아첨꾼이라고 조롱하며 심지어는 그녀의 외모를 비웃기도 했다. 이전에 다른 많은 기자들이 그녀의 외모를 약점으로 여기고 비웃었을 때처럼 말이다.

TV가 미국인의 삶과 문화의 다양성을 손상시킨다는 사실은 이미 많은 대중문화 연구를 통해 밝혀졌다. 주제가 무엇이든 혹은 게스트가 누구이든 간에 TV프로그램은 중산층 미국인의 구조와 삶의 가치를 강조한다. 이때 문제를 해결하는 방법 또한 특정 가치를 따르기 마련이다. 다시 말하면, 작가 바버라 에렌라이히가 묘사하듯이 모든 사람에게 중산층을 기준으로 하는 책임, 판단, 자제력을 적용하는 것이다.

비록 모든 토크쇼와 그들의 시청자가 똑같을 리는 없지만 〈오프라 윈프리 쇼〉는 대략 시청자의 80퍼센트가 백인이고 중산층 여성이다. 그들은 다른 여성들이 겪는 어려움을 듣는 것을 좋아한다. 게스트들이 자신과 사회적, 문화적 혹은 경제적으로 다른 사람들이라 하더라도 상관없다. 그저 다른 이들이 힘든 사정에 대해 이야기하는 것을 들으면서 만족을 얻는 것이다. 게스트와 시청자가 같은 상황을 겪는지 아닌지는 문제되지 않는다. 시청자가 원하는 것은 게스트의 이야기를 들으면서 일종의 카타르시스를 경험하는 것이기 때문이다. 어떤 면에서는 독자들이 미스터리 소설이나 범죄 소설에서 매력을 느끼는 것과 유사하다고 할 수 있다. 실제로 평소 잔인함과는 거리가 먼 사람들조차 극도로 소름끼치는 줄거리와 삽화에 거부 반응을 보이지 않거나 오히려 그러한 것을 좋아한다. 심리학자들의 설명에 따르면 그 이유는 직접 위험에 뛰어들지 않고도 그런 경험을 간접적으로 할 수 있기 때문이라고 한다.

오늘날 많은 사람들이 토크쇼의 중요성에 대해 이의를 제기한다.

하지만 토크쇼를 꾸준히 시청하는 열혈 팬들은 토크쇼가 자신의 삶에 의미를 부여한다고 주장한다. 또 오프라에 대해 말할 때는 거의 한 사람의 예외도 없이 애정과 존경을 다해 그녀를 극찬한다. 그리고 대개는 오프라의 선행을 널리 알리는 것도 빠트리지 않는다. 〈오프라 윈프리 쇼〉를 빼놓지 않고 보는 일부 시청자 중에는 자신이 마치 오프라와 절친한 사이나 되는 것처럼 이야기하는 이들도 있다. 과거에 하포 그룹의 프로듀서로 일했던 코디는 〈오프라 윈프리 쇼〉 관중의 반응을 이렇게 묘사했다. 사람들은 오프라가 스튜디오에 들어서면 울음을 터트리고, 그녀가 그들을 향해 이야기하면 한없이 눈물을 흘린다는 것이다. 그리고 오프라의 손길이 자신에게 닿기를 열망한다고도 했다.

기자들은 오프라가 힘든 경험을 고백한 관중을 포용하기 위해 무대를 벗어나 그들 곁으로 다가가는 모습에 주목한다. 이러한 행위는 저녁이나 주말 프로그램의 진행자들과 달리 낮 시간대 모든 프로그램의 진행자들이 따뜻함과 친밀함, 친절한 분위기를 이끌어가는 한 방법이기도 하다.

모든 사람이 각자의 이름으로 불리고, 오프라를 포함한 대부분의 진행자는 격의 없는 분위기를 만들려고 애쓴다. 일부 진행자들이 마이크를 들고 돌아다니며 대중의 이야기를 듣듯이 오프라는 때때로 아예 관중석에 앉거나 프로그램 휴식 시간에 사람들과 이야기를 나눈다. 이와 같은 행동은 얼핏 자연스러워 보일지도 모른다. 하지만 오프라가 다가가 이야기를 나누는 사람들은 쇼가 시작되기 전에 이미 프로듀서들이 선발한 사람이라는 사실에 주목해야 한다. 쇼가 잠시 중단되고 광고가 나가는 동안 오프라가 이들과 대화를 나누면서 친근한 장면을 연출하도록 의도하는 것이다.

TV는 비즈니스다. 예를 들어 시청자들을 '광고주에게 판매해야 하는 상품'으로 보는 것이 바로 방송의 중요한 관점이다. 이때 프로듀서들의 역할은 다른 경쟁 프로그램과 비교해 자신들의 쇼가 더 신선하고 독특해 보이도록 만드는 것이다. 대개 일주일 동안 쇼 하나를 준비해야 하는 프로듀서들은 어떤 점에서 보면 기자들과 처지가 같다. 바로 온갖 연구 자료와 출판물로 가득한 시끌벅적한 사무실에서 일한다는 점이다. 다만 그들이 관여하는 주제가 뉴스가 아니라 개인이나 가정 문제를 강조하는 사회적 문제라는 데서 차이가 난다. 쇼 프로그램은 대개 전형적인 시청자의 경험과 생각의 범위를 넘어서며, 다방면에서 그 매력이 발휘된다. 예를 들면 여성들이 좋아하는, 흥미를 돋우는 이야기들이 주는 매력과 비슷하다. 요컨대 이러한 것이 바로 〈오프라 윈프리 쇼〉의 장점인 셈이다.

〈오프라 윈프리 쇼〉의 관중은 무작위로 선발되는 듯 보인다. 입장권을 구하기가 어려울뿐더러 그마저도 오래 전에 미리 받아 놓아야 한다. 아마 프로그램을 녹화하기 한 세 달쯤 전에 입장권을 확보해 놓아야 할 것이다. 물론 프로그램 녹화 당일에 현장에서 입장권을 얻는다는 것은 불가능하다. 또한 스튜디오 녹화에 참여하는 사람들은 베이지색이나 흰색 의상을 피해야 한다. 그런 색은 카메라에 잘 안 받는다는 이유에서다. 그리고 프로그램에 적극적으로 참여하라는 지시도 받는다.

대개 코디네이터가 미리 이들을 선발하는데, 선발 기준은 다양성을 기반으로 한다. 〈선센티넬〉지에 글을 쓰는 캐서린 화이트본은 〈오프라 윈프리 쇼〉를 방문한 소감을 상세하게 설명했다.

"하포 그룹 정문에서 경비가 핸드백을 철저하게 조사하고, 카메라나 휴대전화, 호출기를 비롯해 심지어는 개인 소지품인 잡지 〈O〉까지 수거해 갔다. 그런 다음에는 스튜디오에 입장할 수 있도록 이름이 불리기 전까지 제한적으로 기념품점 안에서 자유롭게 돌아다닐 수 있다. 하지만 그곳에서 오프라와 관련된 기념품을 찾아보기란 어려웠다. 관대함으로 명성이 자자한 오프라를 떠올려볼 때 대중을 위한 서비스 상품이 전혀 준비되어 있지 않다는 사실이 놀라웠다. 좌석 아래에 그나마 미리 준비된 티슈 상자라도 있으니 얼마나 다행인가? 게스트들을 포함한 몇몇 관중은 프로그램이 시작되기 전에 미리 교육을 받았다. 그리고 쇼가 진행되는 동안 카메라는 그들에게 초점을 맞췄다. 조명도 물론 이들 특정 인물들을 향했다. 사람들은 단지 박수치거나 질문하고 자신의 기분을 표현하는 것으로라도 쇼에 참여하고 싶어했다. 녹화 시작 전 사전 연습이 끝나자 진행자가 모습을 드러냈다."

토크쇼를 오랫동안 지켜본 시청자는 대략적인 프로그램 구성을 이미 파악하고 있다. 작가인 장 샤툭은 〈오프라 윈프리 쇼〉의 프로그램 구성을 일곱 파트로 분류해 각각에 소요되는 시간까지 알아냈다.

"내용이 가장 긴 부분은 첫 번째 파트이고, 반대로 가장 짧은 부분은 마지막 파트이다. 첫 파트에서는 진행자가 그 날의 주제와 게스트들을 소개한다. 시간은 13~17분 정도 걸리며 이때 진행자는 시청자와 마찬가지로 듣는 역할을 한다. 두 번째 파트는 문제점을 파헤치는 시간으로, 6~9분 정도 걸린다. 진행자와 관중이 질문을 하고 비슷한 경험에 대해 정보를 공유한다. 세 번째 파트는 4~6분 가량 소요되며 각각의 다양한 의견들을 듣는 데 부분적으로 시간이 배분된다. 만일 전문가가 참여했다면 전문가가 의견을 제시한다. 그리고 네 번째 파트에서는 관중에게 3~6분 정도 시간을 주고 전문가에게 질문할 기회를 준다. 이때 다른 게스트들과 진행자가 참여할 수도 있다. 문제점을 파헤치고 난 후에는 해결책을 찾을 시간이다. 다섯 번째 파트는 2~5분이 걸리고, 이때쯤이면 진행자와 전문가는 같은 편에 서 있다. 비록 사람들이 그에게 동의하지 않더라도 말이다. 여섯 번째 파트 역시 2~5분 가량이 걸리며 이 동안에는 문제에 처방이 가능한 답을 찾고 이를 확인한다. 마지막으로 일곱 번째 파트는 30초에서 2분 가량의 아주 짧은 시간으로 마무리를 해야 한다. 주목할 사실은 전문가나 게스트 혹은 프로그램에 참여한 사람들의 결론이 늘 희망적이고 긍정적이어야 한다는 점이다."

〈오프라 윈프리 쇼〉는 보통 TV에 방영되기 여러 주 전에 녹화를 한다. 그럼으로써 프로듀서들이 편집할 시간을 갖는 셈이다. 단, 긴급 보도를 해야 할 때는 예외이다. 그것을 결정하는 기준은 정보가 시청자에게 미칠 파급력에 달렸다. 시청자들은 프로그램의 준비 과정과 사전 계획에 대해 알고는 있지만 이에 대해 이의를 제기하는 사람은 매우 드물다. 반면에 비평가들은 오프라의 진실성에 의문을 던지며 그를 '유능한 배우' 정도로 여기기도 한다. 그녀의 행동을 자연스럽게 받아들이는 이들은 바로 시청자다. 그들은 오프라의 솔직함을 인정하고 그녀의 말과 행동에 웃어주며 박수를 보낸다. 이렇듯 오프라를 향한 신뢰가 너무나도 절대적이다 보니 사람들은 오프라의 프로그램에서 행하는 모든 것이 조작되었다는 사실을 알려 하지도, 상관하지도 않는 것 같다.

오프라는 몇 년 동안 일주일 중에 5일을 오프라 쇼에 참여하고 그밖에 또 특집 방송을 진행하면서 다양한 유명인사들을 만났다. 미국 내에서는 물론이고 세계적으로 널리 알려진 영화배우, 연극배우, 가수, 댄서, 디자이너, 작가를 포함해 정말 수많은 유명인이 그녀의 프로그램에 출연했다.

그 가운데 가장 유명한 사람은 1993년 2월 90분에 걸쳐 인터뷰에 참여한 마이클 잭슨이었다. 좀처럼 외부에 모습을 드러내지 않는 그를 보려고 9천만 명에 달하는 기록적인 수의 시청자가 〈오프라 윈프리 쇼〉에 채널을 고정했다. 또 다른 슈퍼스타로는 마돈나가 있다. 그녀 또한 매우 많은 시청자를 매료시켰다. 이밖에도 오프라의 토크쇼에 출연한 많은 유명인사들 가운데 특히 TV저널리스트들의 주목을 끈 이가 있었다. 바로 올림픽 챔피언이었던 피겨 스케이팅 선수 옥사나 바이울이었다. 그녀가 사람들의 관심을 끈 것은 음주와 관련해 오프라와 의견 충돌을 빚었기 때문이다. 오프라의 솔직함과 러시아인의 음주 관습에 대한 옥사나의 변호가 대조를 이뤘던 것이다.

한편 오프라는 데니스 로드먼을 게스트로 초대하는 것을 거부하기도 했다. 그의 신간 서적이 너무 외설적이라 그녀의 프로그램과 맞지 않는다는 이유였다.

오프라 쇼에 나온 모든 사람이 다 유명인사는 아니다. 일부 게스트들은 그저 평범하게 살아가는 사람들이다. 한번은 고용주를 위해 오랫동안 일한 사람들에게 초점을 맞춰 프로그램이 진행된 적이 있다. 이때는 예를 들면 하루도 결근하지 않고 몇십 년을 벨맨으로 근무한 사람들의 이야기를 특집으로 방송했다.

또 한번은 콜롬비아 동부의 한 미혼 여성과 클리블랜드의 TV뉴스 진행자인 한 미혼 남성을 초대해 만남의 자리를 주선하기도 했다. 그리고 한때 거리의 인생을 살다가 지역 사회 지도자로 거듭난 한 젊은 남성의 이야기를 특집으로 다루기도 했다. 프로그램에 출연한 그는 나라의 근본적 문제들을 해결할 방법을 찾아나가는 오프라의 토크쇼를 높이 평가했다.

몇 년 전, 폭력 문제가 쇼의 주제로 선정되자 비폭력 단체를 결성한 아홉 살 소년이 게스트로 초대되기도 했다. 폭력은 개인적일 뿐만 아니라 사회적인 이슈이기도 하다. 이는 영화와 연극, 잡지, TV프로그램 등 다방면에 걸친 오프라의 활동 분야에서 오랫동안 매우 중요한 주제였다.

1992년에 오프라는 마틴 루터 킹 목사의 탄생일을 맞아 그 이듬해부터는 인종차별을 논제로 각기 다른 이야기 열세 가지를 선보이겠다고 발표했다. 이러한 발표를 한 지 얼마 지나지 않아 로드니 킹이라는 한 흑인 남성이 교통사고 후 경찰에게 심하게 두들겨 맞은 사건이 벌어졌다. 곧이어 재판이 열렸고 로스앤젤레스에서 폭동이 일어났다. 오프라는 즉각 그 사건을 서로 다른 시각에서 파헤치는 두 편의 프로그램을 녹화했다. 프로그램에서는 다양한 사람들이 배심원의 판결과 곧이어 발생한 폭동에 대해 논의했다. 사법 제도와 인종 관계에 대한 논의도 빠지지 않았다. 1월부터 11월까지 계속해서 방영된 이 프로그램은 폭력과 관련된 다양한 화제를 다루었다. 인종차별을 비롯 일본계 미국인과 본토 미국인과의 갈등을 포함해 '다른 인종 간의 증오'에서부터 '증오 범죄'에 이르기까지 다양한 이슈가 논의되었다.

한편, 기자들과 학자들은 오프라가 매우 눈에 띄는 흑인 엔터테이너임에도 그녀의 시청자들은 주로 백인이라는 사실에 주목했다. 오프라는 자신의 토크쇼에서 종종 인종 문제를 다루고, 예술과 교육 분야에서 흑인들의 활동을 장려한다. 그녀가 어떤 인종인지는 흑인 시청자들에게는 중요한 사실인 반면에 백인 시청자들에게는 아무런 의미도 없었다. 정신분석자들은 오프라가 흑인과 백인 문화 사이에서 편안하면서도 위협적이지 않은 다리 역할을 한다고 이야기한다. 이런 견해가 나오게 된 데는 그녀가 정치 활동과 평등권 운동에 관여하지 않는다는 사실과 관련이 있다. 하지만 〈오프라 윈프리 쇼〉의 상업적 측면 때문에 오프라는 인종 문제에 중립적 입장을 취할 수밖에 없다는 지적도 있었다.

그러나 폭력을 주제로 한 프로그램에서 오프라는 중립을 고수하지 않았다. 이 프로그램에서는 다양한 의견들이 표출되었지만 인종차별이 바람직하지 않다는 데 의견이 모아졌다. 오프라는 인종차별을 '치료가 필요한 병'이라고 설명했다. 이 세상의 모든 문제는 자부심의 결여로 발생한다는 것이 그녀의 설명이었다. 하지만 다양한 분야의 학자들은 그러한 오프라의 접근 방식을 비난한다. 오프라는 인종차별주의자들이 무지하고 두려움이 많은 사람이라고 주장한다. 그리고 이런 사람들은 반드시 태도를 바꿔야 한다고 말하면서 만약 그렇지 않으면 다음 세대 또한 이러한 편견을 버리지 못할 것이라고 역설했다. 또한 그녀는 무조건 분노한다고 이 문제가 해결되는 것은 아니라며 우선 마음 깊은 곳에서부터 태도를 바꿔야 한다고 말했다. 하지만 재니스 펙을 포함한 일부 학자들은 이러한 그녀의 의견을 비판하고 나섰다. 아주 복잡한 문제를 너무 주관적이고 이상적으로 해결하려고 한다는 것이었다.

〈오프라 윈프리 쇼〉의 시청자라는 한 흑인은 그녀의 시각에 이의를 제기하며 이렇게 말했다.

"이봐요, 오프라. 당신은 쇼를 떠나면 넉넉한 집으로 돌아가겠지만 우리 대부분은 그렇지 못하답니다. 냉장고는 이미 텅 비었고 아이들은 자꾸 보채는데, 기저귀도 없고 일자리까지 없어요. 다른 사람들이 다 가졌다고 해서 모든 사람이 다 가진 것은 아니란 말입니다."

특히 오프라는 정치와 경제에서 행해지는 불평등의 문제를 지적하지 못한 데 대해 비난을 받았다. 재니스 펙이 〈문화비평 Cultural Critique〉에 게재한 장문의 기사에 따르면 〈오프라 윈프리 쇼〉에서 이러한 종류의 의견이 나오면 오프라는 다른 이에게 마이크를 넘기거나 광고를 내보낸다고 했다. 몇몇 분석가들에 따르면 오프라와 그녀의 주요 시청자층인 백인 여성이 중요하게 여기는 것은 바로 개인의 변화이다. 이는 사회적 변화에 앞서 그들이 주장하는 바였다.

인종을 주제로 하여 연속 방송된 오프라의 프로그램은 로드니 킹 사건과 그 여파를 끼워 맞췄다고 해도 과언이 아니다. 이와 마찬가지로

〈오프라 윈프리 쇼〉는 다른 매체에서 이미 토의된 화제들을 프로그램 주제로 삼는 경우도 많았다. 예를 들면 DNA 검사 결과가 많은 이들의 삶에 악영향을 미치자 오프라 쇼에서도 DNA와 관련된 이야기를 표면화했다.

오프라 쇼는 이처럼 이미 전반적으로 뉴스거리가 되었던 이야기들에 몰두했다. 특히 평범하지 않고 고통스러운 사례나 행복을 주는 이야기들에 집중했다. 한 부부에게 여덟 살짜리 아이가 있었는데 부인이 죽은 후 낯선 남자가 찾아와서는 자신이 아이의 아버지라고 주장했다. 그 부인과 불륜 관계였던 것이다. 또 다른 사례는 DNA 검사 결과 몇 해 전 베트남에서 비행기 추락 사고로 숨진 정체불명의 한 젊은 군인이 가족을 찾은 이야기다. 군인이 죽었을 당시에는 아직 DNA 검사 기술이 개발되지 않은 때였다. 정황 증거에 따라 나중에 DNA 검사가 진행되었고 비로소 군인의 신원이 밝혀졌다는 이야기다. 또 DNA 검사와 관련된 다른 사례를 살펴보면 한 강간 피해자가 범인을 찾으려고 6년 6개월이나 기다린 끝에 DNA 검사로 범인을 밝혀냈다는 이야기도 있다.

건강과 관련된 문제 역시 많은 프로그램에 빠지지 않고 등장한다. 특히 오프라가 건강에 문제가 생겼을 때는 더더욱 그랬다. 오프라가 시청자들과 자신의 증상에 관한 정보를 공유하자 온 세상은 그녀의 상태에 관심을 가지게 되었다. 오프라는 처음에 자신이 폐경기라는 사실을 받아들이지 않다가 나중에야 받아들였다. 이를 통해 폐경기증후군이라는 의학적 증상이 널리 알려져 의사, 과학자들 사이에서 이를 인정하는 입장과 인정하지 않는 입장 즉, 상업적 이용을 반대하는 입장이 갈렸다. 그럼에도 오프라 쇼에서 폐경기증후군에 대한 이야기가 막을 내리자 이에 항의하는 이메일이 쇄도해 오프라의 웹사이트가 마비될 지경이었다.

2002년에는 완전히 다른 종류의 건강 문제가 〈오프라 윈프리 쇼〉에서 화제가 되었다. 안드레아 예이츠라는 젊은 어머니가 자식을 살해한 사건이 벌어진 후의 일이었다. TV프로그램마다 앞다투어 이 사건과 함께 또 다른 유사한 참사를 화제로 다루었다. 범인의 병적인 원인과 치료 방법에 대한 토의와 조사가 진행되고, 비극을 당한 가족의 이야기도 빠지지 않았다.

그런 사건의 내용뿐 아니라 〈오프라 윈프리 쇼〉에서는 프로그램의 원래 방향에 따라 한때는 산후우울증을 주제로 이야기를 전개하기도 했다. 다양한 사례가 소개되고 산후우울증에 영향을 받았던 사람들의 이야기도 들었다. 그뿐만 아니라 전문가의 충고-이때는 의사의 견해-와 더불어 연구 자료에 대한 설명도 뒤따랐다. 오프라의 쇼에서는 산후우울증과 관련해 다양한 정보를 제공했다. 한 가지 주목할 사실은 같은 주제를 다뤘지만 다른 방송의 산만한 분위기와 구별되었다는 점이다. 어떤 토크쇼에서는 고통스럽고 비극적인 사건을 종종 오락거리로 바꿔놓는다. 하지만 오프라의 쇼에서는 전문가가 참석해 산후 정신이상과 우울증의 정의를 밝히고 그 둘 사이의 차이점을 설명했다. 해마다 어린이 200여 명이 정신질환을 앓는 어머니에게 희생을 당한다고 한다.

오프라의 쇼에 출연한 전문가들은 스튜디오 녹화에 참석한 관중과 시청자들에게 이러한 질병과 관련된 잘못된 믿음에 주의할 것을 당부

했다. 그리고 가족 안팎에서 필요한 조치와 치료 방법을 설명하고 성공과 실패 사례를 소개했다.

많은 토크쇼가 교육적으로 가치 있는 프로그램이 될 수 있는 데도 종종 시청자들을 감상에 빠져들게끔 유도한다. 예를 들어 오프라의 쇼에서도 사고로 죽은 아이들의 사랑스러운 사진과 함께 이들의 죽음 이후 촛불 집회 모습이 담긴 영상 자료를 보여 주면서 지나치게 감상적인 분위기로 프로그램을 이끌었다. 가끔 지나침은 오히려 프로그램을 침울한 상태에 빠뜨리는 위험성을 초래한다. 자신의 어린 아들을 물에 빠뜨려 죽게 한 어머니의 이야기와 함께 죽은 아이 아버지가 아이의 무덤 앞에서 절규하는 화면이 나왔을 때 역시 그러한 예이다.

그렇다고 오프라의 쇼가 항상 슬픈 분위기에만 빠져 있는 것은 아니다. 어느 밸런타인데이를 맞아 오프라 쇼는 행복에 모든 관심을 집중시켰다. 그날은 서로를 위해 희생하며 살았던 부부의 사랑을 주제로 다뤘다. 그 프로그램을 위해 선발된 소수의 사람들이 쇼가 진행되는 동안 상을 받았다. 남편이 너무 가난했던 나머지 약혼반지를 받지 못했던 한 부인은 2캐럿짜리 다이아몬드 반지를 선물로 받았다. 꿈에 그리던 할리 데이비슨을 사기 위해 저축한 돈을, 다섯 아이의 싱글맘과 결혼하기 위해 써버렸던 한 남자에게는 20,000달러짜리 할리 오토바이가 돌아갔다. 약 60년 전 신부의 아버지가 세상을 떠나는 바람에 제2차 세계대전 동안 군 기지에서 간략하게 결혼식을 올려야 했던 80대 노부부는 두 번째 깜짝 결혼식을 올리게 되었다. 카메라에 비친 관중들의 얼굴에는 눈물이 흐르고 있었다. 오프라는 결혼반지를 바라보며 아름답다고 감탄을 연발했다. 모든 쇼에는 광고적 요소가 있기 마련이다. 오프라는 물론 프로그램이 진행되는 동안 선물을 제공하는 회사의 이름을 여러 차례에 걸쳐 언급했다.

〈오프라 윈프리 쇼〉가 인기를 누리는 데는 다양한 주제와 게스트들의 영향력이 큰 부분을 차지한다. 비슷한 주제를 연이어 방송하는 일은 극히 드물었다. 하지만 전 국민의 이목을 집중시키는 중요한 사건들이 벌어진 때는 예외였다. 예컨대 미국과 전세계 대부분의 나라에서 오랫동안 관심을 가졌던, 2001년 9월 11일 뉴욕 세계무역센터와 워싱턴 D.C.의 펜타곤을 겨냥한 테러리스트 공격과 같은 일은 특별했다. 그 당시 오프라 쇼는 이 사건의 영향력과 여파를 주제로 연이어 방송했다. 오프라는 방송에서는 언급하지 않았지만 애국 활동에도 동참했다.

오프라 쇼는 몇몇 관중을 미리 선발한 후 프로그램에 참여하게도 했다. 예컨대 9월 17일과 25일에는 오프라가 중재자 역할을 하고 일부 시청자들과 전문가들이 참여해 의견을 나눴다. 첫날 초대된 게스트는 상원 외교관계위원회의 조지프 바이든 상원의원, 중동문제와 오사마 빈 라덴 전문기자인 〈뉴욕타임스〉의 주디스 밀러였다. 비극적인 장면들과 세계무역센터 붕괴 지점에 모인 사람들, 국기 사진과 자유의 여신상이 담긴 영상이 나오고 기도하는 마음을 담은 노래가 흘러나왔던 그날의 오프라 쇼는 극도로 감상적이었다.

9월 25일에는 그 당시 오프라 쇼의 화요일 고정 게스트였던 심리학자 필립 맥그로 박사와 관중들이 자리를 함께 했다. 맥그로 박사는 개인적이면서도 국가적인 참사로 야기된 분노와 두려움, 좌절에 대해 이야기했다. 그리고 두려움에 대처할 것을 강조하고 불안 상태에서 일생 일대의 중대한 결정을 내리지 말라고 조언했다.

그 다음 화요일이 되자 세계무역센터 붕괴 희생자들로 인해 고통을 겪는 사람들과 맥그로 박사가 함께 하는 자리가 마련되었다. 그의 분석 과 논의는 다른 많은 종류의 비극에도 적용할 수 있는 내용이었다. 그 는 재난을 '쇼크, 부정, 분노, 해결'이라는 네 단계로 분류했다. 그리고 재난이 닥쳤을 때 대처방법을 설명하며 유족들을 위한 삶의 전략이 필 요하다고 역설했다. 또한 일생의 목표가 아닌 하루하루의 삶에 집중해 야 한다고 조언했다. '시간이 치료해 줄 것'이라는 말은 그저 옛날 속담 일 뿐이라고 일축하며 시간이 고통을 치료해 주지 않는다고 강조해서 말했다. 또한 생존자들은 도움을 요청할 줄도, 받아들일 줄도 알아야 한다며 이들을 지원할 시스템이 마련되어야 한다고 주장했다. 모든 유 족들을 향한 맥그로 박사의 충고는 도움이 되었다.

반면에 오프라는 "사랑하는 사람을 잃는 것은 천사를 얻은 것과 같 다"는 영적인 메시지를 덧붙였다. 그런데 오프라가 천사에 대해 이야기 하기 시작하자 실용주의 심리학자 맥그로 박사는 재빨리 현실적인 논 의로 방향을 전환시켰다. 그 가운데에는 광고방송을 보여 주는 것도 포 함되었다.

오프라는 '우리의 마음을 치유하는 음악'이라는 주제로 프로그램 을 진행하면서 9·11 참사 희생자들에게 애도를 표했다. 오프라 쇼가 종종 감상적으로 흘러가긴 하지만 이 프로그램은 그 중 최고였다. 오프 라는 우스운 농담을 하고 노래를 부르다가 눈물을 흘리는 등 감상에 젖어 헤어 나올 줄 몰랐다. 그리고 가스펠 음악에 대한 그녀의 열정과 이 음악의 치유력에 대해 칭찬을 아끼지 않았다. 덧붙여서 자신이 한때 가스펠 음악을 연주하기도 했다고 말했다.

그날 오프라 쇼의 하이라이트는 아마도 오프라가 한없이 존경하는 슈퍼스타가 출연했을 때일 것이다. 오페라의 프리마돈나 데니스 그레이브스는 오프라 쇼에 출연하기 위해 워싱턴 공연을 취소했다. 한 주 전 워싱턴 대성당에서 공연이 있은 후 오프라가 그녀를 초대했던 것이다. 그레이브스의 아리아가 끝난 후 오프라는 관중에게 모두 일어서 달라고 부탁했다. 다음 곡이 오프라가 가장 좋아하는 가스펠 곡 '일어나라 Stand'였기 때문이었다.

프로그램 마지막에 오프라는 무대를 떠나 관중석에 자리를 잡았다. 그리고 분위기에 젖어 있는 관중들과 함께 몸을 흔들며 노래를 불렀다. 소방관을 포함해 위험한 일에 종사하는 이들에게 바치는 마지막 노래가 흘러 나왔을 때 오프라는 여전히 관중석에 앉아 함께 노래했다. 이 때 뉴욕 경찰관들의 모습이 영상으로 나타났다. 그녀가 진행했던 수많은 감상적인 프로그램 가운데 이는 분명히 주목할 만한 방송이었다.

오프라는 정기적으로 '최고의 삶을 살아라Live Your Best Life' 여행단과 함께 여행을 떠난다. 2년마다 열리는 '개인적인 개혁 운동'인 이 프로젝트는 2001년부터 시작되었다. 오프라는 더 나이가 들어서도 이 여행을 계속할 계획이라고 말한다. 때문에 자신을 따르는 모든 이들도 나이드는 것을 두려워하지 않길 바란다고 덧붙였다.

2003년 여름에는 개 두 마리를 비롯 그들의 조련사와 동행하여 필라델피아에 있는 컨벤션센터에 다녀왔다. 그곳은 여름 여행의 네 번째 장소이자 마지막 도시였다. 그곳에서 오프라는 2,700명의 여성 관중들에게 연설했다. 〈필라델피아 인콰이어러〉 기자 데이비드 힐트브랜드는 오프라를 '스킨십을 좋아하는 아마존 여왕'이라 부르며 그녀가 리무진을 타고 도착하자 사람들이 환호성을 질러댔다고 전했다. 게다가 오프라가 무대에 오르자 사람들은 그녀를 보기 위해 거의 공중부양을 하는 듯 보였다고 묘사했다. 입장료는 한 사람 당 185달러로 비쌌다. 이따금씩 훨씬 더 비싼 값에 암표 상인에게서 입장권을 구매하는 사람들도 있었다. 그럼에도 관중들 대부분은 그럴 만한 가치가 있다고 생각하는 것처럼 보였다. 이렇듯 입장권을 소유한 여성 수천 명의 기운을 북돋아주는 '네 개 도시 자아 확인 여행'을 통해 오프라에게 돌아가는 수입은 자그마치 150만 달러가 넘는다고 〈포춘〉지가 밝혔다.

행사의 규칙은 오프라의 텔레비전 쇼의 규칙과 유사했다. 참가자들에게는 주제나 구성에 대해 미리 통보하지 않는다. 오프라와 함께 사진을 찍지 못하며 오후의 회합 동안에는 마이크를 잡을 수도 없다.

오프라는 2시간 동안 진행된 아침 프로그램에서 미시시피 외할머니의 농장에서 지내던 시절부터 2002년 크리스마스 때 아프리카를 여행한 경험에 이르기까지 자신의 삶과 관련해 이야기했다. 그녀의 이야기 속에 담긴 메시지는 비록 불행한 순간에도 감사할 줄 알아야 한다는 것이었다. 오프라는 다이어트와 헤어스타일, 신발과 관련해 겪었던 좋지 않은 경험에 대해서도 말했다. 오프라가 선발한 사람들과 함께 진행한 이른바 '회합'의 자리에서는 오프라 쇼에서도 다룬 바 있는 결혼이나 질병, 체중과 관련된 문제들에 집중했다. 프로그램에 참여한 많은 여성들이 마치 오프라에게 홀리기라도 한 것처럼 보였다. 그리고 몇몇은 "환경을 극복하고 각자의 뚜렷한 운명을 추구하라"는 오프라의 말에 교화되고 영감을 받았다고 말했다.

지난 수십 년 동안 오프라는 텔레비전을 통해 다른 이들의 출세를 도왔다. 그 가운데 가장 성공적인 사례는 심리학자 필립 맥그로를 도운 일이었다. 〈오프라 윈프리 쇼〉에 정기적으로 출연했던 그의 모습은 너무나도 인상적이었다. 덕분에 몇 년이 지나 그는 오프라의 하포 그룹과 파라마운트사, 그리고 킹 월드 프로덕션의 도움을 받아 2002년 9월 16일에 자신의 프로그램을 진행하기 시작했다. 보도에 따르면 〈닥터 필Dr. Phil〉이라는 서민적인 이름으로 알려진 그의 프로그램은 오프라가 시카고에서 처음으로 진행을 시작한 이래로 가장 인기 있는 토크쇼 시청률을 기록했다. 그는 조이스 브라더스 박사, 루스 웨스트하이머 박사와 같은 권위자들과 비유되기도 했지만 칼럼니스트들은 맥그로가 더욱 완고하고 좀더 대담하다고 평가했다.

맥그로는 오프라를 만나기 전, 텍사스 위치토폴스에 거주하면서 법률 컨설팅 회사인 코트룸 사이언스Courtroom Sciences, Inc에서 법정 전략가로 일했다. 오프라의 직원들은 맥그로가 텔레비전에 진출해서 성공한 데 대해 오프라의 역할이 컸다고 말했다. 그녀가 없었다면 그는 텍사스에서 여전히 무명의 정신과 의사로 남아 있었을 거라고 이야기하기도 했다.

그는 미드웨스턴 주립대학Midwestern State University에서 박사학위를 받은 후, 40대에 심리학자가 된 아버지의 뒤를 따랐다. 그들은 이 마을 저 마을을 전전하며 치료전문가로서 활동했다. 하지만 둘의 관계가 원만하지 않아 이윽고 일을 중단했다. 필립 맥그로는 전통적인 치료 분야에 흥미를 잃고 컨설팅 분야에서 활동하기 시작했다. 그리고 1996년에 이른바 '미친 소' 사건으로 쇠고기 회사로부터 고소를 당했던 오프라를 텍사스에서 만났다. 그녀의 변호사들이 맥그로에게 도움을 청했고 그 과정에서 그가 오프라의 친구이자 조언자가 되었던 것이다. 오프라는 재판에서 승소한 데 대해 그의 공로를 높이 샀다.

2년 후 그는 '인생전략과 인간관계' 전문가로서 일주일에 한 번씩 〈오프라 윈프리 쇼〉에 출연했다. 곧이어 인간관계 전문가로서 많은 텔레비전 팬들에게 주목을 받았다.

오프라와 함께 일하거나 그녀를 위해 일했던 이들 가운데 맥그로 역시 오프라 쇼에 출연했던 다른 사람들과 마찬가지로 베스트셀러 작가가 되었다. 맥그로는 1999년에 출간한 〈인생전략Life Strategies〉 책 감사의 글을 통해 자신의 눈을 뜨게 해주고 격려해 준 오프라에게 먼저 고마운 마음을 전했다. 오프라의 쇼에서 소개된 후 베스트셀러 책을 썼던 요리사들과 운동 트레이너들이 그랬던 것처럼 맥그로 역시 오프라가 없었다면 그의 책이 세상에 나오지 못했을 거라고 힘주어 말했다. 그는 오프라의 우정과 그녀의 프로그램에 참여하도록 배려해 준 것에 감사했다. 또한 일찍이 제시 잭슨이 그랬듯이 오프라를 오늘날 미국에서 "가장 밝은 빛이며 가장 명확한 목소리를 가진 사람"이라고 칭송했다. 그는 책의 서두를 통해 오프라가 휘말렸던 법정사건에 대해 밝힌 후, 그녀를 지구상에서 가장 영향력 있는 여성이라고 말했다. 오프라에 대한 칭찬은 1장에서도 계속되었다. 또한 인생에 대처하는 법칙을 배우고 따른다면 오프라처럼 될 수 있다고 여성 독자들을 향해 말했다.

오프라 쇼에서 닥터 필과 자주 연관되는 말은 '진지하게 하라', '있는 그대로 말해라'였다. 그리고 '진지하게 도전하기'는 아마도 그를 따라다니는 가장 잘 알려진 문구일 것이다.

2001년 9월 10일 오프라가 '시즌 프리미어'라고 이름 붙인 것을 시작으로 오프라와 닥터 맥그로는 매주 선보일 프로그램에 대해 설명했다. 15,000명의 지원자들 가운데 23세에서 63세 사이의 흑인과 백인, 동양인 남성과 여성 42명이 참가자로 선발되었다. 자신의 문제와 희망사항을 편지로 보내 채택된 이들이었다. 42명 가운데 특별히 7명에게는 녹화에 참가해서 자신의 사연을 소개할 기회를 주었다. 나머지 35명은 고대 그리스의 합창가무단을 연상시키듯 배경의 일부분 역할을 해야 했다. 이 그룹은 매주 화요일마다 방송에 나와 다양한 문젯거리들을 이야기했다.

오프라는 프로그램 시작에 앞서 시청자들의 이해를 돕기 위해 진행 방식을 설명했다. 먼저 참가자들은 룸메이트를 선택해야 했다. 그리고 다음 날 그들은 한데 모여 버스를 타고 스튜디오로 이동했다. 거기에서 처음으로 맥그로 박사에게 소개되었다. 프로그램이 진행된 5일 동안 모두가 함께 지냈다. 맥그로는 질문을 받지 않았으며 무례하고 공격적인 태도를 취했다. 오프라는 관중들과 시청자들의 의견을 인정하며 그를 심술궂다고 표현했다. 이에 그는 친절함이야말로 시간 낭비라고 해명할 뿐이었다. 맥그로는 자신의 규정과 지침을 설명했다. 잡담을 해서는 안 되고 성행위를 해서도 안 되며 다음 15일 동안 주요 활동에 변화를 주어서도 안 된다고 했다. 이러한 제한은 참가자들로 하여금 충동적인 결정을 피하도록 하기 위해 만들어졌다. 시계를 착용하는 것도 금지였다. 그리고 5일간의 일정을 완벽히 마쳐야 했다. 대규모 그룹은 소규모 그룹으로 나뉘어졌고 각 팀마다 리더가 정해졌다. 모든 이들이 자신의 삶에 일어난 일을 설명하고 자신의 삶에서 부족했던 것이 무엇인지에 대해 이야기해야 했다. 맥그로 박사는 참가자들에게 약속을 엄수할 것을 상기시키며 그 프로그램이 오락거리가 아닌 삶을 변화시키기 위한 기회임을 역설했다.

이 프로그램의 중심인물이었던 일곱 명은 추행과 괴롭힘, 폭식증, 이혼, 유기, 강간, 극심한 분노에 이르기까지 다양한 상황에 처했던 이들이었다. 맥그로 박사는 필요할 때는 강하고 솔직한 어조로 남녀를 가리지 않고 말했다. 그들이 처한 상황을 변화시키는 데 필요한 일을 하라고 주문도 했다. 그는 이따금씩 소리도 질렀다. 한번은 어떤 참가자에게 이렇게 쏘아붙이기도 했다.

"제발 정신 좀 차리고 인간이 되라."

맥그로의 충고는 공통된 특징을 가지고 있었다. 다시 말해 "이제 와서 지나간 일을 돌이킬 수는 없다. 스스로를 용서하고 앞으로 나아가라"는 것이었다. 때때로 맥그로 박사를 비롯해 참가자 그룹은 자신의 처지를 고백하고 눈물 흘리는 게스트들을 안아주기도 했다. 프로그램의 마지막 부분에서는 텔레비전의 기술을 이용해 회합 장면을 고속감기로 보여줬다. 일곱 명 각각의 참가자들은 체중감량, 사람들과 교류 맺기, 학교 입학 혹은 졸업 등의 실천 과제가 주어졌다.

참가자들은 마지막에 이 순간을 기념하기 위해 리머릭limerick(아일랜드에서 과거에 유행한 5행 희시(戱詩) - 옮긴이)을 낭송하는 등 작은 쇼를 펼쳐 보이며 그들의 지도자 필 박사와 유쾌한 시간을 가졌다. 그는 모든 이들에게 진심어린 감사의 인사를 전하며 그들의 삶에 개입할 수 있게 된 것을 영광으로 생각한다고 말했다. 그는 마지막으로 다음과 같은 말을 남겼다.

"남들은 우리가 지금 그대로의 모습으로 고정되어 변화하지 않기를 바라지만 우리는 과거에서 성큼 걸어 나와 앞으로 나가야 한다."

으레 그렇듯이 프로그램의 마지막에 오프라가 맥그로에게 축하의 말을 전했다. 그리고 영상으로 등장한 게스트들은 각자 자신의 경험을 간단히 이야기하고 그것이 어떤 의미였는지 간략하게 소감을 밝혔다.

오프라와 필 박사는 상당히 다르다는 것이 밝혀졌다. 오프라 쇼에서나 후에 자신의 프로그램에서 그는 오프라에 비해 좀더 격의 없고 솔직한 모습을 보여 주었다. 그리고 어떤 면에선 오프라가 피하고자 했던 주제에 대해 거침없이 이야기했다. 이를테면 성과 관련된 구체적인 문제에 대해서 말이다.

오프라가 물의를 일으킬 만한 개인적인 문제들을 이야기하지 않기 시작한 후에도 몇몇 기자들과 일부 시청자들은 그녀의 프로그램에서 근친상간과 성적학대, 동성애 등을 다루었을 때 이의를 제기했다. 이에 오프라는 소위 다루기 어려운 주제들에 대해 이야기하고 충고할 뿐만 아니라 솔직하고 개방적인 토론을 이끌어나감으로써 자신이 관중들에게 상당히 중요한 역할을 한다고 말했다. 또한 식견이 있고 긍정적 사고방식을 가진 진행자로서 성직자와 같은 역할을 하고 있기 때문에 자신의 프로그램이 영적이고 종교적인 요소들을 제공한다고 여러 인터뷰를 통해 밝혔다.

비평가들은 다른 토크쇼 진행자들에게 그랬던 것처럼 오프라가 관음증적 화제를 다룬다고 비난할지도 모른다. 하지만 대중문화를 연구하는 학자들은 이런 프로그램이 특정 상황에서는 용인된다는 사실에 주목했다. 다시 말해 전문가가 프로그램에 참여하는 경우를 뜻했다. 맥그로 박사는 심리학자이며 전문가이다. 때문에 그가 참여할 때, 비평가들은 오프라 윈프리 프로그램에 대해 전적으로 다른 견해를 갖게 되는 것이다.

그럼에도 전문가인 필 맥그로 박사 또한 오프라와 마찬가지로 이따금씩 우스운 이야깃거리의 주인공으로 등장한다. 예컨대 오프라는 2003년 '최고의 삶을 살아라' 팀과 여행 중 시애틀에서 '오프라를 대통령으로'라고 씌어 있던 범퍼 스티커를 보고 "말도 안 된다"고 반응했다. 이에 한 칼럼니스트는 오프라의 추종자들이 그녀의 이름을 투표용지에 쓰고 추가로 필 박사의 이름을 기재할 것이라며 농담을 던졌다.

Oprah Winfrey

제 3 장

좋은 책의 전도사 오프라

오프라는 어느 날 관중의 흥미를 끌고 시청률을 높이기 위한 방안을 모색하던 중 그 당시로서는 참신한 아이디어를 떠올렸다. 매달 그녀의 쇼에서 북클럽 프로그램을 운영하자는 내용이었다. 오프라 쇼에서 북클럽이 인기를 끌자 다른 텔레비전 채널과 토크쇼 프로그램에서도 앞다투어 같은 프로그램을 개설하기 시작했다.

오프라는 자신이 읽고 만족했던 책을 골라 방송에서 그 제목을 소개했다. 뒤이어 책의 저자가 출연했으며 마지막으로 엄선된 독자들로 구성된 그룹이 방송에서 그 책에 대해 의견을 나눴다. 오프라는 여름을 제외하고 매달 책 한 권씩을 선정했다. 선정된 책 제목이 방송에서 발표되기 전, 봉인된 책 상자가 '~까지 개봉 금지'라는 꼬리표가 붙은 채 여러 공공 도서관에 보내졌다. 북클럽은 여느 때와 같은 대대적인 발표와 선전, 광고 속에서 1996년에 첫 막을 열었다.

북클럽이 처음 시작되었을 때부터 2002년 4월에 프로그램이 막을 내릴 때까지 오프라가 선정한 모든 책은 베스트셀러가 되었고 출판업계는 덩달아 이례적인 덕을 보았다. 작가들과 출판업자들은 복권에 당첨된 것이나 마찬가지 상황이었다. 오프라의 영향력을 깨달은 미전역의 크고 작은 서점에서는 그녀가 추천한 책들을 즉시 다량으로 비축해 두었다. 심지어 한 작가의 데뷔 소설은 백만 부까지 판매되기도 했다. 〈퍼블리셔스 위클리 Publishers Weekly〉는 오프라의 영향력을 인정하며, 양장본이든 염가본이든 오프라로부터 선택받지 않은 이상 베스트셀러 목록에 들어갈 수 없다고 단언했다.

오프라 북클럽 운영 당시, 다양한 서점과 커피숍은 '오프라 선정 도서'라는 광고와 함께 특별 도서전을 마련했다. 그녀가 선정한 책들은 심지어 겉표지에까지 '오프라 선정 도서'라는 표시가 붙었다.

〈뉴스위크〉지는 오프라 북클럽 프로그램이 개설된 지 일 년이 지났을 무렵, 다른 인물들과 더불어 오프라를 현대 출판계에서 가장 중요한 인물로 부각시켰다. 또한 한 스릴러물을 논평하던 〈뉴스위크〉 기자는 출판업자들에게 베스트셀러를 만드는 비결을 "신이나 이무스Imus(미국의 라디오 진행자-옮긴이) 혹은 오프라에게 간청하라"고 말했다. 영감을 불어넣는 책들은 오프라 북클럽 선정도서가 아닐지라도 그녀의 쇼에 방송되기만 하면 상당한 인기를 누렸다. 특히 9·11 사건이 벌어진 이후에는 더욱 그랬다.

근위축증(관절이나 신경에 병이 생겨 근육이 서서히 위축되는 증상-옮긴이)이라는 심각한 질병을 앓고 있는 열한 살짜리 꼬마 시인의 시집 〈마음의 노래들Heartsongs〉은 그 소년이 오프라 쇼를 방문한 후로 불티나게 팔렸다. 그 소년이 오프라 쇼에 출연한 후, 첫 번째 책이 베스트셀러가 되었음은 물론이고 향후 다섯 권의 책이 계약되기에 이르렀다. 오프라는 그 소년을 일컬어 '고무적'이라고 표현하며 그를 자신의 친구이자 '지상의 천사'라고 불렀다. 저널리스트 로버트 엘더는 그 이야기를 소개하며 다음과 같이 언급했다.

"이런 일들이 감상적인가? 그렇다. 출판업자들은 감상적인 책이 잘 팔린다는 것을 깨달았다."

요컨대 감상적인 것의 가치를 발견한 이들이 다만 엘더와 출판업자들, 그리고 오프라만은 아닐 것이다.

〈워싱턴포스트〉지의 기자 데이비드 스트레이트펠드는 독서열풍을 불러일으킨 오프라의 영향력을 19세기 실업계의 거물이자 자선사업가였던 앤드류 카네기와 비교했다. 그가 오프라와 다른 업적 가운데 눈에 띄는 것은 바로 도서관 2,500곳을 세운 것이다. 한편 스트레이트펠드와 같은 직장의 한 동료는 오프라가 단순히 최근에 전국적으로 일어난 독서 부활 운동에 따른 소득을 얻은 것뿐이라며 그녀를 향한 칭찬에 동의하지 않았다. 그럼에도 오프라가 전 국민의 독서 습관에 끼친 영향력은 무시할 수 없었다. 때문에 전미도서재단National Book Foundation은 1999년에 배우이자 코미디언인 스티브 마틴의 진행으로 열린 우아한 파티석상에서 오프라에게 50주년 기념 금메달을 수여했다.

오프라는 메달을 받은 소감으로 이렇게 이야기했다.

"책은 나의 인생에 중요한 역할을 했으며 독서는 내 생활에서 항상 가장 유쾌한 일이다."

그녀는 책을 통해 자신을 발견하고 세상을 배울 수 있었다고 말했다. 그리고 마야 안젤루의 자전적 소설 〈새장에 갇힌 새가 왜 노래하는지 나는 아네I Know Why the Caged Bird Sings〉를 특별히 언급하며 여러 가지 상처로 고통받던 남부의 초라한 십대 흑인 소녀에게 희망을 심어 주었던 작품이라고 고백했다. 오프라는 이 책을 통해 처음으로 자신이 불행을 뛰어넘어 더 좋은 삶을 살아갈 수 있는 가능성이 있다는 사실을 알게 되었다고 했다. 그와 동시에 작가와 책이 가진 위대한 힘을 깨달았다고 덧붙였다.

하지만 이렇게 책에 대한 열정이 가득하고 출판업계를 호황으로 이끌었으며 독서열풍을 불러일으켰던, '북클럽의 여왕벌' 이라는 별명까지 얻은 그녀가 갑작스럽게 북클럽 프로그램 운영을 중단하겠다고 선언했다. 오프라는 어느 금요일 쇼를 진행하면서 관중을 향해 소설 〈술라Sula〉가 북클럽의 마지막 선정 도서가 될 것이라고 알렸다. 그녀는 더 이상 자신의 프로그램에서 읽고 소개할 뿐 아니라 논의할 만한 흥미로운 책을 찾을 수 없다며 다소 경솔하게 이야기를 해 버렸다. 이는 즉시 많은 사람들의 비난을 불러일으켰다. 오프라가 자신의 결정에 대한 다른 이유는 사람들에게 밝히지 않았지만 가치 있는 책이 부족하다는 사실 외에도 다른 문제가 있었다.

그 당시 책 한 권 당 60만 권에서 많게는 100만 권까지 어마어마한 수량이 판매되는 것과 대조적으로 텔레비전 독서토론 프로그램의 시청자 수는 한정되어 있다는 시장 조사 결과가 발표되었다. 조사 결과에 따르면 독서토론 프로그램 시청자 수는 일상적인 정규 프로그램 시청자 수에 비해 상당히 적은 것으로 나타났다. 이에 북클럽 프로그램이 운영되는 횟수는 점차 줄어들었다. 사실상 처음에는 거의 매달 새로운 책을 소개했다. 하지만 2000년에 9권이 소개되었던 것이 2001년에는 6권에 그쳤다. 시청자의 관심을 끌기 위한 방편으로, 편안한 저녁식사가 마련된 자리에서 저자와 대화를 나눈다거나 책에 나오는 극적인 장면을 영화화한다거나 심지어는 책에 나온 주인공들과 비슷한 경험을 했던 여성들이 출연해 이야기를 교환하는 등 다양한 방법이 시도되었지만 시청률 하락은 피하지 못했다. 게다가 책 판매량도 감소했다고 전해졌다.

하지만 한 내부 관계자에 따르면 매달 책 한 권씩을 선발하는 작업이 오프라와 그녀의 직원들에게는 대단히 소모적인 일이었으며 텔레비전 프로그램으로 제작되기에는 너무나도 힘이 많이 들었기 때문에 폐지되었다고 밝혔다.

일부 출판사들은 공개적으로는 오프라의 결정을 지지했다. 오프라가 출판업계에 가져다 준 엄청난 이득을 고려할 때, 그 밖에 어떤 반응을 보일 수 있었겠는가?

랜덤하우스는 2002년 4월 12일자 〈뉴욕타임스〉 전면광고란에 '감사해요, 오프라Thank you, Oprah'라는 문구를 실으며 그녀가 책과 저자, 독자들에게 헌신했던 수년 동안의 공로에 감사를 표했다. 그럼에도 오프라의 결정은 예상 밖의 심각한 충격을 가져왔다. 여러 관계자들은 더 이상 읽을 만한 책을 찾을 수 없다던 그녀의 발언이 미국 출판업계를 향한 부당한 비하라고 생각했다. 오프라 쇼 북클럽 프로그램이 막을 내린다는 소식은 자신의 책이 선택되기를 기대했던 많은 작가들에게도 커다란 실망을 안겨 주었다. 하물며 그 프로그램 덕분에 엄청난 이득을 경험했던 출판업자들의 실망이란 이루 말할 수 없었다.

비평가들 또한 오프라가 북클럽을 그만두는 이유에 대해 회의적이었다. 〈필라델피아 인콰이어러〉의 칼린 로마노가 정확히 지적했듯이 오프라가 마지막으로 선정한 〈술라〉는 토니 모리슨이 28년 전에 쓴 책이었다. 이는 오프라가 북클럽을 진행하면서 선정했던 모리슨의 소설 네 편 가운데 하나이기도 했다. 오프라가 북클럽을 진행했던 오랜 시간을 고려해 볼 때, 로마노는 오프라가 왜 수십 년도 더 지난 소설을 선정했을까 하는 의문을 제기한다. 북클럽을 위해 매달 한 권의 소설을 추천하는 게 그리도 어려웠을까? 로마노는 심지어 오프라만큼 부유한 이는 매달 책 한 권씩을 선정하는 고된 일 대신에 자신의 프로그램을 위해 좀더 쉬운 길을 택할 것이라며 조롱조의 기사를 썼다.

오프라 쇼에서 북클럽 코너를 폐지한 직후인 6월에 케이티 쿠릭과 맷 라우어가 진행하는 〈투데이Today〉 쇼는 다른 종류의 문학 코너를 시도했다. 의심할 여지없이 오프라 북클럽의 폐지에 영향을 받은 이 프로그램은 오프라 북클럽과 일부 유사성을 가지고 있었다. 즉 그들의 주요 시청자는 여성들이었다. 둘 다 남성보다는 여성을 고려했고 두 쇼 모두 여성에게 초점을 맞춰 프로그램 소재를 정했다. 그러나 투데이 북클럽은 진행자가 아닌 유명 작가가 잘 알려지지 않은 당대 작가의 작품을 선택하여 발표한다는 점에서 오프라 쇼와 차별화되었다. 그리고 '꼭 읽어야 하는' 홍미로운 책을 선정하여 제목을 발표한 후, 한 달이 지나서

현존하는 독서클럽 회원들이 그 책에 대해 논의하는 형식으로 진행되었다.

오프라가 북클럽 코너를 폐지한 후에도 몇몇 사람들은 여전히 그녀를 책과 연관지어 생각했다. 이따금씩은 비평가들이 그녀가 선정한 책에 부정적인 반응을 보였다. 예컨대 캐롤 뮐러는 패트리샤 헨리의 소설 〈달콤한 강에서In the River Sweet〉의 서평에서 오프라가 좋아하는 화제가 넘쳐난다며 비꼬았다. 오프라 북클럽의 논제들, 즉 여성간의 동성애, 강간, 지능발달 지연, 신앙의 위기 등은 오프라 쇼나 그녀의 잡지 기사에서 단골로 등장하는 이야깃거리였다.

일부 비평가들은 오프라가 선택한 주제 대부분이 비정상적인 사람들에 초점을 맞추고 있을 뿐만 아니라 오프라 북클럽 선정 도서 역시 그 부분에서 지나칠 정도로 유사하다며 비난했다. 예를 들어 〈월스트리트 저널〉의 신시아 크로센 기자는 오프라 선정 도서가 강간과 폭행으로 그 범위가 한정되어 있다고 주장했다. 한 비평가는 오프라가 선호하는 작품들에 대해 평가하며 여성 소설 대신 '오프라 소설'이라는 용어로 대체하는 게 좋겠다고 말하기도 했다. 그녀가 선정하는 도서들이 판에 박은 듯 유사한 내용이라는 이유에서였다.

많은 이들이 〈오프라 윈프리 쇼〉 북클럽 프로그램 폐지 이유를 타당하지 않다고 여기며 오프라의 판단력에 의아해했다. 신문에서는 오프라의 심기를 불편하게 할 정도로 이에 대해 크게 다루었다. 그녀에게 항의하는 성난 목소리가 끊이지 않았으며 독자들이나 코미디언, 심지어 만화작가들의 냉소 또한 적지 않았다. 오프라를 겨냥한 우스갯소리도 들렸다. 예컨대 잘 알려지지 않은 한 칼럼니스트는 '은퇴하는 오프라에게 덕담을 건네야 한다'라는 표제를 붙인 기사를 쓰기도 했다. 플로리다의 유명한 사우스비치 풍경을 글로 담는 벤 크랜델은 오프라가 북클럽 코너를 포기한 것에 대해 배신이고 음모일 뿐 아니라 무자비하고 잔인하다고 말했다. 또 충격적이고 냉정하다며 강력한 어조로 조소를 보냈다.

오프라 북클럽 프로그램은 시작한 지 6년 만인 2002년 봄에 폐지되었다. 이는 예측할 수 있는 일이었을까? 독자들 대부분이 그녀가 선정한 책을 좋아했을까? 어마어마한 책 판매량을 고려했을 때 그렇다고밖에 할 수 없다. 오프라의 절친한 친구이자 작가인 마야 안젤루는 오프라의 선택에 대해 전적으로 동의하지는 않았지만 그녀가 독서열풍을 불러일으켰다는 데 주목해야 한다고 말했다. 만일 읽을 만한 양서가 한정되어 있다는 이유가 아닌, 시청자의 흥미 부족이 문제였다면 오프라 쇼에서 북클럽을 폐지한 것이 시기상조였을까?

오프라가 북클럽 프로그램을 폐지한다고 선언하기 바로 전에, 그녀가 선정한 소설의 작가 조너선 프란즌과 불거진 소동이 대대적으로 알려졌다. 그러자 독서가들이나 비독서가들을 비롯해 오프라의 도서 선정에 관심 있어 하던 모든 이들의 이목이 집중되면서 오프라 쇼 북클럽의 시청자 수가 갑자기 증가하는 결과를 불러왔다.

프란즌의 세 번째 소설 〈벌The Corrections〉은 오프라의 북클럽에서 다음 선정작으로 발표된 순간부터 베스트셀러가 되었다. 그런데 그 이후에 발표된 수필집 〈혼자가 되는 방법How to Be Alone〉의 표지에는 〈벌〉

이 단지 '2001년 가장 많이 사랑받고 가장 많이 언급되었던 소설'이라는 광고문구만이 기재되었다. 오프라가 프란즌의 소설을 선택한 것에 대한 효과는 엄청난 것이었다. 다른 오프라 선정 도서들과 마찬가지로 프란즌의 소설이 아무리 가치 있는 작품일지라도 오프라의 도움 없이 베스트셀러가 될 수 있었을지는 의문이다. 〈워싱턴포스트〉의 도서비평가 조너선 야들리는 그에 대해 부정적인 평가를 내렸다.

야들리는 소설 〈벌〉에 대해 논하는 중에 프란즌을 '순수 예술 문학 작가'라고 부르며 다른 일부 비평가들과는 달리 그의 앞선 두 소설을 좋아하지 않는다고 밝혔다. 내용이 설교조인데다가 상업적인 흥행에도 실패했다는 이유에서였다. 하지만 오프라 북클럽에서 선정된 것이 작가에게는 절대적인 흥행 보장이었다고 주장했다. 프란즌에게는 불쾌하겠지만 오프라의 지지가 없었다면 그의 세 번째 소설 역시 앞선 작품들과 다를 바 없었을 것이라는 게 그의 생각이었다. 그는 다른 일부 비평가들과는 다르게 프란즌의 재능을 인정하지 않았다. 그러나 프란즌의 작품에 감동을 받은 비평가 리처드 로카요는 그는 점차 축소되고 있는 문학계에서 절묘한 문학성을 잘 살려내는 작가라며 극찬했다.

한편 〈오프라 윈프리 쇼〉의 팬으로 보이는 것을 원치 않았던 야들리는 '계속되는 오(O) 이야기'라는 제목의 두 번째 기사를 썼다. 그는 오프라가 진정한 독서옹호자로서 활동했다는 말을 반복하면서 그럼에도 자신은 오프라 쇼를 경멸한다고 밝혔다. 그의 말은 오프라의 프로그램을 단 한 번 보았는데 감성적인 말들이며 시도 때도 없이 들리는 심리학 용어에 거의 구역질이 나올 뻔했다는 것이다.

다른 도서 비평가들은 오프라가 연속해서 지명한 46권의 책들이 1996년 9월 이래로 베스트셀러가 되었다는 사실에 주목했다. 〈뉴욕타임스〉의 비평가 데이비드 커크 패트릭은 오프라가 프란즌의 소설을 선정함으로써 작가에게 150만 달러를 안겨다 준 셈이 되었다고 전했다. 그리고 "훌륭한 작가는 부유한 작가이며 부유한 작가는 곧 훌륭한 작가다"라고 했던 하퍼스 편집자 루이스 래펌의 말을 인용했다. 비록 부유하지 못한 많은 작가들이 래펌의 말에 불평할지 모르지만 오프라가 선택한 많은 작가들이 사실상 백만장자가 되었다. 한편 예일대 교수이자 비평가인 하롤드 블룸은 순수 예술 문학 전통을 언급한 프란즌에 대해 논평하며 그의 주장을 공격했다.

오프라 북클럽에서 선정된 데 감사하지 않았던 프란즌은 다른 이들의 눈에 용서받을 수 없는 죄인으로 보였다. 평론가 칼린 로마노는 프란즌이 오프라 북클럽에서가 아닌 마치 스프링거 북 클럽에서 자신의 소설이 선정된 듯한 반응을 보였다고 말했다. 또 〈유에스 뉴스U.S. News〉는 프란즌을 일컬어 '선택되지 않은 자'라고 칭했다.

이런 분위기 속에서 프란즌은 자신의 소설 겉표지에 오프라 북클럽 로고가 붙는 것을 원치 않았다고 밝혔다. '공동소유'라는 느낌이 싫었기 때문이라고 그 이유를 설명했다. 그는 몹시 감상적이고 깊이 없는 부류에 포함되는 것을 거부하며 자신의 책을 순수 예술 전통의 부속물로 분류했다. 사실 그는 매번 다른 설명을 가져다 붙였다. 그는 스콧 터로와 스티븐 킹 같은 대중작가들을 존경한다고는 했지만 그들이 〈타임〉 잡지의 겉표지에 나오는 이유에 대해서는 미국문화에 끼친 중요성 때문이라기보다는 출판 계약에서 약속된 막대한 금액의 돈 때문이라고 확신했다. 프란즌은 소설의 가장 중요한 요소가 사회적인 교훈이라는 자신의 믿음을 표명했다. 그리고 20세기 소설이 가져온 몇몇 변화들에 애석해했다.

프란즌은 오프라가 사람들이 독서 습관을 가지는 데 앞장서는, 이른바 '선한 싸움'을 했다고 마지못해 주장했지만 아이러니하게도 자신이 오프라 북클럽 선정 작가로 알려지는 것은 원치 않았다. 그는 모름지기 진정한 작가라면 유명해지기를 포기하는 희생을 치르더라도 '진짜가 아닌' 대중시장 문화에 저항해야 한다는 소설가 윌리엄 가디스의 철학에 공감했다. 프란즌이 텔레비전 문화를 거부하는 이유도 이러한 철학의 일부였다. 오프라는 '프란즌 사건' 이후, 그를 자신의 쇼에 출연시키려던 계획을 취소했다. 하지만 오프라 선정 도서 목록에서 그의 소설은 철회하지 않았다.

〈뉴스위크〉 평론가 제프 자일스는 '실수와 벌Errors and Corrections' 이라는 다소 재미있는 제목의 칼럼을 통해 다음과 같이 밝혔다. 오프라가 자신의 쇼에 프란즌을 출연시키지 않을 것이라고 말한 것은 시청자들에게 그의 소설을 읽지 말 것을 넌지시 암시하는 것처럼 보였다는 내용이었다.

프란즌은 〈벌〉이 나오고 1년 후에 출간된 수필집 〈혼자가 되는 방법〉을 통해 오프라가 자신의 북클럽 초대를 취소했다고 언급했다. 그 이유에 대해서 그녀가 자신과 갈등이 있다고 생각했기 때문이라고 밝혔다. 하지만 그의 수필집 겉표지에는 그 일을 안타까운 사건으로 묘사했다.

사람들 대부분은 프란즌보다는 오프라에게 공감했다. 그녀의 충성스런 시청자와 독자들 외에도 많은 저널리스트들이 오프라의 편에 서서 그에게 신랄한 비난을 퍼부었다.

프란즌은 많은 작가들과는 대조적으로 프라이버시를 상당히 중시했다. 이는 그의 〈벌〉 이전 작품을 읽은 독자들이라면 바로 이해할 수 있는 부분이다. 사실 프란즌 외에도 오프라 선정 도서로 홍보하는 것을 거부했던 작가들이 있었다. 예컨대 두 번이나 오프라 선정 작가로 발표되었던 우르술라 헤기Ursula Hegi는 자신의 소설 겉표지에 오프라 선정 도서라는 선전 문구가 붙는 것을 거부했다. 시몬 앤 슈스터의 한 홍보 담당자는 이를 작가의 프라이버시라 여기며 그 결정을 받아들였다.

프란즌은 논쟁을 면할 수 없었다. 아마도 논쟁을 피하기를 원하지 않았을지도 모르는 일이다. 그렇지만 그는 계속해서 애매한 태도를 취했다. 한번은 〈투데이〉 쇼 진행자 케이티 쿠릭이 그를 '오프라 반대자'라고 소개하며 농담조로 자신의 의견을 피력할 기회를 주었다. 하지만 프란즌은 그 사건에 대한 전적인 책임은 자신에게 있다고 말했다. 게다가 자신이 옳지 않게 행동했던 데 반해 오프라는 위엄 있고 정중했다며 그녀에게 감사를 표명하기도 했다. 자신의 잘못된 행동에 대해서는 다음과 같이 변명을 했다.

"소설을 쓰느라 어두운 방에 갇혀서 2년이라는 세월을 지내다 보니 사회적으로 어떻게 행동해야 하는지 잊었다."

프란즌은 개인의 세계와 대중의 세계가 분리되어 있던 과거로 돌아가기를 열망했다. 그리고 텔레비전 프로그램만큼이나 휴대전화에 대해서도 부정적이었다. 게다가 책, 즉 문학이 컴퓨터로 대체된 오늘날의 세계와 기술 혁신으로 대량 생산된 존재들에 대해서 불안함을 종종 표현했다.

프란즌의 독자는 알츠하이머병에 걸린 아버지에 대해 쓴 그의 첫 에세이 〈아버지의 뇌My Father's Brain〉와 그의 두 번째 에세이 〈세인트루이스에서 만나요Meet Me in St. Louis〉에서 작가의 마음 깊은 곳에 내재된 슬픔과 섬세함을 눈치챌 수 있을 것이다. 이는 그 자신의 문제뿐만 아니라 현대의 삶으로부터 비롯된 슬픔이었다. 그는 자신이 보여 주는 것 외에 타인들이 자신의 사생활을 들여다보는 것을 견디지 못한다. 프란즌을 포함해 그런 종류의 사람이 어떻게 텔레비전 프로그램에 출연할 생각을 할 수 있단 말인가? 일찍이 그가 자신을 오프라의 작가로서 부족하다고 생각했던 것도 놀라운 일은 아니다.

프란즌 사건과 관련해 재미있는 사실 두 가지가 있다. 하나는 FSGFarrar, Straus, and Giroux 출판사 소속 프란즌의 편집자의 말에 따르면 오프라가 자신의 쇼에 프란즌의 출연을 취소함으로써 작가의 책 판매부수가 두드러지게 증가하는 결과를 야기했다는 것이다. 또 다른 하나는 〈벌〉이 52번째 전미 도서상National Book Award을 수상했다는 사실이다. 배우이자 코미디언인 스티브 마틴이 세 번째로 진행을 맡은 만찬 자리에서 프란즌은 오프라에게 감사의 인사를 전했다. 그럼에도 프란즌 사건은 좀처럼 잊혀지지 않았다.

자신의 작품이 얼마나 잘 쓰였든, 얼마나 의미가 있든, 혹은 얼마나 호소력이 있든지에 상관없이 대중에게 알려지는 것을 꺼려하는 작가들은 많지 않다. 매해 수천 권의 책이 출판된다는 사실을 고려해 볼 때 더 많은 독자수를 확보하는 것은 운에 좌우되는 게임이라 할 수 있다. 더욱이 아무리 훌륭한 평론이 뒷받침해 준다 해도 여전히 많은 책들이 독자들의 관심밖에 머물기 일쑤다. 정치나 역사책은 별도로 한다 해도 논픽션 작품들은 많은 독자들의 사랑을 받기 위해 힘겨운 싸움을 한다.

한편 오프라가 정기적으로 선정하거나 북클럽에서 논의된 책들이 모두 소설은 아니다. 다시 말해 레이첼 시몬스의 〈소녀들의 전쟁Odd Girl Out: The Hidden Culture of Aggression in Girls〉과 같은 논픽션 작품들도 선정되었다. 레이첼 시몬스는 친구 로잘린드 와이즈먼과 함께 오프라 쇼에 출연해 자신의 책에 대해 설명했다. 와이즈먼은 영화 〈퀸카로 살아남는 법Mean Girls〉의 원작 〈여왕벌과 열렬 팬들: 왕따와 험담, 남자친구들, 그리고 사춘기의 다른 현실들로부터 딸이 살아남도록 도와주기Queen Bees and Wannabes: Helping Your Daughters Survive Cliques, Gossip, Boyfriends, and Other Realities of Adolescence〉를 쓴 작가이다. 이들은 두 작가의 작품 속 주제, 즉 젊은이들의 공격성에 대해 논의했다. 이는 오프라에게 흥미 있는 이야깃거리였을 뿐만 아니라 그녀의 잡지 〈O〉에서도 이미 논의된 바 있던 주제였다. 오프라는 유년 시절과 대학 시절을 지내는 동안 괴롭힘의 희생자였다고 게스트들에게 고백했다.

오필리아 프로젝트The Ophelia Project라는 단체의 회원이기도 한 시몬스는 심리학자들을 포함해 다른 이들과 함께 '괴롭힘 방지 기술' 과 '공격성 대처 방법' 을 교과과정으로 만들었다. 이 단체는 고등학교 교사들이 어린 소녀들에게 다른 이들의 독단적인 행위에 직면하는 방법이나 이를 예방하는 기술을 가르치도록 지도한다. 이들은 어린 소년, 소녀들을 대상으로 참을 수 있는 한계에 대해 가르치며 언쟁과 폭력을 억제하는 방법 또한 전수한다. 이 단체의 신조는 '남녀노소를 막론하고 우리의 삶은 우리 손에 달려 있다는 사실을 배워야 한다' 는 것이다. 이는 오프라의 말과 글에 끊임없이 등장하는 논제이기도 하다. 우리는 유해한 상황을 무시해 버리거나 우리에게 고통을 주는 사람을 그냥 지나쳐 버려서는 안 되며, 우리에게 고통을 주었거나 화나게 했던 이들에게 문제점을 깨닫게 해야 한다는 것이다. 또 우리 자신의 목소리에 귀를 기울여야 하며 필요한 경우에는 스스로 용기를 내서 말할 수 있도록 주변 사람들, 즉 우리가 좋아하고 신뢰하는 사람들에게 도움을 구해야 한다. 우리가 솔직히 터놓고 도움을 구하는 것을 두려워한다면 더 많은 것을 잃을 뿐이다. 시몬스와 오프라는 독자들과 시청자들이 그들 각자의 삶을 책임져야 한다는 데 의견을 모았다. 오프라가 모든 게스트들에게 항상 이야기하듯이 말이다.

시몬스는 우리 문화는 소녀들과 여성들에게 노여움과 공격성을 밖으로 드러내는 것을 삼가도록 강요하면서 부정직함을 가르쳐왔다며 이러한 행위는 반드시 변화해야 한다고 강조했다. 만일 자신의 마음을 솔직히 나타낸다고 해서 다른 이들로부터 따돌림을 받는다면 이런 경험을 통해 우리는 진정한 자기인식을 경험할 수 있게 된다고 말했다. 그리고 우리와 같은 생각을 갖고 있는 이들을 만나게 된다면 삶은 좀더 평탄해질 거라고 덧붙였다.

오프라는 북클럽을 폐지하기로 결정한 후 10개월도 채 지나지 않은 시점에 그 프로그램 운영을 재고하겠다는 선언을 하여 시청자들과 독서가들을 놀라게 했다. 2003년 2월이 끝나갈 무렵, 오프라가 북클럽을 재개한다는 소식은 신문에 대서특필되었다. 하지만 그녀는 오늘날의 서적이 읽고 논의할 가치가 있다는 사실을 깨달았다고 말하는 대신 고전문학을 재발견하겠다고 선언했다. 과거의 위대한 작가들 즉 셰익스피어, 포크너, 헤밍웨이의 작품을 읽겠다는 말이었다. 과거에 그녀는 현대 서적에 사람들의 관심을 불러일으키는 공헌을 하며 박수갈채를 받았다. 그런데 이제는 다른 종류의 책을 추천하겠다고 미국출판사협회에 전했다. 그녀의 결정이 이전과 같은 종류의 기쁨을 가져다 줄 것인지에 대해 그 당시의 여론은 부정적이었다.

다른 산업과 마찬가지로 출판업은 판매를 목표로 한다. 하지만 출판사들은 사람들이 내다버리거나 도서관에서나 겨우 볼 수 있는 고전 책들로 돈을 벌 수 있을지 확신이 서지 않았다. 다른 이들도 의구심이 들기는 마찬가지였다. 고등학교나 대학교의 영어 수업 시간 중에나 읽을 만한 그런 책이 사람들의 흥미를 불러일으키지 못할 거라는 생각이 들었다. 하지만 이런 의구심을 확실히 해소하며 오프라는 또다시 해냈다.

오프라는 〈티비 가이드TV Guide〉의 기자 마이클 로간에게 자신이 선택한 '고전' 이라는 단어에 대해 이야기하면서 그 용어를 사용하지 않기로 했다고 말했다. 문학평론가들과의 논쟁에 휘말려들고 싶지 않다는 이유에서였다. 그 대신 '과거의 위대한 작품'으로 명칭을 바꾸겠다고 말했다. 또한 북클럽을 재개하겠다는 결심을 한 계기에 대해서 존 스타인벡의 〈에덴의 동쪽East of Eden〉을 읽고 그 책에 압도당했기 때문이라고 밝혔다.

오프라가 북클럽을 재개하겠다고 선언하자 즉각 코미디언들과 만화가들의 반응이 뒤따랐다. 칼럼니스트들 또한 '고전과의 여행'이라는 오프라의 선언을 놓치지 않고 풍자에 이용하기 시작했다.

한편 영국 평론가 크리스토퍼 히친스를 포함해 많은 작가들은 오프라에게 책 선정과 관련 조언을 전하고 싶어 마음이 급했다. 그는 사람들에게 다음과 같이 말했다. 오프라가 톨스토이의 작품 〈안나 카레니나 Anna Karenina〉를 토론 도서로 선정해야 한다는 것이었다. 그 책이 오프라를 비롯해 그녀의 친구인 심리학자 필 박사에게 오랫동안 이야깃거리를 제공할 것이라는 재미있는 이유에서였다. 사실 오프라는 언제부터인가 필 박사의 선택을 따라왔다.

또한 히친스는 조지 엘리엇의 소설 〈미들마치Middlemarch〉를 추천하면서 이 책이야말로 오프라 쇼에 적절한 책이라고 설명했다. 빅토리아 시대의 한 불행한 기혼 여성의 성적, 지적인 좌절을 다루고 있는 〈미들마치〉가 오프라 프로그램에 끝도 없는 화제를 제공할 거라는 설명이 뒤따랐다.

소위 고전문학, 혹은 과거의 위대한 작품은 오프라가 새로운 북클럽을 시작함과 동시에 다시 판매가 이루어졌다. 작가들은 이미 고인이 되었지만 말이다. 이에 반해 최근 몇 년 동안 현대 작가들은 적어도 미국 내에서 작품을 출간하거나 자신의 글로 먹고 살기가 좀더 어려워졌다. 오프라 쇼나 투데이 쇼 같은 특별한 프로그램에서 선택받지 않는 한 말이다. 오늘날은 거대한 외국 기업들이 출판 산업을 좌지우지하고 있다. 그리고 출판물은 작품의 질보다는 시장성에 의존하는 실정이다. 이때 세계적으로 유명한 스타라면 대중의 독서생활에 커다란 영향을 끼칠 수 있을 것이다.

오프라가 2003년 6월에 북클럽 프로그램을 재개하여 소위 고전문학을 다루겠다고 발표하자 보더스 앤 월든북스Borders and Waldenbooks는 50년 이전에 쓰인 존 스타인벡의 〈에덴의 동쪽〉 염가판을 5,000부 이상이나 판매했다. 이 소설은 염가판 베스트셀러 작품 가운데 단연 1순위가 되었다. 오프라는 이 책이 스타인벡의 가장 유명한 소설 〈분노의 포도The Grapes of Wrath〉보다 더 훌륭한 작품이라고 평가했다. 사랑과 배신, 탐욕과 살인, 섹스에 이르기까지 그 안에 인생의 모든 내용이 들어가 있기 때문이라고 했다.

인생의 소중한 친구들

오프라 같은 유명한 여성은 친구나 동료, 연인, 지인을 비롯해 많은 사람들이 곁에 있기 마련이다. 오프라와 가장 가까운 네 명을 꼽자면 마야 안젤루와 게일 킹, 퀸시 존스와 스테드먼 그레이엄이 있다. 이들은 각각 오프라의 삶에 중요한 역할을 해왔다. 오프라의 표현을 빌자면 이들은 오프라에게 '꾸밈없고 무조건적인 사랑'에서부터 '불안정하고 우유부단한 복잡함'에 이르기까지 다양한 감정을 불러일으키는 이들이다.

넷 가운데 최고 연장자는 1928년에 태어난 마야 안젤루이다. 그녀는 오프라보다 거의 서른 살이나 연상으로, 친구라기보다는 어머니와 같은 존재처럼 보인다. 사실상 안젤루는 오프라 같은 딸을 갖고 싶었다고 이야기하기도 했다. 오프라 또한 안젤루를 가리켜 이상적인 어머니이자 멋진 친구라고 표현했다. 사실상 이 둘의 관계가 오프라와 버니타 사이의 혈연관계보다 훨씬 더 가깝다고 해도 과언은 아닐 것이다.

시인이자 전기 작가, 댄서, 배우일 뿐만 아니라 강연자이자 교수이며 과거에는 웨이트리스와 매춘중개인, 튀김전문요리사, 칼립소calypso(트리니다드 섬 원주민의 민요풍 재즈—옮긴이) 가수, 반주음악 작곡가로도 활동했던 안젤루는 미국 문화에서 유례없는 인물이다. 그녀는 1961년 1월 존 F. 케네디의 대통령 취임식에서 시를 낭송한 노년의 로버트 프로스트의 문학적 발자취를 이어 1992년 1월에 흑인 여성으로는 최초로 윌리엄 J. 클린턴의 첫 번째 대통령 취임식에서 '아침의 맥박On the Pulse of Morning'이라는 자신의 연가를 낭송했다. 영화 〈아메리칸 퀼트How to Make an American Quilt〉에서 안젤루와 함께 연기한 여배우들은 그녀를 일컬어 '우상'이라고 칭했다. 〈볼티모어선〉은 그녀를 '르네상스 여인'이라 불러왔지만 안젤루가 많은 이들에게 우상과도 같은 존재라는 사실만큼은 틀림없다.

솔직히 '우상'이라는 단어는 정중한 느낌이 들기도 하고 다소 격의 있어 보이는 게 사실이다. 따라서 오프라가 안젤루를 향해 우상이라고 부르는 것은 왠지 어울리지 않을 것 같다. 그 단어 속에는 깊은 존경의 느낌이 담겨 있다. 이는 모건 주립대학의 메리 럽턴 교수가 안젤루에게 표현했던 '성스러운'이라는 단어와 같은 맥락이다. 하지만 절친한 친구 사이라면 이런 표현이 적절하지는 않을 것이다. 물론 오프라의 말이나 행동 곳곳에 안젤루를 '신화 속 인물'처럼 우러러보는 태도가 묻어나는 것은 사실이다.

이 두 여인의 관계에 대해 글을 쓰는 모든 저널리스트들은 안젤루를 오프라의 스승이라고도 부른다. 하지만 예술계의 선후배 사이 이상으로 그 두 여인을 가깝게 이어주는 끈은 다름 아니라 둘이 모두 흑인이라는 점이다. 게다가 그들의 개인적인 과거 속에는 너무나도 많은 요소들이 존재해 둘을 엮어준다. 아이러니하게도 그들 각자에 대한 정보가 거의 매번 불일치한다는 사실 또한 눈에 띄는 특징이다. 다시 말해 인터뷰를 하거나 전기가 나올 때마다 그들의 이야기가 다르다. 평상시에 한 이야기도 시간이 지나면서 번복하기 일쑤다. 그들을 계속 보아온 이들이라면 두 여인의 과거와 현재의 삶에 유사점이 많다는 사실을 깨닫고 놀라지 않을 수 없다. 오프라와 안젤루의 과거 모습은 다양한 면에서 미국 흑인 여성들의 역사를 반영한다. 오프라 역시도 지난 수년간에 걸쳐 종종 이런 이야기를 해온 바 있었다.

그들이 하나 이상의 이름을 가지고 있다는 점 역시 공통점이다. 안젤루의 본래 이름은 마거리트 애니였다. 그런데 어린 시절 그녀에게 '마야' 라는 이름을 붙여준 이는 바로 그의 오빠였다. 마야는 '나의my' 와 '나의 여동생my sister' 이 결합하여 만들어진 이름이었다. 후에 그녀는 '존슨' 이라는 성을 버렸고 이혼 후에는 나이트클럽에서 불렸던 안젤루라는 이름을 사용했다.

안젤루와 비교한다면 오프라의 이름은 그나마 변화가 적었던 편이다. 그렇다고 흥미가 덜하다는 의미는 아니다. 오프라에게 성서에 나오는 '오르바' 라는 이름을 지어주고 싶었던 이는 숙모 아이다였다. 그렇지만 그녀는 우여곡절 끝에 오프라라는 이름으로 불리게 되었다. 아기였을 때, 게일이라는 중간 이름도 붙여졌는데 이 이름은 현재까지도 많은 이들이 알고 있다. 한편 오프라는 자신의 이름을 이용해 하포Harpo

라는 제작사 이름을 지었다. 희극배우 마르크스 브라더스를 의도적으로 연상시키려 했던 것은 아니었다. 그녀의 이름을 거꾸로 써서 만들었을 뿐이다.

결혼한 부모에게서 태어난 안젤루는 아버지 베일리 존슨의 성을 따랐다. 반면에 버니타의 사생아로 태어난 오프라는 아버지 버논 윈프리의 성을 따르긴 했지만 그가 친부인지는 여전히 명확하지 않다. 오프라가 버논 윈프리를 극진히 생각하는 것은 사실이지만 이따금씩은 농담삼아 자신이 그와 닮지 않았다고 이야기한다. 더욱이 그 당시 어머니가 만난 남자는 한둘이 아니었다는 말도 덧붙였다.

안젤루와 오프라는 둘 다 어린 나이에 어머니와 헤어졌다. 어머니가 그들을 돌볼 수 없었거나 돌볼 의지가 없었기 때문이었다. 어린 안젤루와 오프라는 어머니와 다시 살기 전까지 몇 해 동안 엄격한 할머니들과 함께 생활했다. 불행하게도 그들의 어머니는 자녀의 양육에 관심이 없었다. 때문에 어린 두 소녀는 이곳 저곳을 전전해야 했다. 마야는 다시 할머니에게로, 오프라는 어머니가 그녀를 다시 돌려보내라고 하기 전까지 짧은 시간 동안이나마 그녀의 아버지와 계모에게로 보내졌다. 어머니의 집에서는 누구도 어린 안젤루와 오프라의 삶에 관심을 갖지 않았다.

어린 두 소녀가 사는 곳에는 어머니들의 남자친구들과 남자친척들이 들락날락했고 그녀들은 점차 그들의 성적학대 대상으로 전락했다. 안젤루는 여덟 살에 어머니의 남자친구로부터, 오프라는 아홉 살에 사촌에게 강간을 당했다. 오프라는 친척들로 북적대는 아파트에서 사촌과 함께 한 침대를 나눠 쓰면서 당한 일이었다. 그들의 어린 시절은 아동 학대에 양심의 가책을 느끼지 않았던 탐욕스런 남자들로 인해 어두울 수밖에 없었다. 안젤루에 비해 오프라는 과거에 대한 상처가 더욱 컸던 것으로 보인다. 그렇다고 안젤루의 상처가 크지 않았다는 의미는 아니다. 그녀 또한 어린 시절에 정신적으로 너무나도 큰 충격을 받은 탓에 여러 해 동안 실어증에 걸려 말을 하지 못했다.

두 소녀는 십대에 어머니가 되었다. 안젤루는 열여섯에 이웃 소년과의 사이에서 아들 가이를 낳았다. 그리고 오프라는 열넷에 아버지를 알 수 없는 사생아를 낳았지만 아기는 일찍 세상을 떠났다. 이 이야기는 수십 년 동안 비밀에 부쳐졌다. 하지만 성인이 되자 오프라와 안젤루는 마침내 자신의 어린 시절 고통에 대해 허심탄회하게 이야기할 수 있었다. 안젤루는 글을 통해, 오프라는 자신의 텔레비전 프로그램에서 솔직하게 사실을 털어놓았다.

두 여성 모두 어린 시절 끔찍한 성적 경험을 했음에도 그 이후 다른 남자들과 관계를 맺어왔다. 그 관계가 불행했든 행복했든 말이다. 안젤루는 남자들과의 관계를 좀더 냉정하게 받아들이는 듯했다. 그녀는 여러 차례에 걸쳐 결혼과 불륜에 실패했지만 그럼에도 남자와의 관계 속에서 기쁨을 느낀다고 공개적으로 이야기했다. 하지만 섹스가 그녀의 삶에 지배적인 요소가 되지는 않는다고 글을 통해 분명히 밝히기도 했다.

반면에 오프라는 한 번도 결혼한 적이 없다. 그녀가 여러 차례 인터뷰를 통해 고백했듯이 십대 때부터 시작해 유부남과의 불륜으로 인해 자살을 결심하기도 했던 볼티모어 시절에 이르기까지 성적 문제로 야기된 결과는 그녀에게 너무나도 고통스러운 경험이었기 때문이다.

그럼에도 오프라는 TV에서 섹스에 대해 논의할 때면 대개-물론 항상 그런 것은 아니다-덜 개인적이면서 덜 심각한 태도를 취했다. 물론 아동 학대 문제에 대해 이야기할 때나 어린 시절 자신이 겪었던 성적 학대에 대해 털어놓았을 때는 제외하고 말이다. 그녀가 잡지를 통해 이야기했듯이 많은 소녀들의 삶을 변화시켜야 한다고 결심을 하게 된 계기는 모두 자신의 고통스러운 경험으로부터 비롯된 것이었다. 이따금씩 그녀는 과거의 경험을 잊은 듯 농담을 던지기도 한다.

오프라는 외향적 성격의 소유자답게 가끔 성적 문제에 관해 이야기할 때면 웃으면서 대담한 발언을 한다. 그녀는 TV에서 페니스의 크기에 따른 만족감에 대해 이야기하기도 하고 언젠가는 매춘부들을 향해 다양한 남자들과 빈번하게 성행위를 하면 거기가 아프지는 않은지 짐짓 순진한 척하며 질문을 던질 때도 있었다. 그뿐만 아니라 침대에서 뒹구는 즐거움에 대해 노골적이고 익살스러운 표현으로 방송 중에 거침없이 이야기하기도 했다. 그녀의 시청자들은 마치 야간 코믹 쇼를 연상시키는 듯한 이러한 발언에 환호한다. 물론 오프라의 언행은 방송의 특징과 깊이에 좌우된다.

그녀가 섹스를 삶의 좋은 부분으로 간주하는 태도는 안젤루와 비슷하다. 하지만 70대가 되어서도 연인과 사랑을 나누고 싶다고 말하는 오프라의 표현은 안젤루와는 달리 저속하고 선정적인 부분이 있다.

안젤루는 오프라에 비해 과거를 좀더 쉽게 용서하는 듯 보인다. 사실 안젤루에게는 겉만 번지르르한 게으름뱅이 아버지와 아름답지만 냉담했던 어머니가 있었을 뿐, 그들은 안젤루의 성공에 일말의 도움도 주지 않았다. 이에 반해 오프라는 딸이 훌륭한 사람이 되도록 애썼던 도덕적이고 정직한 아버지가 있었다.

작가 힐튼 알스가 묘사했듯이 안젤루의 어머니는 무책임하고 거칠며 화를 잘 내는 술꾼이지만 많은 남자들을 유혹하는 능력이 있는 사람이었다. 안젤루가 자신에게 의지가 되어주지 못했던 그런 어머니를 용서한 것을 보면 그녀의 관용은 놀라울 정도이다. 사실상 우리는 그녀의 글을 통해 과거가 오히려 그녀를 오늘날과 같은 완벽한 여성으로 만들었음을 짐작할 수 있다.

안젤루와 오프라는 둘 다 나약하고 이기적이며 자신들을 돌보아 주지 않았던 어머니들로 인해 어린 시절 엄청난 고통을 겪어야 했지만 안젤루는 말년의 어머니를 완전히 용서했던 것 같다. 오프라 역시 어머니나 다른 가족들에게 경제적으로 도움을 주었던 것은 잘 알려진 이야기다. 하지만 지난 수십 년 동안 그녀가 했던 이야기를 통해 짐작하건데 그녀와 가족 간에는 여전히 해결하지 못한 문제들이 남아 있다. 그리고 가족 몇몇은 화해의 과정도 없이 이미 세상을 떠나버렸다.

안젤루는 어머니를 깊이 사랑했음을 깨달았다고 거리낌 없이 이야기하는 반면에 오프라는 그렇지가 못하다. 이따금씩 그녀도 자신의 어린 시절을 열악한 환경 속에 빠트린 어머니를 용서한다고 말하기도 하지만 말이다.

그러고 보면 두 여성 가운데 안젤루가 좀더 고민이 없는 것처럼 보인다. 그녀는 오프라에게 충고도 마다하지 않는다. 안젤루는 인생에서 확실한 것들이 변화한다고 해도 오직 죽음과 피부색만큼은 어찌할 도리가 없다며 우스갯소리를 하곤 했다. 그리고 종종 오프라에게 느긋해지라고 조언도 아끼지 않았다. 오프라가 그녀의 조언을 받아들일 수 있을지는 아직 알 수 없는 일이다. 하지만 그녀는 이미 몇 차례에 걸쳐 TV 쇼를 포함해 여러 활동을 접겠다는 발표를 해온 터였다. 물론 그런 발표는 철회되기 일쑤였다.

오프라는 아프리카계 미국인의 삶에 공개적으로 경의를 표하며 종종 안젤루의 인생을 본받으려고 노력한다. 특히 1989년에는 흑인여성 전국회의National Council of Negro Women에서 연설하며 안젤루를 연상시키는 듯한 표현을 사용해 흑인들이 겪은 가혹한 삶과 역사를 찬미했다. 안젤루는 얼마간 아프리카에서 다양한 경험을 했기에 노예제도에 대해 좀더 깊은 관심을 가지고 있었다. 하지만 안젤루뿐만 아니라 오프라 또한 미국과 그 밖의 나라에서 벌어진 무자비한 과거의 역사에 주목하기는 마찬가지였다. 오프라보다는 안젤루가 흑인 역사에 대해 더 자주 이야기했던 것이 사실이지만 오프라 또한 자신을 흑인 역사의 한 부분이라고 생각한다. 그녀는 부모의 부재 속에서 할머니들이나 다른 친척들의 손에 성장했던 많은 흑인 아이들과 자신을 동일시했다. 그리고 인터뷰나 TV방송을 통해 외할머니의 보살핌에 감사한다는 이야기를 빠뜨리지 않았다.

오프라와 안젤루의 관계는 상당히 돈독하다. 이는 오프라가 벌써 여러 차례에 걸쳐 안젤루의 생일 파티를 성대하게 열어 준 것만 보아도 짐작할 수 있는 일이다. 1993년 안젤루의 65번째 생일을 맞아 오프라가 기획했던 파티는 트루먼 카포트의 '블랙 앤 화이트 무도회' 못지않았던 것으로 평가된다. 1970년대에 유명했던 카포트의 무도회는 그의 책 〈인 콜드 블러드In Cold Blood〉가 완성된 후 캐서린 그레이엄에게 존경을 표하기 위해 마련된 것이었다. 파티는 카포트가 잠시 '왕'으로 군림했던 뉴욕에서 열렸다.

안젤루의 파티는 카포트의 파티만큼 대대적인 기사거리가 되지는 못했음에도 결코 그에 뒤지지 않았다. 파티는 안젤루가 거주하는 도시 윈스턴세일럼의 웨이크포레스트에 있는 컨퍼런스센터 정원에서 열렸다. 파티에 초대받은 게스트들은 특별한 음식이며 음료, 화려한 장식에 감탄했으며 무엇보다 위성방송을 통해 전달된 클린턴 전 대통령의 축하인사에 감동을 받았다.

초청객 가운데는 유명인사도 있었고 잘 알려지지 않은 사람들도 있었다. 이들은 파티에 참석하기 위해 전세계 곳곳에서 모여들었다. 오프라의 측근들 중 많은 이가 흑인인 까닭에 파티에 초대된 이들은 흑인이 주를 이루었다. 그렇다고 그녀가 흑인들과 항상 원만한 관계를 유지했던 것은 아니다. 한번은 윈스턴세일럼의 한 백인 구역을 그녀가 홍보했다는 이유로 노스캐롤라이나에 거주하는 흑인들의 지탄을 받기도 했다. 오프라가 안젤루의 집에서 그리 멀지 않은 곳에서 조깅을 하던 중에 우연히 백인이 소유한 멋진 집을 발견하고는 그 가족을 만났고 나중에 그 집의 사진을 광고에 실었다. 물론 안젤루도 이 일에 대해 유쾌해하지는 않았다. 오프라가 흑인들의 반발을 산 것은 이번이 처음도 아니었다. 그들은 오프라의 영화를 보이콧하고 못마땅하다고 생각되는 프로그램에 대해서는 맞서 싸웠다.

여기서 안젤루와 오프라 그리고 카포트의 어린 시절에는 약간의 유사점이 있다는 사실에 주목할 필요가 있다. 그들은 모두 버림받았으며 상실감을 경험했고 비참함을 느꼈다. 사실상 안젤루의 수필집 〈떠날 때는 아무것도 필요하지 않습니다Wouldn't Take Nothing for My Journey Now〉에서 뉴올리언스로의 여행이 묘사된 부분은 카포트를 연상시킨다. 글 속에서 안젤루는 특유의 솔직함과 감정이입으로, 그리고 카포트의 첫 소설 제목을 이용하면서 힘겨운 삶을 살았던 모든 어린이들에게 경의를 표한다. 이와 비교한다면 오프라의 주된 관심대상은 대개 흑인 어린이들이었다.

안젤루는 1994년 같은 수필집에서 오프라와의 우정을 과시했다. 하지만 오프라에 관한 내용은 '헤아릴 수 없는 사랑'이라고 표현한 것 외에는 없었다. 오프라는 이 헤아릴 수 없는 사랑을 여러 방법으로 표현해 다시 되돌려주었다. 예를 들면 2002년 4월호 〈O〉에 안젤루의 여섯 번째이자 마지막 자서전인 〈천국을 향한 노래A Song Flung Up to Heaven〉를 홍보하며 책 속의 '당신을 데리러 왔습니다I Have Come to Collect You'라는 발췌문을 실었다. 이 책의 발췌문들은 그 외에 다른 곳에도 실렸다.

이 마지막 책에 대해 안젤루에게 매혹된 평론가들도 그 전 책들만큼은 못하다고 조심스럽게 지적했다. 그러나 평론가 힐튼 알스는 안젤루의 작품들을 평가하면서 마지막으로 〈천국을 향한 노래〉를 통해 비평가들과는 다른 견해를 밝혔다. 그는 안젤루가 다른 이들의 시선을 즐기는 이른바 '자기 표출'에 관심 있는 작가라고 말했다. 이러한 특징은 아마도 연예계 사람들 대부분에게서 발견할 수 있을 것이다. 작가 바버라 G. 해리슨은 이와 관련 유명인사들이 서로에게 필요한 존재라고 이야기했다. 다시 말해 그들은 서로의 이야기를 인정해 주고 서로의 가장 충실한 팬이 되어 준다는 것이다.

한때 1971년 시 부분에서 퓰리처상 수상 후보로도 올랐던 안젤루는 현재 홀마크를 위해 경구를 써주는 일을 한다. 그런 그녀를 두고 시인 로리엇 빌리 콜린스는 형편없다고 비판을 하기도 했다. 하지만 여전히 많은 이들이 그녀를 좋아한다. 안젤루를 좋아하는 이들 가운데 특히 오프라는 그녀와 나누는 우정에 상당히 흡족해한다. 그리고 둘의 우정은 2002년 5월호 〈O〉에서 또 한 번 확인되었다. 그 달의 주제 '재미'에 맞춰 오프라는 '내 평생 가장 재미있던 일'이라는 제목으로 수필을 실었다. 주제는 마야 안젤루를 위해 준비했던 70번째 생일 축하 파티에 대한 내용이었다. 오프라는 안젤루와 그녀의 오랜 친구 70명을 위해 멕시코 툴룸 마야 유적지로 가는 1주일간의 크루즈 여행을 기획했는데 특히 오프라의 기발한 아이디어가 눈에 띄었다. 마야를 위해 '마야 유적지'를 목적지로 선택했고 70세 생일을 맞아 70명의 친구들을 초대했던 것이다. 1년간의 고심 끝에 계획된 이 여행은 온갖 기발한 이벤트로 가득했다.

안젤루는 1997년에 또 다른 수필집 〈별들조차 외로워 보인다Even the Stars Look Lonesome〉를 출간했다. 이 책에서 그녀는 오프라를 넉 장에 걸쳐 묘사하는 시구절로 찬사를 보냈다. 글은 세 종류의 여행자들을 설명하는 것으로 시작된다. 내용을 살펴보면 극도로 조심스럽고 신중한 여행자, 쉽게 좌절하고 실망하는 여행자, 그리고 대담하며 상처입기 쉬운 여행자가 있는데 이러한 세 종류의 여행자들이 삶을 여행하고 있다. 오프라는 그 가운데 세 번째의 가장 까다로운 여행자에 비유된다. 그녀가 짊어지는 가방-가난, 그리고 흑인 여성이라는 점-은 여행하는 오프라에게 아무런 방해도 되지 않는다. 사실상 오프라는 자신의 짐을 스스로 짊어지었다.

안젤루의 표현에 따르면 오프라는 죄를 지었지만 그 죄를 진정으로 두려워하는 마음을 가졌다. 또 신의 존재를 믿는 사람이고 그녀가 만나는 수많은 사람들의 이야기에 공감하는 자칭 그들의 '언니' 이자 '누이'이다.

안젤루의 70번째 생일 파티에 참석한 많은 이들 가운데는 퀸시 존스도 있었다. 오프라는 그를 일컬어 처음으로 사랑의 의미를 가르쳐 준 사람이며 스스로 의미 있는 사람임을 깨닫도록 이끌어 준 사람이라고 했다. 그리고 만일 그가 죽는다면 남은 평생 그를 위해 울겠다고 말하기도 했다. 오프라는 그를 종종 '빛 속을 걷는 사람' 이라고 말하면서 그에 대한 깊이 있는 애정을 표현한다. 그뿐만 아니라 수년 전 자신의 잡지 인터뷰 글을 통해 또다시 "퀸시는 빛이다"라고 말하기도 했다. 이에 존스는 오프라의 무조건적인 사랑 덕분에 자신이 허튼 짓을 할 수도 없다고 자서전에서 농담처럼 이야기했다. 그는 감상적인 것과는 다소 거

사생아, 가난, 미혼모
등 어두운 과거를 극복
하고 현재 오프라는 전
세계가 주목하는 최고
의 스타가 되었다.

오프라는 버락 오바마가 상원의원이었던 시절 그의
가족들과 행복한 시간을 보내곤 했다. 사진은 버락
오바마의 시카고 집 정원에서 버락 오바마와 부인
미쉘 오바마, 두 딸 말리아, 샤샤와 같이 즐거운 한
때의 모습이다.

한 프로그램의 앵커와 조연출로 만난 오프라와 게일 킹은 30년이 넘는 우정을 지켜오고 있다. 오프라는 그녀를 가장 친한 친구라고 말한다. 오프라는 게일의 삶에서 결혼과 출산, 심지어 이혼의 순간까지도 언제나 함께 있었다. 게일 역시 오프라가 성공할 때나 실패할 때나 항상 곁에 있어 주었다.

오프라의 아버지 버논 윈프리.
그는 오프라를 바르게 이끈
정신적 지주였다.

오프라와 영화배우 할리 베리가 2005년 2월 27일
LA에서 열린 제77회 아카데미 영화상 시상식장에
도착해 행사 직전 같이 포즈를 취하고 있다.

오프라 윈프리가 1986년에 최초로 신디케이트를 통해 전국으로 방송된 토크쇼 촬영을 하고 있다. 이후로 그녀의 토크쇼는 많은 사람들의 인기를 얻었으며 〈오프라 윈프리 쇼〉는 낮 시간 대 프로그램 중에서 시청률 1,2위에 오를 만큼 최고의 프로그램이 되었다.

오프라 윈프리가 1972년 내슈빌의 WVOL 방송국에서 후원하는 화재예방 미인대회에서 1위에 뽑혔다(사진). 당시 그녀의 나이는 18~19세 정도였다. 이어 오프라는 흑인 최초로 '미스 내슈빌'이 되었으며 이후 또다시 '미스 블랙 테네시'에도 선발되어 세간의 관심을 모았다.

노예의 삶을 재조명한 〈빌러비드〉는 오프라가 제작과 출연을 맡으면서 심혈을 기울인 작품이다.
비록 흥행에는 실패했지만 오프라에게는 의미 있는 작품으로 오랫동안 그녀에게서 기억되었다.

오프라는 밥 그린과 체중 감량을 시작하면서 마라
톤에까지 도전하게 되었다. 1995년 그녀의 마흔
번째 생일을 기념하는 의미에서 워싱턴 D.C.에서
열리는 해병대 마라톤에 참가하기로 결정한 후 오
프라는 하이킹, 수영, 카약, 제트스키, 롤러블레이
드를 비롯 여러 운동을 통해 2년을 준비했다. 결
국 오프라는 마라톤에서 40킬로미터를 달려 결승
선에 도착했다. 경주를 지켜보던 많은 관중들과
다른 경주자들이 그녀에게 환호를 보냈고 오프라
는 기쁨의 눈물을 흘렸다.

1998년 뉴욕에서 열린 영화 〈빌러비드〉
시사회에서 오프라와 그녀의 오랜 연인
스테드먼 그레이엄이 같이 참석해 많은
사람들의 주목을 받았다.

오프라가 제작하고 출연한 작품 가운데 1989~1990년까지 방영된 TV시리즈 〈브루스터가의 여인들〉의 주인공들이 공연에 앞서 같이 사진을 찍었다. 아쉽게도 이 시리즈는 시청자들의 많은 관심을 받지 못하고 곧 막을 내렸지만 오프라가 열정을 가지고 연기를 선보였던 작품이었다.

〈브루스터가의 여인들〉에서 열연하는 오프라 윈프리.

2002년 오프라는 이전에도 몇 차례 방문한 적이 있던 남아프리카에 갔다. 그녀는 5만 명의 남녀 아이들에게 그들이 한 번도 본 일이 없던 청바지와 티셔츠, 운동화를 비롯해 공과 라디오, 흑인인형 등을 선물로 나누어 주었다. 그런데 아이들 대부분이 무엇보다도 기뻐했던 선물은 다름 아닌 평생 처음으로 신어보는 운동화였다. 이는 선물을 나누어 주었던 이들에게도 뜻밖의 감동을 선사했다.

오프라 윈프리의 사인

오프라는 1992년 우연히 콜로라도의 한 스파에서 피트니스 디렉터로 일하던 밥 그린을 만나면서 본격적인 체력 관리에 들어갔다. 그의 도움으로 다이어트의 효과를 보았으며 건강 역시 증진되었다. 그는 오프라의 개인 트레이너이자 친구, 그리고 오랜 삶의 보조자가 되었다.

오프라는 오래 전부터 남아프리카를 방문해 불우한 아이들을 돕거나 학교를 설립하는 등의 봉사활동을
해왔는데, 그런 활동을 하면서 자주 넬슨 만델라의 집에 머물렀다. 그녀는 잡지를 통해 만델라와 함께
스물아홉 번의 식사를 함께 했다고 언급하기도 했다. 2003년 7월에 오프라는 세계의 유명한 인물들과
함께 만델라의 여든다섯 번째 생일을 축하하기 위해 남아프리카를 방문해 즐거운 시간을 보냈다.

오프라가 설립한 '남아프리카 소녀들을 위한 오프라 윈프리 리더십 아카데미(The Oprah Winfrey Leadership Academy for Girls in South Africa)'가 2005년에 문을 열었다. 오프라는 앞으로 여학생들을 위해 아프리카에 열두 학교, 아프가니스탄에 두 학교, 미시시피에 한 학교를 개교하겠다고 선언했다. 그리고 훌륭한 학교를 통해 아이들을 지도할 계획이라고 전했다. 사진은 수천 명의 학생들이 우마타umata라는 시골마을에서 오프라에게 선물을 받기 위해 줄을 서 있는 모습.

〈오프라 윈프리 쇼〉의 화요일 고정 게스트였던 심리학자 필립 맥그로 박사는 쇼에 출연한 이후 인기를 얻자, 2002년 9월 16일부터 자신의 프로그램 〈닥터 필(Dr. Phil)〉을 진행하기 시작했다. 이 프로그램은 곧 인기 있는 토크쇼로 높은 시청률을 기록했다. 필립 맥그로 박사는 오프라에 대한 우정과 그녀가 자신의 출연을 지지해 준 것에 대해 늘 감사하다고 말한다.

마야 안젤루는 오프라보다 거의 서른 살이나 연상이지만 둘 사이는 아주 가깝다. 친구라기보다는 모녀 같은 관계이다. 오프라는 종종 안젤루를 가리켜 이상적인 어머니이자 멋진 친구라고 표현한다. 안젤루 역시 오프라와 같은 딸을 가지고 싶었다고 이야기하곤 했다. 사실 오프라에게는 안젤루가 친모 이상의 의미를 지닌다.

오프라가 2007년 워싱턴 D.C.에 있는 하워드대학의 패트릭 스위거트 총장으로부터 명예박사 학위를
받은 뒤 포옹하며 감격의 눈물을 흘리고 있다.

오프라는 고통과 괴로움 속에서도 항상 "나의 미래는 밝을 것이다"라고 말하며 시련을 극복해왔다. 그리고 결국 〈포브스〉지 선정 21세기 가장 영향력 있는 인물, 연예계 최고 여성갑부 등 화려한 이력을 자랑하며 세계적인 스타가 되었다. 사진은 〈오프라 윈프리 쇼〉를 진행하며 웃는 오프라의 모습.

리가 멀지만-혹은 오프라를 향한 애정과 존경을 대놓고 말하지 않지만-그 역시 오프라에게 애정을 갖고 있는 것은 분명한 사실이다.

그들의 만남에 대한 이야기는 잡지 〈O〉를 포함해 이미 여러 곳에서 밝혀졌다. 오프라는 그들의 만남을 '행운'이라고 부른다. 1985년에 오프라가 〈오프라 윈프리 쇼〉의 선구자격인 〈에이엠 시카고〉를 진행했을 때만 해도 그 둘은 서로 만난 일이 없었다. 어느 날 오프라는 앨리스 워커의 〈컬러 퍼플〉이 영화로 만들어질 거라는 소식을 듣는다. 워커의 소설을 읽은 다른 많은 독자들과 마찬가지로 오프라 역시 그 이야기에 상당히 매료되어 있던 참이었다. 오프라는 영화 속 한 배역을 맡고 싶다는 생각을 했다. 그런데 배역 담당자나 영화 제작자와는 아무런 연줄이 없던 상황에서 그녀의 꿈이 현실로 이루어진 게 아닌가!

이야기는 이랬다. 퀸시 존스는 마이클 잭슨을 대신하여 법정에서 증언하기 위해 잠시 시카고에 와 있었다. 그 당시 그는 젊은 스티븐 스필버그와 함께 워커의 퓰리처 수상작을 원작으로 영화를 공동 제작할 예정이었고 그래서 극중 배역에 맞는 배우들을 물색하던 중이었다. 시카고 한 호텔 방에 앉아 있던 존스는 우연히 텔레비전을 켜고 때마침 오프라 쇼를 보았다. 당시만 해도 아직 그 프로그램이 전국방송을 타지 않던 때였다. 오프라 쇼를 본 존스는 너무나도 강한 느낌을 받았고 그 즉시 영화의 소피아 배역을 오프라에게 맡겨야겠다는 확신이 들었다. 이렇게 그들의 인연이 시작된 것이다. 오프라의 재능은 이미 어린 시절부터 갈고닦았기에 별 문제가 없었다. 존스는 자서전을 통해 오프라는 풋내기가 아니었을뿐더러 방송인으로서 15년간 일한 배경이 있는 사람이었다고 밝혔다.

2001년 10월 그가 〈O〉 잡지를 위해 인터뷰를 하는 동안-주제는 친밀함이었다-그는 '행운'에 대한 오프라의 철학을 회상했다. 그녀는 종종 그 이야기를 해왔기 때문에 이미 여러 곳에서 같은 이야기가 보도된 바 있었다. 한편 비평가들은 오프라가 행운은 물론 운명에 대해서도 자주 언급하는 것을 지적하며 그녀의 두 가지 상반된 견해에 비판을 가했다.

존스는 또한 유명한 배우 시드니 포이티어가 오프라를 두고 재능과 사명으로 무장된 '불가사의한 여인'으로 평가한 사실을 주목했다. 포이티어는 흑인으로서는 처음으로 아카데미상을 받았으며 2002년 3월에는 평생공로상을 받았다. 오프라는 스필버그로부터 〈컬러 퍼플〉의 소피아 역으로 낙점되었다고 전해 들었을 때가 자신의 평생에 가장 행복한 날이었다고 여러 차례에 걸쳐 이야기했다. 그녀는 연기야말로 자신이 가장 좋아하는 일이라고 말했다. 그럼에도 그녀에게 꾸준한 수입을 거둬들이게 할 뿐만 아니라 그녀가 원하는 일을 할 수 있는 여건을 만들어 주는 것은 역시 TV쇼였다.

〈컬러 퍼플〉은 비평가와 관중들로부터 각각 상반된 평을 들었다. 흑인 남성들은 이 영화에 분개했지만 많은 비평가들은 훌륭하다고 평가했다. 〈컬러 퍼플〉의 원작과 영화는 '인종'과 '흑인 남녀의 관계'를 다양한 시선으로 관찰하고 폭행과 강간, 그리고 근친상간이라는 비밀스러운 문제를 솔직히 드러낸다. 그런데 오프라는 이 영화로 인해 뜻하지 않던 반응과 마주해야 했다. 많은 남성들이 그녀에게 분노하고 악의를 품은 것이다. 일부 지역에서는 많은 이들이 그 영화를 비난하며 피켓 시위를 벌이기도 했다. 오프라는 이들의 반응에 괴로워했고, 그 영화에서 초점을 맞추는 부분은 여성이지 남성이 아니라고 강조하며 영화를 옹호했다.

앞서 밝혔듯이 오프라는 이 일 외에도 종종 비난의 대상이 되었다. TV프로그램과 영화, 그리고 TV미니시리즈를 통해 논쟁을 불러일으킬 만한 많은 주제들을 건드렸기 때문이었다. 〈컬러 퍼플〉은 조연상 후보로 오른 오프라를 포함해 아카데미 시상식에서 11개 부문 후보로 올랐지만 결과적으로 상은 받지 못했다. 존스는 비록 지금은 성공했지만 당시에 이 영화가 아카데미상을 하나도 받지 못했을 때의 곤욕감에 대해서는 아직도 잊지 못한다.

이런 일들을 통해 존스와 오프라의 우정은 수년 동안 지속되어 왔다. 2001년 10월호 〈O〉의 인터뷰에서 오프라는 존스에 대해 이따금씩은 숭배조로, 또 가끔은 놀림조로 이야기했지만 그에 대한 애정만큼은 여실히 드러났다. 일례로 존스에게 '잊을 수 없는 사랑 10위' 까지를 이야기하자고 말을 꺼낸 후 다섯 번이나 결혼한 바 있는 존스를 놀렸다. 그리고 존스와 자신의 성장배경을 비교하며 TV에서처럼 재치를 발휘하기도 했다. 그녀는 외할머니와 살던 시절에 자신이 평범하게 가난했다면 존스와 그의 가족은 '찢어질 듯 가난했다' 고 표현하는 식이었다.

오프라의 관중들은 그녀의 외할머니가 대부분 농장에서 직접 재배한 채소로 음식을 만들고 그밖의 모든 재료는 기름에 튀겨 먹었다는 사실을 기억한다. 이에 반해 도시에서 거주했던 퀸시 존스는 그의 자서전에서 외할머니가 가족을 위해 콜라드collard(케일의 일종-옮긴이)와 함께 쥐를 튀겨서 음식을 준비하곤 했다고 전했다.

사실 유명 연예인들을 포함해 오프라의 많은 친구들은 어린 시절에 그 같은 가난을 경험했다. 오프라는 자신의 TV쇼를 통해 이따금씩은 진지하게 또 가끔은 익살스럽게 그런 사례들을 소개한다. 한번은 코미디언 버니 맥이 오프라 쇼에 게스트로 출연해서 가난했던 어린 시절에 대해 이야기를 나누었을 때 그녀는 그가 살았던 동네의 황폐한 장면들을 보여 주기도 했다. 하지만 맥은 이내 분위기를 가볍게 하기 위해 그의 가족은 너무나도 궁핍하고 아파트가 너무 낡았기 때문에 그곳에 살던 바퀴벌레가 이사를 갔다며 우스갯소리로 분위기를 바꾸기도 했다.

오프라와 존스의 친밀함은 여러 면에서 드러난다. 이른바 '미디어의 황후'로 불리는 오프라는 존스에 대한 존경심을 표현하며 2001년 12월 케네디 센터가 수여하는 예술 훈장을 그에게 직접 전달했다. 〈워싱턴포스트〉 기자 폴 파르히는 그 시상식을 가리켜 '미치광이 축제'니 '속임수'니 비난을 퍼부었지만 매해 열리는 이 시상식은 그럼에도 대단한 명성을 떨치고 있다. 이 시상식을 포함해 그밖에 어느 곳에서도 오프라는 항상 퀸시 존스에게 무한한 경의를 표한다. 기자들은 오프라가 존스를 일컬어 누구보다 친절하고 관대하다며 극찬했던 말을 기억한다. 급기야 그녀는 존스를 엔젤상 수상자로 선정하기도 했다. 그가 청소년들에게 성관계에 대한 정상적이고 긍정적이며 건강한 사고를 심어준 데 대한 감사의 표시로 말이다.

퀸시 존스는 일 년 후 2002년 9월호 〈O〉 잡지에 또다시 등장했다.

'치유'라는 주제로 쓰인 기사들 가운데 '우리 세계를 뒤흔든 그 날'이라는 글 속에 2001년 9월 11일의 여파에 대한 열한 가지 짤막한 기사들이 포함되었다. '11'이라는 숫자를 강조하면서 유명한 미국인 열한 명의 생각을 글에 담았다. 신문과 텔레비전 뉴스, 영화, 엔터테인먼트, 그리고 문학계 사람들이 국가적인 참사를 겪은 후의 생각을 글로 쓴 것이다. 그들은 모두 서로 다른 견해를 담고 있었다.

존스도 〈O〉 잡지를 통해 자신의 생각을 글로 썼던 작가들 가운데 하나였다. 존스의 견해는 여러 기사들을 소개하는 세 가지 큰 표제 중 하나로 쓰였다. 그는 트럼펫 연주자로서 자신의 초기 음악 시절에 대해 이야기했다. 오프라가 태어나기 한 해 전인 1953년에는 음악 스타 라이오넬 햄튼과 여행했고 1956년에는 디지 길레스피와 북아프리카를 비롯해 시리아, 레바논, 당시에는 신생국이었던 파키스탄과 이란을 돌아다녔다. 나중에 이란은 정부에 대항한 혁명적 타도를 감행하고 엄격한 근본주의 법안을 채택함으로써 이슬람국가에 종교적인 대변동을 초래했다. 존스는 혁명의 기운이 너무나도 강렬했기 때문에 음악을 통해서도 이를 느낄 수 있을 정도였다고 말했다. 그리고 소름끼치도록 무서운 9·11사건이 사실은 수십 년에 걸쳐 준비된 것이라고도 이야기했다. 전에도 그랬듯이 존스는 제3세계의 극심한 가난으로 인해 우리가 목격했던 참사가 초래되었다는 사실을 강조하면서 이를 이해할 때 비로소 전세계의 화합과 일치를 이룰 수 있다고 힘주어 말했다.

오프라는 2001년 10월호에서 그녀와 존스와의 관계에 대해 익살스럽고 감상적인 글을 썼다. 그녀는 존스의 집에 초대를 받고 가서 그의 수건을 사용하고 그가 구워준 환상적인 돼지고기를 먹었다고 호들갑을 떨었다. 이러한 이야기들은 모두 그들의 돈독한 관계를 재미있게 설명해 준다.

그녀가 존스와의 인터뷰에서 언급하지는 않았지만 오프라는 클린턴 전 대통령 부부가 일본 천왕 내외를 위해 백악관에서 마련한 디너파티에 존스와 동행했다. 기자들은 그녀가 오래된 남자친구 스테드먼 그레이엄을 놔두고 굳이 그를 선택한 이유를 궁금해했다. 오프라가 이에 대해 어떻게 설명하든 그 이유는 여러 추측을 불러일으키기에 충분했다. 그녀가 백악관을 또다시 방문했을 때는 그레이엄과 동행했지만 계속해서 특별한 행사 때에는 존스와 함께 모습을 나타냈다.

오프라가 행사에 참가할 때면 대개 그 행사뿐만 아니라 그녀 역시 뉴스거리가 된다. 할리 베리가 2002년 영화 〈몬스터 볼Monster's Ball〉에 출연해 아카데미 여우주연상을 받았을 때 시상식 파티에 있었던 많은 유명인사들 가운데 신문기사에 등장한 사람은 오프라였다. 영화 역사상 아카데미 여우주연상을 받은 최초의 흑인 여성 베리는 수상 소감을 밝히며 자신이 스타가 되기까지 도움을 주거나 영향을 주었던 사람들을 일일이 열거했다. 그 가운데는 오프라도 있었다. 불과 며칠 전에 오프라 쇼에 출연했던 베리는 오프라가 자신의 '역할 모델'이라고 밝혔다.

파티에서 다른 유명인사들과 함께 있던 오프라의 얼굴에는 감동의 기색이 역력했다. 시상식 이후의 이야기는 개인적이고 감동적인 내용보다는 대부분이 시상식에 참가했던 부유하고 유명한 이들의 의상과 헤어스타일에 초점을 맞춘다. 베리가 수상소감을 통해 감사를 표한 많은 이들이 자신의 이름을 불러준 데 대해 환호하고 감격의 눈물을 흘렸지만 신문기사에서는 유독 오프라가 감동의 눈물을 흘렸다는 짤막한 내용의 기사와 함께 그녀의 사진이 실렸다. 그날 밤 시상식장에서 오프라와 다른 이들이 흘린 눈물은 인종의 역사적 장벽을 허물어뜨린 데 대한 기쁨의 눈물이었다. 수년에 걸쳐 오스카 시상식에 얼굴을 비친 흑인들은 거의 없었다. 때문에 조금씩 발전해 가는 변화가 흑인에게는 승리의 움직임이었다. 시상식에 아프리카계 미국인들이 대거 참석한 가운데 오프라는 그날 밤 마치 자신이 상을 받은 듯 행복에 빠져 있었다. 이후 베리와 오프라는 많은 나이 차이에도 불구하고 절친한 친구 사이가 되었다.

베리가 흑인 여성들을 위해 중요한 변화를 가져왔는지는 여전히 두고 볼 문제이다. 하지만 그녀가 아카데미 여우주연상을 받고 얼마 지나지도 않아 피어스 브로스넌과 함께 새로운 제임스 본드 영화 〈007 어나더데이〉에 출연하는 영예를 얻은 일은 주목할 만하다. 베리는 아카데미상을 받은 데 이어 본드 영화까지 성공을 거둠에 따라 영화계에서 탄탄대로를 걷게 된 셈이었다. 2003년 말 오프라는 인터뷰 중에 허스튼의 소설 〈그들의 눈은 신을 보고 있었다〉를 원작으로 한 영화에 출연하게 되었다고 말하며 할리 베리가 주인공 재니 역을 맡을 거라고 이야기했다.

오프라는 이따금씩 매일 그녀와 함께 일하는 사람들이야말로 자신의 친구들이라고 말했다. 하지만 한 인터뷰에서는 이와 다소 상반되는 이야기를 전하기도 했다. 그녀에게는 많은 친구들이 있다. 그들은 모두 연예계 사람들로 수년간에 걸쳐 오프라와 우정을 쌓아온 이들이다. TV 토크쇼의 거성 바버라 월터스 또한 그런 친구들 중 한 명이다. 오프라는 시카고에서 처음으로 토크쇼를 시작할 무렵 그 당시 토크쇼를 점령하고 있던 도나휴를 경쟁자로 생각하며 그에게 도전하고 싶어했다. 반면에 그녀가 본받고 싶어했던 인물로는 월터스를 점찍었다.

텔레비전 뉴스매거진 쇼 진행자이자 유명한 아침 프로그램의 공동 진행자이기도 한 다이앤 소여 역시 오프라의 오래된 친구이다. 또한 20년 이상 오프라와 우정을 과시해 온 마리아 슈라이버는 텔레비전 앵커로, 유니스 슈라이버 케네디Eunice Shriver Kennedy(케네디 전 대통령의 여동생 — 옮긴이)의 딸이기도 하다. 이들은 그녀가 볼티모어의 WJZ-TV에서 일하는 동안 친분을 쌓기 시작했다.

1986년에 매사추세츠의 하이애니스에서 거행된 슈라이버와 아널드 슈워제네거의 결혼식에는 신문의 사교란에 이름이 등장하는 많은 이들과 더불어 오프라도 참석했다. 그들의 결혼식에는 존 케네디 대통령의 미망인 재키 케네디 오나시스를 포함해 케네디가 사람들이 다수 참석했다. 오프라는 결혼식에서 엘리자베스 바렛 브라우닝의 시 '당신을 얼마나 사랑하느냐고요?How Do I Love Thee?'를 낭송했는데 이를 위해 오나시스 여사와 상의했다는 말도 전해진다.

데브라 디마이오는 볼티모어에서 오프라를 처음 만나 시카고에서도 계속해서 우정을 이어온 사이다. 그녀가 오프라와 친구가 되었을 무렵에는 오프라의 WJZ-TV프로그램의 제작 보조로 일했다. 그들은 각자의 자리에서 열심히 일하는 서로의 모습에 존경을 표했다. 디마이오는 오프라의 직원이었을 뿐만 아니라 오랜 친구이기도 했다. 오프라가 자신이 맡은 프로그램을 비롯해 볼티모어에서의 삶에 확신을 갖지 못하고 다른 일자리를 찾을 생각을 할 무렵 디마이오 또한 더 좋은 일자리를 찾고 있었다. 더 큰 성공과 돈, 명성을 얻을 수 있는 방송일을 찾고자 했던 두 여성은 비슷한 목표를 갖고 있던 셈이었다. 그러던 중 디마이오는 〈에이엠 시카고〉라는 시카고 아침 방송의 프로듀서 자리를 얻고 먼저 볼티모어를 떠났다. 그 일자리가 젊은 프로듀서에게는 다양한 대가를 약속했겠지만 시련은 머지않아 찾아왔다. 경쟁 방송국에서 〈도나휴 쇼〉를 시작했고 또 〈에이엠 시카고〉 진행자가 이직을 결심한 것이다. 그 시점에서 디마이오의 미래는 순조롭게 보일 리가 없었다.

하지만 운명의 여신은 그녀의 편이었다. 그 무렵 WJZ-TV의 국장 데니스 스완손은 새 진행자를 찾기 위해 혈안이 되어 있었다. 이때 디마이오는 국장이 오프라에게 관심을 갖는다면 자신도 살 길을 찾을 수 있을 거라고 생각했다. 그녀는 시카고 일자리에 지원했을 때 제출했던 볼티모어 프로그램 녹화테이프를 국장에게 보여 주었다. 그 테이프가 이번에는 오프라를 위한 예비 오디션 역할을 했다. 스완손 국장은 곧 오프라에게 시카고로 와서 본격적인 오디션을 보자고 제안했다. 이윽고 그는 오프라의 솔직하고 쾌활한 스타일에 반한 나머지 볼티모어에서 받은 돈보다 훨씬 더 많은 금액을 약속하며 그녀와 4년간의 계약을 체결했다.

한편 오프라가 시카고 내에서의 인종차별과 자신의 외모에 대해 격정을 하자 열정적인 스완손은 시카고 시청자의 반응에 대해서는 염려하지 말라고 격려했다. 그는 디마이오와 마찬가지로 오프라가 스타가 되리라고 확신했다. 이들의 확신은 상당히 빨리 증명되었다.

시간이 흘러 스완손은 출세의 가도를 달린 끝에 어느덧 뉴욕 WNBC-TV 사장이 되었다. 그는 시간이 흘렀지만 오프라와의 첫 만남은 여전히 또렷하게 기억한다고 말한다. 오프라가 자신의 성공에 대해 자신이 없었던 반면에 스완손은 디마이오가 보았을 뿐만 아니라 미래의 시청자들이 머지않아 깨닫게 될 그녀의 성공 가능성을 일찌감치 발견한 것이다. 오프라는 곧 시청자의 친구이자 이웃 같은 존재로 부각되었다.

디마이오는 몇 해 동안 오프라 곁에 머물며 그녀의 쇼가 지역방송에서 전국방송으로 확대되고, 더 나아가 그녀가 국제적인 스타가 되는 모습을 지켜보았다. 많은 이들이 오프라의 성공에 지대한 역할을 한 디마이오의 헌신을 인정한다. 그녀는 운명이 그들을 하나로 엮어 주었다고 믿으며 장차 스타가 될 재능과 능력을 가진 오프라를 지원했다.

디마이오는 항상 오프라의 이미지에 관심을 갖고 지나친 체중에 대해서도 조언을 아끼지 않았다. 더군다나 그녀는 많은 시청자들이 남자와 관련된 문제들뿐만 아니라 체중 문제에도 공감한다는 사실을 알았다. 오프라가 어린 시절 가난과 성적학대 속에서 고통받았다는 사실은 오프라 쇼 초창기 때 이미 밝혀졌다. 표면적으로는 모든 것을 가진 여성이었지만 그녀도 한때는 무력한 존재였다는 사실이 알려진 것이다. 디마이오는 오프라가 시청자들을 향해 솔직하고 편안한 태도를 보인 덕분에 처음부터 신뢰감을 쌓을 수 있었으며 또한 프로그램도 성공할 수 있었다고 말했다.

디마이오는 마흔 번째 생일을 맞이하는 오프라를 위해 로스앤젤레스에서 호화롭고 우아한 생일파티를 열었다. 그런데 1994년까지 디마이오의 이른바 '엄격한' 스타일로 인해 하포사의 다른 직원들 사이에서 여러 가지 문제점이 불거지기 시작했다. 직원들의 불만스런 목소리는 점점 커졌을 뿐만 아니라 거세졌다. 그 결과 오프라는 그녀의 능력을 신뢰했음에도 회사의 화합을 위해 그녀에게 사직을 권고할 수밖에 없었다. 하지만 오프라는 디마이오의 다소 가차 없는 방식이 회사의 질서를 잡는 데 적절하다고 생각했던 사람이다. 디마이오를 친구이자 동료로 여겼던 오프라는 그녀의 뛰어난 재능을 인정하고 후한 선물들로 보답했다. 6캐럿짜리 다이아몬드가 박힌 팔찌를 포함해 한 해 동안 매달 한 번씩 세계 어느 도시에서나 친구들과 저녁식사를 할 수 있도록 정기 식사권을 선물했다. 마지막 이 선물은 오프라가 그녀의 친구에게 사직을 권고하기 직전에 준 것이다. 더욱이 오프라는 디마이오가 회사를 떠날 때 퇴직금으로 수백만 달러를 전달했다. 오프라는 골칫거리들을 해결하기 위한 수단으로 디마이오를 이용하지 않았다고 주장했다. 1994년에 〈TV 가이드〉가 디마이오를 독재적이며 냉담하다고 표현하자 오프라는 이에 반박하며 그녀를 변호하기도 했다.

오프라가 직원들에게 관대한 것은 잘 알려진 사실이다. 그녀는 직원들에게 값비싼 선물을 주는가 하면 여행을 보내 주고 엄청난 보너스를 주었다. 그리고 결혼식과 같은 특별한 행사가 있을 때면 비용 전부를 지원해 주기도 했다. 프로듀서 메리 케이 클린턴은 오프라에게 너무나도 푹 빠진 나머지 그녀를 위해서라면 총알도 대신 맞을 수 있다고 이야기할 정도였다. 1998년에 오프라는 메리 케이의 결혼식에서 신부 들러리를 서 주었다.

그렇지만 오프라의 모든 직원들이 디마이오처럼 극진한 대접을 받은 것은 아니었다. 그 중에는 언짢게 사직을 한 이들도 있었으며 오프라의 경영 방식에 대해 폭로했다가 소송에 휘말린 이도 있었다. 프로듀서로 일했던 한 직원은 인터넷에 오프라와 그녀의 경영 방식에 대해 비난의 글을 쏟아냈다.

오프라는 경영상의 여러 가지 문제점을 느끼고, 90년대 중반에 이르러 좀더 빈틈없고 효율적인 감독을 하기 위해 회사를 재정비하기로 결정했다. 그녀가 신뢰하는 사람들과의 상의 끝에 절친한 친구 빌 코스비로부터 조언을 얻었다. 그는 오프라에게 재정 상황을 직접 감독하라고 충고했다. 쉽게 말해 수표는 스스로 끊어야 한다는 의미였다.

또 다른 친구 바브라 스트라이샌드는 오프라의 직원들이 그녀의 사생활에 대한 비밀 유지 동의서에 서명해야 한다고 말했다. 오프라는 경험으로부터 우러나온 이들의 충고를 기꺼이 따랐다. 스트라이샌드의 조언에 따라 이후 그녀의 경영과 관련된 모든 정보는 일체 제한을 받으며 관리되었고 철저히 비밀이 유지되었다. 심지어 그녀의 쇼에 참가한 게스트들은 물론이고 그들의 가족 또한 일체 오프라에 관한 정보를 다른 이들과 공유하지 못하도록 했다.

〈O〉의 2002년 12월호에는 메리 케이 클린턴과 그녀의 남편, 그리고 여덟 살짜리 딸을 포함해 이른 크리스마스 디너파티에 초대된 몇몇 사람들의 사진이 실렸다. 파티는 인디애나 주 오프라의 농장에서 열렸다. 메리 케이 클린턴 가족 외에도 오프라의 아버지와 그의 두 번째 부인, 바버라, 게일 킹, 그리고 스테드먼 그레이엄이 파티에 초대되었다. 파티에 초대받은 사람들 가운데 가장 어린 사람은 메리 케이 클린턴의 딸이자 오프라의 대녀이기도 한 케티 로즈였다.

오프라는 갖가지 파티와 행사에 초대받지만 자신이 그런 곳에서 쉽게 친구를 사귀는 편이 못된다고 의외의 고백을 여러 차례 해왔다. 사실 그녀와 절친한 친구들은 한두 해 만나온 사이가 아니다. 게일 킹 역시 오프라의 오래된 친구이다. 그녀는 오프라의 친구이자 동료이며 오프라와 한 번도 다툼이 없던 사이로, 오프라는 그녀를 다른 누구보다 사랑한다고 반복해서 이야기해 왔다. 오프라는 항상 그녀를 일컬어 가장 친한 친구라고 말한다. 그리고 그녀에 대해 '최고의', '가장 행복한', '틀림없는', '첫 번째', '최대의'라는 단어를 즐겨 사용한다. 이는 그녀가 안젤루나 존스에 대해 말할 때뿐 아니라 그녀의 삶을 표현할 때도 자주 튀어나오는 단어이다.

다른 많은 소중한 관계와 마찬가지로 게일 킹과의 우정은 둘 다 볼티모어에서 일하던 25년 전으로 거슬러 올라간다. 오프라와는 달리 게일은 메릴랜드에서 가정주부였던 어머니와 교양 있는 아버지 밑에서 성장한 이른바 중산층 가족 출신이었다. 오프라와 게일이 만났을 때 게일은 여전히 메릴랜드 체비체이스에서 어머니와 함께 살고 있었다. 조연출이었던 게일은 여성 앵커로 활약하는 오프라를 존경했다. 하지만 그때까지만 해도 서로를 잘 알지는 못했다.

그러던 어느 겨울밤에 게일은 심한 폭풍으로 멀리 떨어져 있던 집까지 돌아갈 수 없는 상황이 되었다. 이때 오프라가 볼티모어 외곽에 위치한 자신의 아파트로 그녀를 초대했다. 오프라는 이 이야기를 〈O〉를 비롯해 여러 곳에서 했는데, 그때마다 타고난 유머감각을 발휘했다. 오프라의 말에 따르면 그 일은 그저 '깨끗한 팬티'의 문제였다. 그녀가 빌려줄 수도, 아니면 같이 살 수도 있는 속옷을 갈아입기 위해 구태여 64킬로미터나 떨어진 집까지 달려갈 필요가 없다는 거였다. 2001년 8월호 〈O〉의 주제가 '우정'이었을 때 오프라는 '내가 확실히 아는 것'이라는 칼럼에 그 에피소드를 말하며 게일과의 우정을 과시했다.

그들의 삶은 다양하게 엮여 있다. 우정과 일 모두에서 말이다. 그들은 하루에도 몇 번씩 대화하며 수십 년간 지켜온 우정을 확인한다. 행복한 것이든 실망스런 것이든 이들 사이에서 서로 말하지 못할 이야기는 없다. 오프라는 게일의 삶에서 중요한 순간 즉 결혼과 출산, 심지어 이혼의 순간까지도 언제나 함께 있었다. 오프라는 게일을 '치어리더'라고도 부를 정도로 둘 사이는 아주 가까웠다. 게일 역시 오프라가 성공할 때나 실패할 때나, 젊은 시절 소위 난잡한 관계에 빠져 허우적댈 때도 항상 곁에 있어 주었다. 오프라에게 게일은 자신의 지지자이며 가장 멋지고 자신의 좋은 부분만 가지고 있는 사람이었다. 오프라는 자신이 삶의 중심을 잡고 착실하게 사는 것도 게일 덕분이라고 말했다.

게일은 오프라와는 다른 삶을 살고 관심 분야도 다르다. 그녀에게는 자녀도 있고 가족도 있다. 그녀는 〈O〉 잡지의 대기자(특정 분야에 대한 전문적인 지식과 식견, 경험을 갖춘 언론인에게 주어지는 영예로운 호칭 – 옮긴이)이다.

그녀의 역할이 무엇인지는 명확히 한정되어 있지 않다. 하지만 그녀가 오프라와 관련된 모든 일에 연관되어 있다는 것만은 분명하다. 게일은 오프라와 자매 사이나 마찬가지다.

볼티모어에서 그들이 20대였을 때 오프라는 사랑에 실패하고 절망 상태에서 자살시도를 하기 직전 유일하게 그녀에게 편지를 남겼다. 게일은 오프라의 오랜 연인 스테드먼 그레이엄을 포함해 오프라가 다른 이들과의 관계 속에서 느낀 두려움과 불확실함도 공유했다. 심지어 그녀는 오프라의 대변인을 자처하며 스테드먼이 오프라를 데리고 놀고 있을 뿐이라는 소문에 강력히 대응하기도 했다. 그녀는 오프라가 스테드먼을 의심할 이유가 없으며 그가 다른 여성에게 한 번이라도 눈길을 준 일이 없다고 일축했다. 이러한 진술을 하게 된 데는 이유가 있었다. 그레이엄과 관련된 악의적인 소문이 한 가십칼럼을 통해 유포되었고 〈엔터테인먼트 투나잇〉이라는 쇼에서도 등장했기 때문이었다.

이야기는 다음과 같았다. 그레이엄이 오프라의 미용사와 침대에서 뒹굴고 있는 광경을 오프라가 목격하고 그에게 총을 쏘았다는 내용이었다. 이 이야기는 물론 사실로 증명되지 않았다. 〈시카고 선타임즈〉는 그 기사를 내보냈던 칼럼을 중단시켰다. 그리고 오프라는 자신의 TV쇼를 통해 그 이야기가 거짓말이라며 격렬하게 비난했다. 하지만 그 이야기가 어떤 것인지에 대한 자세한 설명이 없었던 까닭에 내용을 모르는 관중들은 처음에는 어리둥절해하기도 했다.

이 사건 이래로 수십 년 동안 오프라는 온갖 종류의 가십을 무시해 버릴 수 있도록 스스로를 단련시켰다. 그리고 "가십은 또 다른 형태의 독약"이라고 했던 마야 안젤루의 조언을 되새겼다. 그녀는 과거에 자신에 대한 거짓된 소문을 퍼뜨리는 사람들에게 맞서려고 했던 반면 현재에는 그런 부정적인 이야기들을 외면할 수 있을 만큼 안정되어 있다고 말한다.

오프라는 오랫동안 완벽한 남자를 만나기를 기대했다. 그리고 그레이엄 안에서 그녀가 찾던 모든 것을 발견한 듯 보였다. 그들의 첫 만남은 1985년으로 거슬러 올라간다. 그때부터 지금에 이르기까지 이따금씩은 순탄하지 않은 길도 있었다. 하지만 그들의 관계는 꽤나 오랫동안 지속되어 왔고 오프라는 과거의 다른 연인들보다 그레이엄과의 관계를 더 소중하게 여겼다. 그녀는 종종 자신의 TV쇼를 통해 그에 대해 이야기했다. 그리고 그레이엄도 오프라 쇼에 출연해 그녀를 향한 사랑을 다시 한 번 고백했다.

어린 소녀들이 으레 그렇듯이 오프라 또한 내슈빌에서 고등학교와 대학교를 다니는 동안 여러 남자친구를 사귀었다. 고등학교 상급생이었을 때 사귀었던 앤서니 오테이와는 그 또래의 전형적인 플라토닉한 연애를 했다. 오프라는 둘 사이에 주고 받은 연애편지나 암호들을 고등학교 시절의 추억으로 간직해 두었다. 하지만 그와의 달콤했던 교제도 오프라가 테네시 주립대학에 입학하면서 끝이 났다. 오프라는 그곳에서 윌리엄 테일러라는 학생을 만났고 열일곱의 나이에 정렬적인 사랑에 빠졌다. 아직 어린 나이였음에도 그녀는 그와 결혼하기를 원했다. 하지만 테일러가 그녀와의 결혼에 관심을 보이지 않아서 오프라는 좌절을 맛보기도 했다. 그는 후에 장의사가 되었다. 오프라는 그와 결혼하지 않았던 것을 감사하면서 그는 자신의 결정을 분명히 후회하고 있을 거라고 확신했다.

볼티모어 시절 오프라는 자살 직전까지 몰고 갔던 끔찍했던 불륜관계에 빠지기 전에 한 남자와 행복한 연애를 했다. 기자였던 로이드 크레이머는 오프라에게 기쁨을 주었으며 자존감을 느끼게 해주었다. 하지만 그가 뉴욕에서 새 일자리를 찾게 되면서 둘의 관계는 끝이 난다. 그가 떠난 후에 오프라는 4년이라는 시간 동안 한 유부남으로 인해 정서적으로 피폐한 지경에 빠지게 되었다. 그는 크레이머와는 완전히 정반대의 사람이었다. 오프라는 잔인하고 폭력적인 상황에서 벗어나올 힘조차 잃었다. 불행했던 경험과 자신감이 없었던 스스로의 모습을 되돌아보며 오프라는 젊은 시절의 자신을 '짓밟혀도 잠자코 참고만 있는 사람'이라고 묘사했다. 남자들이 자신의 존재를 지배하도록 내버려 두는 그런 무기력한 사람이었다. 그 관계가 끝이 나자 오프라는 한 가지 결심을 했다. 자신의 삶이 얼마나 외롭든지 간에 두 번 다시 다른 사람으로 인해 무기력해지지 않겠다고 맹세했다. 그녀가 겪었던 이런 경험들은 이후에 오프라의 TV프로그램과 그녀의 잡지에서도 여러 차례 이야깃거리로 등장했다.

오프라가 볼티모어를 떠나 시카고로 자리를 옮긴 것은 여러 면에서 큰 변화를 가져왔다. 그녀는 다른 대규모 도시들 가운데 유독 시카고를 선택했고 즉시 그 도시와 사랑에 빠졌다고 말했다. 오프라는 시카고를 뉴욕보다 더 세련된 도시라고 생각했다. 더욱이 로스앤젤레스 같은 곳에서 수적으로 우세한 소수민족의 한 일원이 되고 싶지도 않았다고 고백했다.

시카고로 옮겨가면서 오프라는 마침내 집에 왔다고 생각했다. 마음의 고향을 찾은 셈이었다. 하지만 그 도시가 인종차별로 유명한 곳이라는 사실을 모를 리 없었다. 그녀는 평범한 흑인들이 직면하는 인종차별에 대해 이야기하면서 자신은 대부분의 흑인들이 갖지 못한 명성 덕분에 인종차별로부터 보호받을 수 있었음을 알았다고 했다. 하지만 그녀를 알아보지 못했던 상점에 갔을 때는 어김없이 피부색 때문에 사회적 약자 취급을 받았다고 말했다.

오프라가 처음 시카고에 도착했을 때는 유명하지도 않았을뿐더러 친구도 거의 없었다. 매일 밤 그리고 휴일마다 늘 혼자인 채로 그렇게 한참 동안이나 불안하고 외롭게 지내야 했다. 스테드먼 그레이엄을 만나게 된 것은 그 무렵이었다.

그는 오프라가 찾던 것을 모두 가지고 있었다. 키도 훤칠하고 잘 생겼을 뿐만 아니라 총명했다. 그녀가 꿈꾸던 바로 그런 남자였다. 그를 두고 훌륭하다고 찬사를 보낸 사람이 비단 오프라만은 아니었다. 타블로이드판 신문이나 오프라의 팬, 그리고 기자들도 그녀와 같은 생각이었다. 하지만 그들이 만났던 그 시절 오프라는 극도로 불안정한 상태였다. 그녀는 그가 자신보다 훨씬 더 매력적인 사람이라고 생각하며 처음에는 그와 데이트하는 것조차 마음 내켜하지 않았다. 하지만 시간이 흘러 오프라가 사회적으로 엄청난 성공을 이루자 오히려 그레이엄이 그들의 관계에 대해 불확실해했다. 게다가 메리 케이 클린턴을 포함해 오프라의 친구들은 오프라와 그레이엄의 관계를 염려했다. 그가 진심으로 오프라를 좋아하는지 혹은 그녀의 명성과 돈을 좋아하는지 - 이는 그레이엄이 상당히 민감해하는 이슈이기도 하다 - 의심했기 때문이다.

오프라는 수백만의 사람들이 그녀를 '아름답고 유쾌하며 매력적일 뿐만 아니라 현명하다'고 생각한다는 사실을 받아들이는 데 여러 해가 걸렸다. 그녀는 자신의 체중문제로 고민이 많았고 더욱이 사람들이 그녀에게 다가오는 이유가 돈 때문이라고 생각하며 불안감을 떨쳐내지 못했다. 오프라는 대부분의 사람들처럼 명성이나 성공, 부 때문이 아닌 그녀 자체로 사랑받고 싶다고 자주 말하곤 했다.

오프라가 불안감을 극복하고 그레이엄과 데이트를 하기 시작했을 때이다. 그는 점잖고 정중한 매너로 그녀를 감동시켰다. 첫 번째 데이트 때는 그녀에게 장미꽃 한 다발을 안겨주고 근사한 저녁식사에 초대했으며 무엇보다도 그녀의 이야기에 귀 기울여 주었다. 머지않아 그들은 연인 사이가 되었다. 이들이 연애를 시작한 지 몇 해가 지나지 않았을 무렵에는 마치 결혼이 임박하기라도 한 것처럼 보였다. 오프라는 그레이엄의 친절함이나 따뜻한 태도, 그의 인내심과 덕의에 존경을 표했으며 그녀가 자신에게 충실할 수 있도록 도와주는 그에게 감사했다. 더욱이 그녀와 마찬가지로 그 또한 유머감각이 있다는 사실이 마음에 들었다. 오프라는 그와 취미생활을 공유하기 위해 좋아하지도 않는 골프를 친 적도 있었다. 그뿐 아니라 그들은 중요한 활동에 함께 참여했다. 불우한 이들을 돕고 지역사회를 위해 필요한 일을 함께 하는 등 선행을 베푸는 일에 동참했다.

오프라는 오랫동안 혼자 지내왔다. 그리고 앞으로도 그 누구와 함

께 살지 않을 것이라고 선언했다. 그런데 오프라와 그레이엄 각자의 삶
과 일, 그들 사이의 물리적인 거리가 점점 더 큰 문제로 다가오면서 그
녀의 결심을 뒤바꾸는 사건이 벌어졌다. 업무상 노스캐롤라이나 하이
포인트에 거주하던 그레이엄의 사업지가 시카고로 이주하여 오프라와
함께 생활하기 시작한 것이다.

이때부터 당사자인 오프라는 물론이고 그녀의 친구들 사이에서 공
개적으로 결혼에 대한 이야기가 논의되었다. 한 해 두 해가 지나면서
기자들은 그 둘이 '곧' 혹은 '내년'에 결혼할 것이라는 기사를 내보냈
다. 1993년에 65번째 생일을 맞은 시인 안젤루도 오프라와 스테드먼의
결혼이 머지않았음을 언급하자 결혼식 예정 기사는 더욱 빈번해졌다.

하지만 안젤루가 그들의 결혼을 언급한 지 10년도 더 지난 지금, 많
은 이들은 그 둘이 과연 결혼을 할 것이냐의 문제에 대해 미심쩍어한
다. 일부 타블로이드판 신문은 그레이엄과 그의 전 부인 글렌다 사이에
성장한 딸 웬디가 있음에도 그레이엄이 자녀를 더 바란다는 기사를 쓰
기도 했다. 이런 기사를 신뢰해도 된다면 그는 자녀에 대한 문제를 오
프라의 결정에 맡기고 있다는 의미일 것이다. 기사에 따르면 오프라의
복잡한 생활을 알고 있는 그레이엄은 그녀가 결혼, 출산 등의 변화를
받아들일지 스스로 결정하기를 바라고 있다. 어머니가 되고 싶다는 생
각을 한 번도 해보지 않은 오프라는 자신이 훌륭한 어머니가 되지 못할
것이라고 주장한다. 게다가 임신을 하기에는 너무 나이가 많다는 것도
하나의 이유였다. 또 기사는 그녀가 결혼을 주저하는 이유에 대해 그레
이엄이 전통적인 아내를 바랄 뿐만 아니라 그가 그런 아내를 맞이할 만

도 하다고 설명했다. 삶이 일로 꽉 채워진 오프라가 전통적인 아내가 되기란 불가능했다.

기사는 거기에서 끝나지 않는다. 1995년 오프라가 41세였을 때 "생체시계가 자신의 의지와는 반대로 흘러간다"고 했던 이야기를 인용하여 그녀가 결혼을 주저하는 또 다른 이유를 제시했다. 타블로이드판 신문들은-대개가 믿음이 가지 않는 기사를 쓰는-윈프리와 그레이엄의 결혼이 계획단계에 있다는 글을 주기적으로 보도했다. 그와 더불어 오프라가 결혼을 하거나 혹은 엄마가 되거나 둘 중 하나를 고려하고 있다는 기사도 내보냈다. 이들 신문은 심지어 그녀가 자신의 난자와 그레이엄의 정자를 수정시키거나 혹은 그의 정자와 대리모의 난자를 수정시켜 아기를 가질 생각을 하고 있다는 내용의 글을 쓰기도 했다.

오프라는 엄마가 되고 싶은 생각이 없음을 종종 내비쳤다. 2004년 5월에 〈프라임 타임 Prime Time〉에서 다이앤 소여와 한 시간 가량 인터뷰를 하는 동안에도 같은 말을 반복했다. 그 전에도 여러 차례에 걸쳐 설명했듯이 그녀는 만일 어머니가 되었더라면 아프리카를 비롯해 그 어느 곳에서도 아이를 제대로 양육하지 못했을 거라고 이야기했다.

오프라가 자신의 TV쇼에서 은퇴하겠다는 결심을 여러 번 발표하자 그때마다 또 다른 뉴스가 뒤따랐다. 오프라가 곧 그레이엄과 사랑의 도피를 할 것이라는 둥 아이를 가질 거라는 둥 혹은 입양을 할 거라는 둥의 가십성 기사가 판을 쳤다. 하지만 이 중 어떤 이야기도 오프라나 그레이엄의 입에서 직접 나온 적은 없었다. 오프라가 시험관 아기를 가질 거라는 또 다른 이야기를 포함해서 말이다. 여러 해에 걸친 수많은 선언과 발표, 추측들을 돌이켜볼 때 그들에게 어떤 변화가 나타나기를 기대하는 것은 무리인 듯싶다. 오프라는 결혼할 생각이 없다고 반복해서 말했다. 그럼에도 여전히 오프라 외에 그 누구도 결혼의 가능성을 배제하고 싶어하지 않는 것처럼 보인다.

그레이엄은 여러 면에서 오프라와는 다르다. 그는 자신을 향한 스포트라이트를 꺼려한다. 아이러니하게도 스스로 글을 통해 자신의 문제들을 세상에 공개했지만 말이다. 다른 사람들의 눈에 비친 그는 오프라의 돈이나 명성에 주눅들지 않을뿐더러 스스로에게 만족하는 사람이다. 그럼에도 그의 책에서 밝혔듯이 그레이엄은 몇몇 불쾌한 일들을 극복하기 위해 싸워야 했다.

그와 오프라는 종종 견해차를 보인다. 그는 상당히 반듯한 부류의 사람이다. 술은 물론이고 오프라처럼 – 오프라는 1995년에 자신의 쇼를 통해 20년 전 코카인을 복용한 사실을 고백했다 – 마약을 해본 일도 없다.

오프라는 한때 자서전을 출간하려고 계획했던 일이 있었다. 그런데 그레이엄이 자서전에 묘사된 성적 폭로 내용에 기겁을 하고 그녀에게 자서전 출간을 포기하라고 설득했다는 소문도 있다. 오프라는 자서전 출간 계약을 파기한 데 대해 다양한 이유를 들어 해명했다. 무엇보다도 그녀의 결정에 크게 작용한 것은 그레이엄의 조언이었다. 그가 자신의 글과 강의를 통해 강조하듯이 자서전이라면 좀더 고무적이고 진취적이어야 한다는 이야기 때문이었다. 오프라는 그레이엄의 의견에 수긍했다.

최근 몇 년 사이 오프라는 분명히 좀더 종교적인 사람이 되었다. 그녀가 비록 자신의 TV프로그램에서나 잡지 혹은 인터뷰에서 소위 노골적인 화법을 썼던 덕에 스타가 되었지만 지난 몇 년간은 자신의 영성(靈性)에 대해 자주 이야기했다.

1988년에는 그녀가 이름 붙인 '영적 독서의 여름' 프로그램을 진행하기도 했다. 그녀의 영성이 불과 최근에 얻어진 게 아니라는 사실은 오프라가 34세였을 때 그녀의 TV쇼 프로듀서 가운데 한 사람의 이야기를 통해서도 확인할 수 있다. 그 프로듀서는 오프라의 영성에 영향을 받았다며 진심을 다해 이야기했다. 스테드먼 그레이엄 또한 같은 점을 언급하며 오프라가 여러 면에서 그녀의 영적인 부분에 정신을 집중하는 것 같다고 말했다. 오프라는 자신이 신의 부름에 복종한다고 강조해서 말한다. 그럼에도 어린 시절과 같은 열성적인 모습은 찾기 힘들다. 이에 대해 그녀는 오늘날 대부분의 교회가 너무 제한적이라 말하며 자신이 믿는 종교는 전통적인 방식의 기독교가 아니라고 설명했다.

오프라는 TV프로그램과 잡지를 통해 예상치도 않은 순간에 신앙과 기도의 힘에 대해 이야기하는가 하면 영가(靈歌)를 듣거나 부를 때의 기쁨에 대해 말한다. 2001년 9·11사건이 터진 직후 오프라 쇼 프로그램 전반을 음악에 초점을 맞춰 진행한 일이 있었다. 그녀는 관중을 향해 지금의 슬픔을 영적인 힘으로 치유받고 싶다고 이야기했고 음악을 듣고 나서는 자신이 위로받았다고 말했다. 오프라의 잡지에는 신앙에 대한 일반적인 이야기가 자주 등장한다.

2002년 〈O〉 잡지의 크리스마스 호에는 '신앙의 탐구'를 주제로 하는 특집기사가 실렸고 잡지 커버에는 '영적인 집 찾기'라는 문구가 강조되었다. 또한 '만일 당신이 신을 찾고 있다면 그는 이미 당신 앞에 있습니다'라는 주제로 베벌리 도노프리오의 전기적인 글도 소개되었다. 또한 '박애와 호의가 도덕적 미를 탄생시킨다'는 내용의 글도 실렸다. 이는 오프라가 항상 동경하는 것처럼 보이는 문구이다. 오프라에게는 희망과 꿈을 표현하는 능력이 있다. 그녀는 독자들과 시청자, 그리고 모든 관중들에게 박애를 실천할 수 있도록 용기를 준다.

오프라는 선행을 베푼 후에 만족감을 얻는다고 이야기했다. 그녀는 재정적 성공을 이룰 수 있었던 이유를 선행을 베푼 덕이라고 말한다. 성공에 대한 오프라의 견해가 감상적인 데 반해 그레이엄이 생각하는 성공이란 좀더 영리적이다. 하지만 그 둘 모두가 전통적인 자본주의자라는 점은 의심의 여지가 없다. 비즈니스 세계에서 틈새를 찾은 그레이엄은 오프라처럼 선행을 베풀고 싶다고 말하곤 했다. 그는 오프라와 같은 방식으로 자신의 영성에 대해 뚜렷이 말하지는 않는다. 프라이버시 때문이라고 설명하면서 말이다. 하지만 그가 이미 글을 통해 개인적인 이야기를 모두 했다는 것을 아는 이들은 그가 새삼스럽게 프라이버시를 논한다는 것에 의아해할 수도 있을 것이다. 그가 대중과 어떤 것을 공유하느냐에 상관없이 그는 오프라에 비해 사교성이 떨어지는 반면 통제력과 조심성에서는 더 뛰어나다.

그레이엄과 오프라는 똑같이 불행한 어린 시절을 보냈지만 그들의 삶은 달랐다. 오프라의 어머니는 싱글맘으로 오프라 외에 다른 사생아를 낳았으며 그녀의 아버지에게는 자식이 없었다. 이에 반해 그레이엄의 부모는 결혼하여 여섯 명의 자식을 낳았고 그레이엄은 그 가운데 세 번째 자식이자 두 번째 아들이었다. 뉴저지의 화이츠보로에서 태어난 그에게는 정신지체아였던 남동생이 둘 있었다.

그는 어린 시절을 보냈던 화이츠보로를 그의 선조인 조지 화이트 하원의원이 만든 흑인 공동체로 묘사했다. 그리고 그곳에서 그레이엄은 인종 문제를 고민했다고 말했다. 어떤 이들에게는 그의 피부색이 너무 밝았던 반면 또 다른 이들에게는 충분히 희지 않았다는 게 문제였다. 결국엔 그가 이러한 자신의 배경을 받아들일 수 있게 되었지만 어린 시절은 고통의 나날이었다고 오프라와 그의 독자들에게 고백했다.

중년의 나이에 어느덧 사회적 지위를 얻고 경제적 성공을 이룬 그는 이제 화이츠보로를 다른 시선으로 바라본다. 더욱이 그 도시의 퇴보에 괴로워하며 '화이츠보로를 사랑하는 시민Concerned Citizens of Whitesboro'이라는 단체를 설립하는 데 기여했다. 이 단체는 그 지역의 성장과 활성화를 위해 힘쓰고 마을 사람들에게 희망을 주기 위한 목적으로 설립되었다.

그레이엄은 학업을 계속하기 위해 화이츠보로를 떠났고 그의 가족 중 유일하게 대학을 마쳤다. 그는 사회복지학 학위를 받고 하딘시몬스대학Hardin-Simmons University을 졸업했다. 사실 그에게 미래의 길을 열어준 것은 농구와 스포츠 장학금이었다. 스포츠는 불우한 가정의 재능 있는 아이들이 더 나은 삶을 찾기 위해 선택했던 진로이기도 했다. 대학 시절 그는 농구팀 공동주장이었고 자칭 최고득점자라고 말했다. 농구로는 그가 기대했던 것만큼의 성공을 이룰 수 없었지만 계속 군대 농구

팀에서 활동했고, 독일에서 미군으로 3년 6개월간 복무했던 동안 유럽 프로 농구 연맹의 선수로 뛰기도 했다. 농구선수로 활약했던 경험은 나중에 또 다른 분야에서 일을 할 때 큰 힘이 되었다.

군에 있는 동안 그는 교육학 석사학위를 받았다. 이 학위는 군대를 떠난 후 그가 여러 가지 일을 하는 동안 여러 모로 쓸모가 있었다. 그는 한동안 콜로라도 연방교도소 교도관으로 일하다가 곧이어 시카고에 있는 미국 메트로폴리탄 교도소의 교육 국장이 되었다.

그레이엄은 두 책 〈당신은 해낼 수 있다:성공을 위한 9단계 계획You Can Make It Happen: A Nine-Step Plan for Success〉과 〈라이프브랜드를 구축하라Build Your Own Life Brand〉에서 자신의 현재 사회적 지위 - 소수 기업과 스포츠·연예 기업을 위한 경영·마케팅·컨설팅협회 회장, '마약을 반대하는 선수들' 의 설립자, 여러 책의 저자 혹은 공동 저자, 다양한 자선 비영리 단체 회원, 노스웨스턴 대학 외래 교수 - 를 반복해서 언급한다.

그레이엄이 사회에 첫발을 내디뎠을 무렵, 그는 혜택받지 못한 이들을 미국 주류의 한 부분이 될 수 있도록 이끄는 역할을 했다. 그는 자신의 경험을 비롯해 성공하기 위해서는 결단력이 필요하다는 사실을 깨달았다. 그리고 현재 그는 다른 이들이 바른 길을 찾도록 돕는 데 헌신한다고 말한다.

그와 오프라가 1980년대에 처음 만났을 때 그들은 오늘날과는 상당히 달랐다. 오늘날 그들이 변화한 데는 서로의 역할이 컸다. 그는 자신이 오프라를 정서적으로 도왔다고 믿는 동시에 그가 개인적으로 성장할 수 있었던 데 대해 그녀의 공로를 인정한다. 오프라는 그레이엄에게 과거의 고통스런 경험과 가족의 힘든 상황을 되돌아보게 하고 그의 가치를 증명할 완벽함을 추구하도록 도움을 주었다.

오프라는 그들이 혜택받지 못한 젊은이들의 삶을 발전시켜 나갈 수 있도록 돕고 싶다고 이야기한다. 이는 아마도 어린 시절 그들 역시 슬픈 현실을 맛보았기 때문인지도 모른다.

물론 그들이 처음 만난 시절에는 이러한 화합이 이루어지지 않았다. 오프라가 세계적 명성을 향해 전진할수록 그레이엄은 그들의 상황에 거북해하고 분노하기도 했다. 그는 오프라와 자신이 여느 평범한 커플로 만나기 시작했지만 오프라가 점차 성공함에 따라 자신은 그녀와 비교해 열등하게 보였다고 고백했다. 더욱이 그 자신이 아닌 오프라의 연인으로 보이는 것에 참을 수 없었다고 말했다. 그가 오프라와의 관계 때문에 피해받는다고 불평했을 때 그녀는 냉담한 반응을 보였다. 그녀는 그레이엄 스스로 불안한 감정을 없애기를 바랐다. 비로소 그는 자신을 되돌아보았을 때 그들의 삶이 변화했던 것처럼 스스로 변화해야 한다는 사실을 이해하기 시작했다. 그는 둘의 연인 관계가 지속되기 위해서는 자신이 전통적인 남성의 역할을 고집할 수 없다는 사실을 알았다고 이야기한다. 그는 오프라로 인해 자신을 이해하고 자기성찰을 할 수 있었다고 책에서 밝혔다.

오프라는 작가이자 스승인 메리앤 윌리엄슨의 영향을 받아 어린 시절 고통이 우리로 하여금 더한 상처로부터 스스로를 보호하도록 가르친다는 사실을 믿게 되었다고 말한다. 오프라는 스테드먼보다 빨리 이를 깨달았다. 그의 주장처럼 그녀는 끊임없이 스스로를 돌아보기 때문이었다.

한편 스테드먼은 자신을 상당히 개인적이라고 주장했던 것과는 달리 오프라의 이름과 그녀의 활동에 대해 자주 언급했다. 그는 첫 책 〈당신은 해낼 수 있다〉를, 책이 출간되기 얼마 전에 세상을 떠난 아버지와 오프라에게 바쳤다.

그는 책을 통해 아버지를 향한 애정을 표현했다. 그는 아버지를 가리켜 자신에게 정직과 인내, 결단력을 소중히 여기도록 가르친 사람이라고 말하며 가족에 대한 헌신에 감사했다. 그레이엄은 가까운 누군가가 죽은 후에 그의 덕행을 따른다는 오프라의 믿음을 받아들였다. 그는 계속해서 가족을 돌보고 자신의 꿈도 이루겠다는 약속을 고인이 된 아버지에게 했다.

그가 평소에 자주 이야기했듯이 이 책에서도 성공하기 위해서 필요한 것은 결단력이라고 말했다. 그는 이를 오프라와 관련된 재미있는 에피소드를 통해 설명했다. 어느 날 그레이엄이 오프라가 지켜보는 가운데 수상 스키에 도전하고 있었다. 그는 노력했지만 제대로 수상스키를 탈 수가 없었다. 하지만 최선을 다해 해내겠다는 생각으로 포기하지 않았다. 이 모습을 본 오프라는 그가 스키를 잘 탈 수 있도록, 그래서 집으로 무사히 돌아갈 수 있게 해달라고 신에게 기도했다.

그는 뒤이은 책 〈라이프브랜드를 구축하라〉의 경우 오직 오프라에게만 바친다고 말했다. 이 책에는 다른 책에서는 찾아볼 수 없는 감상적인 글이 쓰였다. 사적인 생각들을 공개하고 있는 이 책은 마치 텔레비전을 보고 있는 듯하다. 이 책에서는 오프라를 일컬어 '라이프브랜드'의 모델이라고 부르며 '그녀가 이룬 대단한 성과보다 그녀의 마음이 더 중요하다'고 표현했다. 책의 주제는 '소비'이다. 그에 따르면 모든 것이 소비와 관련되어 있다. 그리고 개인은 하나의 브랜드이다. 우리가 누구이며 우리를 만든 요소들이 무엇이든 그것이 바로 우리의 브랜드라고 설명했다. 실제 브랜드, 혹은 상품과 마찬가지로 우리는 좋은 인상을 주고 특별한 능력을 나타내며 우리 자신을 판매한다. 우리는 각자의 브랜드를 판매해야 한다고 그레이엄은 강조한다. 그리고 성공한 이들의 브랜드, 즉 자신을 마케팅하는 데 성공했던 사람들의 사례를 보여준다. 두말 할 필요 없이 그들 가운데 한 사람이 오프라였다. 또한 그녀와 절친한 친구들 마야 안젤루와 퀸시 존스, 그리고 그의 친구인 농구 스타 마이클 조던도 그 속에 포함되었다.

브랜드에 대한 그의 정의가 얼마나 널리 응용될 수 있는지는 이따금씩 불명확하다. 그는 처음으로 오프라와 데이트를 했을 때 언론에서 그의 브랜드를 통제했다고 이야기하면서 그의 진정한 가치가 무시당했다고 불평했다. 그런데 독자들은 그가 자신의 자격에 대해 말하는지 아니면 인격에 대해 이야기하는지 이해하지 못했다. 더욱이 그가 독자들이나 세미나에 참석한 이들에게 자극을 주기 위해 자신의 업적, 즉 성공에 이르는 자신의 활동들을 반복해서 이야기하는 것은 지나칠 정도였다. 특히 그가 자신의 책에서 자신의 활동과 성과에 대해 계속해서 이야기하는 것을 읽다보면 독자들은 그 책이 교육적이라기보다는 전기적이라는 인상을 받는다. 그의 글 대부분이 자기수양의 가르침으로 포장된 자화자찬처럼 보이기 때문이다.

〈당신은 해낼 수 있다〉에서 그는 오프라의 영향과 신뢰에 감사를 표했다. 오직 그녀를 통해 삶의 진정한 자유를 배웠다고도 했다. 그의 마음 속 공허함을 없애 준 데 대한 감사의 말을 전한 후 그는 마지막으로 '삶이여 계속되라'고 외친다.

오프라는 공개적으로 특정 정당을 지지하지 않을뿐더러 정치에 관여한 적도 없다. 민주당 대통령이나 공화당 대통령과 자리를 함께 한 적이 있기는 있지만 그레이엄에 비해 정치에는 좀더 자유로운 편이다. 그들의 정치적 견해가 다르다는 것은 각자가 참석하는 행사의 종류만 보아도 분명히 드러난다. 예를 들면 1996년 대통령 선거 운동 동안 그레이엄은 스티브 포브스 후보자를 위해 공화당 기금모금 운동에 참여했다. 이때 오프라는 그와 동행하지 않았다.

그의 비즈니스 커넥션 또한 보수주의 경향을 띤다. 그는 홍보회사인 그레이엄 윌리엄스 그룹 사장이었다. 그의 사업 파트너는 한때 스트롬 서몬드의 보좌인이었으며 클라렌스 토마스가 대법원에 임명되기 전 그의 보좌인으로도 일했던 암스트롱 윌리엄스로, 그는 유명한 보수주의자이다. 오늘날 그레이엄의 이력서에는 자신을 세미나 관련 서비스 회사인 스테드먼 그레이엄 훈련&계발 회사 회장이자 마케팅 에이전시인 스테드먼 그레이엄&파트너스 CEO로 밝히고 있다.

그가 쓴 입문서들은 전적으로 성공하는 방법에 초점을 맞춘다. 성공하는 9가지 단계와 이를 위한 고무적인 메시지들, 자기 수양 과정은 그의 책들과 강연의 중심요소이다. 특히 동기를 부여하는 그의 세미나들은 매우 유명한 것처럼 보인다. 하지만 한 가지 중요한-아마도 그의 다양한 강연 가운데 가장 중요한-요소는 누구도 자신의 역사에서 희생자가 되어서는 안 된다는 그의 주장일 것이다. 이러한 입장은 그 자신의 인생 이야기로 뒷받침될 뿐만 아니라 오프라 철학의 중심이기도 하다.

그레이엄은 매번 다른 〈워싱턴포스트〉 기자들로부터 '위엄 있는 존재' 혹은 '잘생긴 남자' 등 지나치게 감상적으로 묘사된다. 그는 대개 고무적이라 평가되는 〈당신은 해낼 수 있다:성공을 위한 9단계 계획〉과 〈당신은 매일 해낼 수 있다You Can Make It Happen Every Day〉 등과 같은 그의 몇몇 책들에 대해 자주 인터뷰를 해왔다. 그럼에도 기자들에게 최고의 관심거리는 그의 책이 아니라 바로 그가 오프라와 오랜 연인 사이라는 점이다. 〈워싱턴포스트〉의 메간 로젠펠드의 표현처럼 그 오랜 연인은 러니언의 뮤지컬 〈아가씨와 건달들〉 속 캐릭터 나산 디트로이트와 미스 아델라이데, 혹은 성서의 야곱과 레이철, 그리고 디킨스의 데이비드 코퍼필드와 그의 아그네스와도 비유된다.

그레이엄은 그밖에도 여러 책들을 썼다. 고무적인 그의 책들은 다른 사람들에게 동기 부여 및 자기 수양의 교훈을 주었다. 대표 책으로는 〈인수합병Takeovers〉(1994년), 〈컴퓨터 계약Computer Contracts〉(1995년, 리처드 모건Richard Morgan 공저), 〈스포츠 이벤트 경영 전략The Ultimate Guide to Sport Event Management and Marketing〉(1995년, 조 골드블라트Joe Goldblatt와 리사 델피Lisa Delpy 공저), 〈주주의 협정Shareholder' s Agreements〉(1995년, 자넷 존

스Janet Jones공저), 〈10대들이 성공할 수 있는 9가지 단계Teens Can Make It Happen:Nine Steps to Success〉(2000년), 〈라이프브랜드를 구축하라Build Your Own Life Brand〉(2001년)가 있다. 여러 책들이 양장본과 페이퍼백으로 출간되었으며 그 가운데 녹음테이프가 수록된 책도 한 권 있다.

스테드먼 그레이엄과 오프라가 언제 결혼을 할 것인지는 아무도 모르는 일이다. 그럼에도 〈내셔널 인콰이어러〉지는 종종 그들의 결혼과 관련된 기사를 내보낸다. 짐 넬슨 기자는 2002년 5월 14일 호에서 '오프라의 깜짝 결혼'이라는 표제로 두 페이지 분량의 기사를 썼다. 마치 결혼식이 당연히 곧 거행될 것 같은 내용이었다. 기자는 기사의 출처를 오프라의 측근이라고 밝혔다. 그렇다면 오프라가 갑자기 결혼을 하겠다고 결정한 이유는 무엇일까? 기사에 따르면 오프라는 2001년 9·11 사건 이후에 현재의 삶에 대한 중요성을 깨달았다는 것이다.

넬슨은 또한 오프라의 친구들 가운데 한 명으로부터 들은 이야기라고 전하며 오프라가 체중 문제로 고민하고 있다고 밝혔다. 그는 과체중의 오프라가 마침내 변화-살을 빼고 결혼-를 가져와야 할 때라고 눈물 나는 결심을 했다고 적었다. 이야기는 계속된다. 오프라가 자신의 의사를 그레이엄에게 전하자 그 둘은 한 섬에서 조촐한 비공개 결혼식을 올릴 상세한 계획을 세운다. 비공개 결혼식이 끝나면 열흘간 또다시 비밀스런 요트 여행을 하고, 여행을 마친 후 시카고 하포 본사에서 파티를 열 것이라는 내용이었다. 마지막으로 비현실적인 이 이야기는 오프라와 그레이엄이 미래 계획을 세우는 것으로 결론을 맺는다.

넬슨의 기사가 나오고 일주일이 지난 후에 〈더 글로브〉라는 타블로이드 신문에 또 다른 오프라의 이야기가 기재되었다. '오프라의 비밀스런 도피 계획'이라는 제목으로 기사를 쓴 스티브 헤르츠 기자 역시 출처를 오프라의 측근이라고 밝혔다.

그 기자가 전해들은 바에 따르면 오프라는 자신의 삶을 비참하게 느끼고 있었다. 어떤 것도 명확한 것이 없다고 생각한 그녀는 자신의 삶을 변화시키고 싶어한다고 했다. 오프라의 미래 계획은 스테드먼 그레이엄과 마우이 섬에서 결혼식을 올리고 함께 사는 것이었다. 그 꿈을 실현시키기 위해 오프라와 그녀의 파트너이자 트레이너, 친구이기도 한 밥 그린은 그녀가 휴가 때마다 영적인 느낌을 강하게 받았던 마우이 섬에 땅을 샀다고 기사는 전한다. 그리고 그곳에 자신과 그레이엄을 위한 아시아 스타일의 대저택과 작은 별장들, 컨퍼런스 센터, 스파 시설을 지을 계획을 세웠다는 것이다.

이 이야기들이 과연 사실을 기반으로 쓰인 것일까? 아니면 끝도 없이 이어지는 또 다른 억측일 뿐일까? 진실은 시간이 지나면 밝혀질 것이다. 타블로이드판 신문은 오프라에 관한 내용이라면 진실이든 과장이든 그저 뜬소문이든 아니면 완전한 거짓이든 주요 뉴스거리로 다룬다. 그리고 이들 신문은 꾸준히 잘 팔린다.

몇 해 전에는 심지어 오프라와 그레이엄의 파경을 예고하는 기사가 실리기도 했다. 하지만 스테드먼 그레이엄이 책에서 밝힌 오프라에 대한 사랑과 서로의 희생을 엿볼 때 그 기사는 현실성이 떨어진다. 그레이엄은 자신의 개인적 성장을 통해 비로소 오프라의 성공으로 야기된 현실을 받아들이는 법을 배웠다고 말한다.

또한 바버라 G. 해리슨이 〈오프라가 된다는 것의 중요성The Importance of Being Oprah〉에서 밝혔듯이 오프라 또한 그레이엄을 향한 감정이 여전한 것처럼 보인다. 해리슨에 따르면 오프라는 스테드먼과 함께 있을 때 활력을 얻는다.

파경 기사를 내보냈던 타블로이드 신문은 어느새 다시 결혼 기사로 관심을 끈다. 이처럼 매번 모순되는 기사가 판을 쳐도 신문 가판대는 새로운 이야깃거리만 있으면 금세 텅 비어버린다. 2002년 11월 19일자 〈더 글로브〉판이 오프라 사진과 함께 '마침내 오프라 결혼하다' 라는 제목으로 대서특필했을 때처럼 말이다. 그 당시에도 역시 기자는 출처를 오프라의 익명의 한 친구로 밝히며 스테드먼 그레이엄이 10년 만에 두 번째 청혼을 했다는 이야기를 전했다. 그의 첫 번째 청혼 소식은 1992년 10월에 이미 여러 기사를 통해 보도된 바 있었다. 청혼과 반지, 수락, 약혼파티 등의 내용이 담긴 타블로이드 기사는 로맨스 소설에서나 어울릴 법한 문체로 자세하게 묘사되었다. 하지만 그 친구라는 소식통은 결혼 계획에 대한 정보는 남기지 않았다. 단지 그레이엄이 혼전 서약을 원한다는 이야기와 게일 킹이 신부 들러리를 서게 될 거라는 이야기만 밝혔을 뿐이었다. 이번에도 역시 오프라 자신이 공식 발표를 하기 전까지는 모든 게 의혹으로 남았다.

오프라는 자신의 연애 생활에 대한 대중의 끊임없는 관심을 이제는 아무렇지도 않게 여긴다. 오프라가 1997년에 웬디 그레이엄의 졸업식을 맞아 웰슬리 대학 졸업식 연설을 할 때였다. 그녀는 자신과 그레이엄 사이의 관계를 두고 농담을 던졌다. 그녀는 졸업생들에게 웬디 아버지를 자신의 애인이자 약혼자라고 밝혔다. 하지만 자신들이 언제 결혼할 것인지에 대한 질문은 부디 하지 않기를 바란다고 말을 이었다. 그때 이래로 오프라에겐 아무런 변화도 없었다. 그 후 2003년 4월 25일에는 그녀의 프로그램을 통해 또다시 자신의 결혼과 관련된 끊이지 않는 사람들의 관심에 대해 이야기를 한 적이 있었다. 그녀는 스테드먼이 2002년 11월에 무릎을 꿇고 두 번째 청혼을 했고 이에 엄청나게 감동받은 자신이 그의 청혼에 "예스"라고 대답했다는 이야기를 만들어낸 타블로이드 신문의 상상력에 비아냥거렸다.

오프라는 자신과 관련된 말도 안 되는 억측에 배꼽잡고 웃으며 이런 이야기에 관심을 기울이는 이들을 향해 말했다.

"결혼을 하고 싶었다면 진작 했을 겁니다."

제5장

음식과 체중, 그리고 운동

오프라라는 어린 시절 독서에 푹 빠져 지냈다고 이야기한다. 외할머니와 사는 동안 외로움을 많이 느꼈던 그녀는 농장 가축들을 친구삼아 지냈다. 어려서부터 성경공부를 했던 덕분에 돼지들에게 성경을 읽어 주기도 했다. 어린 오프라가 돼지들에게 애정을 느끼긴 했지만 돼지고기를 먹는 습관에까지 영향을 주지는 못했다. 장장 40년에 걸쳐 말이다. 하워드 리먼이 〈성난 카우보이Mad Cowboy〉에서 밝힌 바에 따르면 오프라가 돼지고기를 먹지 않게 된 계기는 영화 〈꼬마 돼지 베이브〉를 보고 난 후였다고 한다. 아마도 영화 속 돼지들이 실제 돼지들에 비해 그녀의 감수성에 더 큰 영향을 주었던 게 아니었을까.

리먼은 1996년 4월 오프라 쇼에 출연해서 그 당시 뉴스와 논설, 칼럼에서 시끄럽게 다루던 주제인 광우병 – 혹은 크로이츠펠트야콥병 – 에 대해 이야기를 나누었다. '해로운 음식'을 주제로 그 날 논의된 이야기가 비단 쇠고기만은 아니었지만 이는 모든 이의 주목을 이끌어내기에 충분했다.

영국에 있는 많은 이들이 병든 소로 야기된 치명적인 질병에 영향을 받았다. 건강했던 소도 감염된 소로 가공 처리된 사료를 섭취한 후에 병이 들었다. 그 후 상당수의 인간에게 이러한 질병이 발병했다는 보고가 나오자 비로소 관련 조사가 이루어졌다. 광우병에 대한 심도 있는 연구가 진행되었고 엄청난 수의 농장이 폐쇄되었으며 개선책이 논의되었지만 사람들이 감염된 쇠고기를 먹게 될지도 모른다는 두려움이 유럽을 뒤흔들었다. 급기야 많은 나라에서 영국 쇠고기의 수입을 금지하는 조치를 취했다.

미국에서는 다양한 정부기관에서 이와 관련해 국민을 안심시키는 성명을 발표했던 까닭에 병에 걸릴지도 모른다는 걱정을 하는 이들은 거의 없었다. 해외여행을 계획했던 이들도 그저 쇠고기를 먹지 않으면 그만이라고 생각할 뿐이었다. 그런 때에 광우병 문제를 논의하던 리먼이 감염된 쇠고기를 섭취하면 질병에 걸릴 수 있다고 경고했고 이에 오프라가 더 이상 햄버거를 먹지 않겠다고 선언하자 엄청난 파장이 일었다. 만일 누군가 사람들이 오프라에 대해 갖는 신뢰가 크다는 사실을 알았다면 그녀의 발언이 경제에 미친 영향력을 실감할 수 있었을 것이다. 〈비즈니스 위크〉는 오프라 쇼에서 이 문제를 다룬 후에 쇠고기 선물거래가 급격하게 감소했다고 보도했다. 당시 거래 수치는 10퍼센트로 추정되었다.

정육업계는 오프라의 발언에 분노하며 오프라 쇼의 영향력에 대해 우려를 표명했다. 오프라가 쇠고기를 먹지 않겠다고 했을 때 사람들은

“브로콜리를 싫어한다”고 했던 부시 대통령을 떠올렸다. 그 직후 브로콜리를 재배하던 농가에서는 그의 발언에 분노하고 불평했다. 하지만 다행히도 대통령의 발언이 전반적인 브로콜리 소비량에 큰 영향을 주지는 않았다. 이와 반대로 안전하지 않은 쇠고기에 대한 문제는 잠잠해지지 않았다. 오프라의 팬은 대부분이 식품업계 전반에 극히 중요한 영향을 끼치는 여성들인데, 이들에게 특정 식품이 안전하지 않다는 정보를 전한다면 결과는 뻔한 일이었다. 그들이 그 식품을 구매할 리가 없었다.

리먼은 쇠고기 문제를 논의하던 오프라가 이와 관련하여 개인적인 의견을 표출한 데 대해 ‘대담하다’고 말했지만 실질적으로 오프라 쇼를 방영했던 방송국은 이로 인해 어마어마한 광고수익을 잃는 타격을 입었다. 더군다나 오프라 쇼 이후에 쇠고기 선물거래가 감소하자 텍사스의 축산업자들은 오프라와 리먼을 고소했다. 그녀의 프로그램이 미국 쇠고기에 대해 잘못된 정보를 유포시킨 탓에 그들에게 수백만 달러의 손실을 입혔다는 이유에서였다. 이에 〈비즈니스 위크〉는 분노한 축산업자들을 조롱조로 묘사하며 그들이 오프라를 상대로 소송하여 수백만 달러의 손실을 보상받고자 한다고 보도했다. 오프라는 이 사건으로 인해 당황했지만 원만한 해결책을 찾겠다고 말했다. 사실 그녀는 미국 국민들이 쇠고기업계에 동정표를 던질 것인지 아니면 자신의 편이 되어줄 것인지를 두고 걱정했다. 엄청난 쇠고기 로비가 진행되는 가운데 이 사건을 지켜보던 이들은 오프라를 신뢰했다. 그리고 그녀의 변호인단은 헌법상의 조항을 기반으로 논쟁을 펼쳐나갔다.

고소인 측 변호사는 오프라의 시카고 TV프로그램이 소송사건에 대해 보이는 적개심을 강조해서 지적했다. 그뿐만 아니라 보이지 않는 인종 문제에 대해서도 거론했다. 오프라는 시카고에 처음으로 발을 내딛었을 때 스스로를 가리켜 농담 반 진담 반으로 '흑인의 재림'이라고 표현한 터였다. 그것은 인종문제에 대해 솔직한 그녀의 태도가 단적으로 드러나는 예가 되었다. 오프라가 소송 사건에 대응하기 위해 텍사스에 출두하자 그녀의 아버지는 취재진들에게 오프라가 모든 이들을 위한 훌륭한 역할 모델임을 강조해서 말했다. 그리고 오프라 쇼를 계속해서 진행하려는 그녀의 의지와 위엄, 그리고 결단력은 그녀 아버지의 견해를 한층 뒷받침해 주었다.

그 소송에 관련되지 않은 많은 축산업자들은 미국 쇠고기를 비롯해 수입 쇠고기와 미국 쇠고기의 혼합 가공물에 대한 영향력에 우려를 표명했다. 그리고 수입 쇠고기가 정밀 검사를 거치고 라벨이 붙여져 분류되기를 희망했다. 반면에 리먼과 오프라는 이러한 문제와 관련해서는 깊이 있는 대화를 나누지 않았다. 채식주의자 리먼에게 수입 쇠고기와 미국 쇠고기는 다를 게 없었다. 그리고 오프라는 그저 햄버거를 먹지 않겠다고 선언했을 뿐이었다.

1996년에 방송되었던 이 TV프로그램이 법정에서 다시 논의된 것은 2년이 지난 1998년이었다. 원고 측은 이 사건이 부패하기 쉬운 식품을 보호하는, 이른바 '1995년 텍사스 야채법' 관련 첫 공판이 되길 기대했다. 그들은 유리한 판결을 받게 할 만한 모든 근거를 제시했다. 게다가 텍사스 외에도 미국 내 다른 열두 개의 주는 농민과 축산업자들을 보호하기 위해 마련한 이른바 식품 비방에 대항한 법안을 통과시킨 바 있었다. 하지만 미 지방법원 판사 메리 루 로빈슨은 원고 측에 불리한 판결을 내렸다. 그 법안이 육류의 생산물에 적용할 수 없다는 이유에서였다. 오프라 측 변호인단의 사건 기각 요청 또한 받아들여지지 않았다. 4주간의 증언 후 원고 측에서 증거제출을 중지했을 무렵의 일이었다. 오프라 측 변호인단은 살아 있는 소의 사료로 사용된, 피 흐르는 소의 절단 부위들을 사진으로 보여 주며 논쟁을 펼쳤다.

마침내 오프라가 증인으로 나왔을 때 그녀의 증언에는 두 가지 핵심사항이 포함되어 있었다. 첫 번째는 토크쇼 진행자로서 오프라는 뉴스 기자와 같은 객관성이 요구되지 않는다는 점이었고 두 번째는 공정한 방송을 위해 각각 찬성과 반대 입장의 게스트들을 초청하는 등의 노력을 했다는 점이었다. 사실상 처음에 쇠고기업계에서는 하워드 리먼에 대해 걱정하지 않았다. 그를 단순히 육류 섭취를 반대하는 개혁운동가 내지는 채식주의 운동가로만 보았기 때문이었다. 게다가 오프라의 영향력과 그녀의 지지자 층을 얕잡아 보았던 것이 분명했다.

오프라는 재판을 받는 동안에도 오프라 쇼를 계속 방송하기 위해 프로그램을 애머릴로로 옮겨왔다. 〈워싱턴포스트〉 사설란에서 표현했던 것처럼 오프라의 재판은 '서커스'와도 같은 분위기 속에서 진행되었다. 뜨거운 분위기에 더해, 증인으로 출두한 메릴랜드 교수 윌리엄 휴스턴의 입에서 불쑥 튀어나온 '린치 lynch(정당한 법적 수속에 의하지 아니하고 잔인한 폭력을 가하는 일 - 옮긴이) 무리'라는 용어는 화제를 낳기도 했다. 나중에 그는 인종 차별적인 발언을 할 의도는 없었다며 이에 대해 사과했다. 전 미농무부 대변인이었던 그는 오프라 쇼에서 쇠고기 문제를 논의했던 그 날 참석한 게스트 중 한 명이었다. 쇠고기 문제에 찬성하는 자신의 논쟁을 충분히 펼치도록 시간을 할애해 주지 않은 데 대해 불평했던 그는 방송 이후 부정적인 이미지를 남겼다. 하지만 증인석에 출두한 교수의 모습에는 뉘우치는 빛이 역력했다.

대개는 아무런 혼란 없이 진행되었을 사건이지만 이번 재판은 모든 행동과 말이 뉴스거리가 되었다. 전문가나 비전문가들의 의견이 기사화되었으며 기자들뿐만 아니라 애머릴로 도시민들 또한 그 재판의 귀추에 주목했다. 오프라에 대해 특별한 환영의 표시를 자제하라던 상공회의소 회장의 지시가 있었음에도 애머릴로 시민들은 그녀의 출연을 보기 드문 구경거리인 양 반가워했다. 법원 앞은 연일 사람들의 행렬로 장사진을 치렀고 법정 안팎으로 도처에 오프라의 팬들이 가득했다. 게다가 신문과 잡지에는 법정을 드나드는 배우들의 사진과 함께 이들의 이야기가 잔뜩 실렸다. 그 지역 대부분의 사람들은 오프라를 지지했다. 하지만 일부 소수의 사람들은 그녀에게 무례하고 악의적으로 행동했다. 심지어 '미친 소는 바로 오프라'라는 범퍼 스티커를 보란 듯이 부착하고 다니기도 했다. 이에 오프라 지지세력들은 '우리는 오프라 당신을 사랑합니다'라는 스티커를 부치며 그들에 맞섰다.

오프라와 절친한 이들-스테드먼 그레이엄과 게일 킹, 마야 안젤루-은 교대로 오프라를 응원하며 그녀에게 사랑과 믿음을 보여 주고자 애썼다. 안젤루는 전도자 무리를 텍사스로 보내서 매일 오프라를 위해 기도하게 했다. 오프라는 모든 소란 속에서도 계속해서 데일리 TV

쇼를 방송하며 그녀를 성공으로 이끌었던 힘을 과시했다. 게일 킹이 이 야기한 것처럼 오프라는 결코 나약하지 않았다.

결국 여자 여덟 명과 남자 네 명으로 구성된 배심원은 피고 측을 무 죄로 판결했다. 하지만 사건은 거기서 끝나지 않았다. 축산업자들은 이 사건을 연방 순회 항소 법원까지 가져갔으며 2년 후에 비로소 원판결 을 확인했다. 상소 법원은 오프라 쇼를 '신파조' 분위기라고 말하면서 도 그 프로그램이 거짓 정보나 비방하는 내용의 정보를 유포하지는 않 았다고 판결했다. 에모리 대학 교수 데이비드 베더만은 축산업자들이 재판 장소와 배심원까지 직접 선택할 수 있었음에도 오프라에게 승리 를 빼앗긴 데 대해 조롱하는 내용의 글을 신문에 게재했다. 그의 이야 기는 후에 다양한 신문과 잡지를 통해 더욱 확대되었다. 특히 〈타임〉 잡 지는 오프라가 법보다 더 강력하다고 언급하기도 했다.

재판은 끝이 났다. 하지만 영국 정부의 개선 방안을 영국 목축업계 에서 실행했음에도 사람들은 여전히 영국 쇠고기의 안전성에 의혹을 품었다. 더욱이 소 사육 현장을 보도하고 도살장 인부들의 감염 가능성 을 염두에 둔 폭로성 기사도 속출했다. 그럼에도 햄버거는 패스트푸드 레스토랑의 주 메뉴로 계속해서 판매되었고 스테이크 식당 또한 계속 해서 성황을 이뤘다. 심지어 미국 내에 더 많은 스테이크 식당이 개업 하는 웃지 못할 상황도 발생했다. 상황이 어찌 되었든 오프라는 그녀의 쇼나 잡지에서 더 이상 쇠고기와 관련된 이야기를 일체 하지 않았다.

이 사건을 계기로 닭고기가 인기 있는 주 메뉴로 등극했다. 하지만 이 고기 역시도 신문과 잡지, 다큐멘터리에서 과거를 비롯해 현재에도 끊임없는 논쟁의 대상이 되고 있다. 가금류 가공 공장의 비위생적인 실태와 도살 현장, 수질 오염 문제를 비롯해 무엇보다도 세균 감염과 관련된 경고성 기사가 꾸준히 보도되었다. 쇠고기보다 훨씬 더 큰 의혹이 제기되었음에도 오프라 쇼를 포함해 어떤 TV토크쇼에서도 가금류 산업에 대한 논의는 이루어지지 않았다.

오프라는 음식에 대해 이야기하는 것을 좋아한다. 오프라의 잡지를 비롯해 그녀가 추천하는 요리책에는 어김없이 그녀가 좋아하는 음식인 닭고기 요리법이 등장한다. 오프라는 닭 가슴살을 마리네이드marinade (식초, 포도주, 향신료를 넣은 소스-옮긴이)에 절인 후 석쇠에 굽거나 오븐에 구운 요리를 특히 좋아한다고 말한다. 또한 가지각색의 감자 요리도 좋아한다고 밝혔다. 요리에 서툴다고 고백한 오프라에게 개인 요리사가 있다는 사실은 그녀의 팬들도 익히 알고 있는 사실이다. 그런 오프라가 언젠가는 스테드먼을 위해 닭 가슴살구이 요리를 한 적이 있다고 말했다. 당시 엄격한 식이요법을 통해 체중 조절을 하고 있던 때였기 때문에 자신은 저칼로리 건강 식사를 하는 동안 그가 닭고기를 먹는 모습을 지켜보았다고 말했다.

오프라의 팬들은 그녀의 이른바 '체중과의 싸움'에 대해 거의 모든 내용을 꿰뚫고 있다. 이런 이야기들은 여러 TV프로그램을 비롯해 인터뷰 주제로도 다뤄졌다. 심지어는 영화평론가들조차 레베카 다나가 영화 〈투스카니의 태양Under the Tuscan Sun〉을 묘사하는 칼럼에서 그랬듯이 체중 문제를 중요하게 언급하기도 했다. 사실 레베카 다나의 칼럼은 커피숍에서 여자 친구들이 차를 마시며 나누는 대화를 연상시킨다. 다시 말해 오프라 팬들처럼 음식이나 먹을 것에 치중하는 이야기가 전개된다는 것이다.

타블로이드판 신문을 포함해 모든 이들은 언론에 끊임없는 이야깃거리를 제공하는 오프라의 체중과의 싸움을 지켜보고 있는 듯하다. 오프라의 체중에 대한 이야기는 그녀와 관련된 다른 이야기와 마찬가지로 대중 신문은 물론이고 유명한 사람들의 가십 기사로 먹고 사는 다양한 신문들의 단골 주제로 등장한다.

타블로이드 신문에는 오프라에 대한 무례한 기사와 볼품없는 사진들이 종종 실린다. 그밖의 다른 신문이나 잡지도 초창기 방송 시절의 오프라에게 그리 친절하지 않았다. 기사와 함께 등장하는 노골적인 사진들은 종종 그녀의 체중 문제를 강조한다. 한 가지 주목할 점은 같은 사진이라도 오프라의 잡지에서는 이를 건강하게 묘사한다는 점이다. 오프라는 텔레비전과 인터뷰, 그리고 잡지를 통해 자신의 체중과 관련된 문제를 공공연한 화제로 만들었다.

2001년에 발행된 한 타블로이드 신문에서는 소위 한 친구의 말을 인용해 오프라가 과체중으로 야기된 건강 문제로 두려움을 느끼고 있다고 전했다. 그 친구는 오프라가 심장병 초기 증세를 보인다며 심장마비나 발작을 일으킬 수도 있다고 밝혔다. 하지만 그 이야기가 나온 이후에도 오프라는 텔레비전 쇼를 통해 여전히 건강을 과시했다. 다만 〈O〉에서는 딱히 설명할 수 없는 증상이 나타난 것에 대해 우려를 표하

기는 했다. 그녀가 과연 타블로이드 기사에서 전했던 이야기에 간접적
으로 반응했던 것일까? 그녀는 종종 그런 신문들을 경멸하곤 했다. 그
리고 지난 몇 년간은 타블로이드 기사 따위에 신경 쓰지 않는다고 공개
적으로 선언도 했다. 하지만 종종 자신에 대해 쓴 기사들을 읽을 수밖
에 없었다. 도처에 깔려 있는 타블로이드를 피한다는 것은 거의 불가능
한 일이기 때문이다.

한번은 오프라 쇼에서 '감정적인 음식물 섭취'와 폐경기를 주제로
프로그램이 진행된 일이 있었다. 오프라는 그녀가 염려했던 몇몇 증상
이 결국 건강상의 문제는 아니었다고 밝혔다. 그녀와 같은 나이의 다른
여성들과 마찬가지로 그저 폐경기의 전조-그녀가 부정했던 신체적 변
화-가 나타난 것뿐이라고 친구이자 트레이너인 밥 그린에게 웃으면서
이야기했다. 사실은 이전에 그가 오프라에게 폐경기 이야기를 꺼냈다
가 그녀가 펄쩍 뛴 일이 있었다. 그러고 보면 신문기사에 실린 이야기
는 일부 사실이었지만 그 기사가 나왔을 무렵에는 이미 옛 이야기가 되
고 말았다.

오프라는 팬들과 독자들에게 가슴이 두근거리는 증상 때문에 걱정
이라고 말했다. 하지만 오프라가 찾아간 의사 다섯 명 모두가 심장에는
아무런 이상이 없다고 진단하면서 그런 증상이 나타나는 원인에 대해
서 밝히지 못했다. 그 무렵 오프라가 밥 그린과 함께 조깅을 하다가 자
신의 근심을 털어놓았다. 이에 그린은 폐경기 증상일지도 모른다고 말
했지만 오프라는 그의 말을 받아들이지 않았다. 그때 우연히 〈폐경기의
지혜 The Wisdom of Menopause〉라는 책을 읽게 된 오프라는 '심계항진: 심

장에서 알리는 경고'라는 장에서 그녀와 같은 증상을 비로소 확인할 수 있었다.

한편 타블로이드 신문은 그녀에 관한 이야기라면 집요하게 달라붙는다. 타블로이드 기자들은 오프라가 가는 곳이라면 어디든지 따라다니고 사진기자들은 가능한 어디에서든 사진을 찍는다. 그리고 새로운 기사거리가 없거나 독자층이 감소하는 기미가 보이기라도 하면 어김없이 체중 문제를 거들먹거린다. 예컨대 뚱뚱하고 심지어는 추한 사진들과 함께 오프라가 '통제 불능' 상태이며, 그녀의 체중이 심각할 정도라는 내용의 기사를 보도한다. 하지만 이러한 사진들은 비슷한 시기에 그녀의 잡지를 비롯해 다른 잡지에 실린 검정색 주름 장식 실크 드레스를 입었던 우아한 오프라의 사진과는 너무나도 대조되었다.

2002년 9월 10일에 실린 타블로이드 사진들은 12일 후 제54회 에미상 시상식에 나타난 오프라의 모습과 비교가 안 될 정도로 차이가 났다. 시상식은 텔레비전으로 생중계되었기 때문에 조작될 가능성은 없었다. 흰색 실크 드레스를 입고 시상식에 나타난 오프라는 여러 패션 비평가들로부터 우아하고 근사하다는 칭찬을 받았다. 그리고 그 모습은 다른 엔터테이너들의 사진과 함께 10월호 〈피플〉 잡지 커버에 실리며, 신체 사이즈에 상관없이 모든 여성들이 섹시할 수 있음을 시사했다. 더군다나 그 잡지의 2002년 마지막 호에서는 '올해의 드레스'라는 제목의 기사에서 흰색 실크 드레스를 입은 오프라의 사진을 실었다.

2002년 9월 10일 〈내셔널 인콰이러〉에는 오프라의 친구―혹은 내부 관계자-로부터 알려진 휴가 중인 오프라에 대한 이야기가 실렸다. 정보에 따르면 오프라는 살이 물결칠 정도로 뚱뚱하다는, 비호의적인 언어로 묘사되었다. 항상 이름을 밝히지 않는 이러한 출처들은 오프라의 통제되지 않는 식습관과 운동부족에 대해 노골적으로 이야기한다. 그리고 그녀가 한때 좋아했다고 고백했던 감자튀김과 프라이드 치킨, 고칼로리 디저트 같은 '떳떳치' 못한 음식들을 먹어대고 있다고 전했다. 오프라가 여러 차례에 걸쳐 자신의 오랜 식습관을 떨쳐버렸다고 선언한 것과는 대조되는 상황이었다.

식습관과 체중은 오프라 쇼에서 가장 빈번하게 논의되었던 주제일 것이다. 또한 오프라의 인터뷰 중에 빠지지 않고 등장하는 화제이기도 했다. 인종과 관련된 이슈가 주요 문제로 남아 있는 남아프리카의 백인들조차도 그녀의 피부색보다 체중에 더 많은 관심을 보였으며 시청자들 또한 오프라가 몰두하는 체중 문제에 주목했다. 다른 많은 이들처럼 오프라에게 음식은 생존을 위해 필요한 것 그 이상을 의미했다. 그녀는 신체가 원하는 것 이상으로 음식을 섭취하면서 정서적인 공허감을 채웠다고 고백했다. 그녀에게 음식이란 '사랑' 대신이었다. 음식을 통해 잠시 동안이나마 애정 결핍을 보상받으려 했던 셈이다.

오프라는 친구도 없고 보살펴 주는 이도 없이 성적 학대의 대상으로 전락해 버린 피폐했던 어린 시절에 그녀가 항상 필요로 했던 든든함을 음식을 통해 얻으려 했다. 그녀는 음식 중독을 심지어 알코올 중독이나 마약 중독과도 비교하며 이러한 중독의 근본적인 원인은 모두 똑같다고 주장한다. 그리고 심리학자들은 음식 중독자들이 음식을 통해 정서적 결핍을 채우려고 하듯이 자기애 인격장애자들이 주변으로부터 지속적인 존경과 관심을 확인하며 정서적 결핍을 채운다는 점에서 그 유사성을 찾으려 한다. 자기애에 빠져 있는 사람이 공허함 때문에 결코 삶에 만족할 수 없는 것처럼 음식 중독자 역시 만족을 모른다. 또한 자아도취에 빠진 이들이 끊임없이 집착하고 강박관념에 사로잡히는 것과 마찬가지로 음식 중독자들은 불안과 외로움, 분노, 고통, 절망을 일시적으로 감추기 위해 음식에 집착하게 된다.

오프라는 긴장이 되거나 걱정, 근심이 있을 때 음식으로 위로를 받는가? 과거에는 그랬다. 하지만 얼마 전부터는 음식물에 심적으로 의지하려 했던 자신의 문제점을 알게 되고 이제 이런 상황에 대처할 능력이 생겼다고 말했다. 오프라는 수년 간에 걸쳐 그녀가 한때 부정했던, 숨겨진 많은 문제들이 음식 때문에 표면화되지 않았다는 사실을 깨달았다고 설명했다.

자신감 넘치고 고집스러운 오프라는 음식을 통해 위안을 받으려고 했던 과거의 모습을 깨달았다. 그리고 알코올 중독자가 술과의 싸움을 벌이듯 이따금씩 그녀 역시나 음식과 싸움을 벌여야 했다. 그녀가 과식을 하는 이유는 스트레스와 과로, 걱정 때문이었다. 특히 텍사스에서 법정에 섰을 때 그녀가 느꼈던 긴장감은 이루 말할 수 없을 정도였다. 더욱이 하루 종일 법정에 나간 후에도 텔레비전 쇼를 계속 진행해야 했기 때문에 그로 인한 피로 또한 오프라를 괴롭혔다. 그 결과 자신에게 위안을 주는 음식을 거부할 능력을 상실한 채 단것과 파이 같은 디저트의 유혹을 떨쳐버리지 못했다고 고백했다. 때문에 비교적 짧은 시간 동안 자그마치 5킬로그램이나 체중이 증가했다.

오프라는 성인이 된 후에 요요 현상을 자주 경험했다. 영화 〈빌러비드〉가 개봉하자 패션·뷰티 잡지인 〈보그〉 측에서 겉표지에 오프라의 사진을 싣고 싶다는 요청을 해왔다. 하지만 편집자들은 사진을 찍기 전, 그녀에게 9킬로그램을 감량할 것을 요구했다. 오프라는 자신에게 중요했던 그 영화를 위해 식이요법과 운동이 혼합된 강도 높은 다이어트 프로그램을 견뎌냈다. 그녀는 자신의 신체 사이즈를 가진 어느 누구도 이전에 〈보그〉 겉표지를 장식한 일이 없었을 뿐만 아니라 서른 살이 넘은 흑인 여성이 그런 영예를 차지한 역사는 없다고 말한다.

오프라는 〈보그〉지 촬영을 위해 요구되었던 체중감량에 성공했다. 사실 〈빌러비드〉 촬영에 앞서서도 똑같은 몸무게를 감량했지만 또다시 본래의 체중으로 돌아온 터였다. 게다가 그보다 몇 해 전인 1995년 9월호 〈레드북〉 겉표지 사진을 찍기 위해 체중감량을 한 경험도 있었다. 그 잡지는 오프라의 사진 덕분에 그 해 최고로 높은 판매율을 기록했다. 오프라의 사진이 실리기만 하면 그녀에 관해 더 이상의 이야기가 없더라도 잡지는 불티나게 판매되었다.

한편 〈보그〉지 편집자의 요구에 따르기로 한 오프라의 결정에 대해 모두가 동의한 것은 아니었다. 메릴린 가드너는 〈온라인 월드북〉을 통해 잡지 판매부수를 높이기 위해, 혹은 영화 홍보를 위해 오프라가 마치 슈퍼모델처럼 변신을 해야 하는가에 의문을 제기했다. 오프라의 팬들과 가드너, 그리고 수없이 많은 다른 작가들은 그녀가 굳이 변신을 하지 않아도 아름답다고 생각한다. 사람들은 체중감량을 위한 오프라의 집념을 높이 평가하는 것은 사실이지만 그녀의 신체 사이즈가 무엇인가와는 상관없이 그녀를 존경한다. 오프라 역시 가드너가 제기한 문제에 대해 이야기한 적이 있다. 아름다운 육체를 얻기 위해 다소 집착하는 자신의 모습을 조심스럽게 언급한 것이다. 거식증과 과식증이 젊은 여성의 목숨을 앗아가기도 하는 오늘날과 같은 때에 날씬함을 중요시하는 내용의 메시지가 혹여 사람들에게 해를 끼치지는 않을까 해서였다.

오프라의 체중은 들쑥날쑥 변화가 잦았다. 오프라가 98킬로그램이 나갔던 때였다. 어느 날 복싱 경기장에 갔던 오프라는 자신의 체중이 헤비급 선수 마이크 타이슨의 체중과 같다는 사실을 듣고는 충격을 받았다. 1987년 에미상을 받을 때는 심지어 102.5킬로그램까지 체중이 불었다. 하지만 이보다 더 심각한 때도 있었다. 볼티모어에서 시카고로 옮겨왔을 때 그녀의 체중은 무려 108킬로그램이었다. 그럼에도 그녀가 새로운 프로그램의 진행자로 나서는 데는 문제가 없었다. 이와 같은 상황은 유례없던 일이었다. 수십 년 동안 오프라의 체중은 들쑥날쑥하게 변화했으며 가장 많이 나갔을 때와 가장 적게 나갔을 때의 체중은 무려 45킬로그램이나 차이가 났다.

초기 방송 시절부터 오늘날에 이르기까지 오프라의 신체 사이즈는 매번 다양했다. 체중과 이미지에 관해 〈피플〉 잡지에서 실행한 여론조사에 따르면 오프라는 모든 연령대에서 가장 좋아하는 인물로 선정되었다. 특히 오프라처럼 체격이 큰 여성들은 그녀를 좋아한다. 이에 대해 오프라는 자신이 체중이 많이 나가기 때문에 사람들이 그녀에게 질투를 느끼지 않는다고 분석했다. 많은 여성들이 그녀의 성공과 부, 그녀의 라이프스타일-이를테면 집과 자동차, 의상, 잘생긴 남자친구-에 질투를 느낄지도 모른다. 하지만 오프라는 그들이 자신의 결점, 즉 과체중이라는 사실에서 위안을 찾는다고 생각한다.

오프라가 여성복 22사이즈(한국 사이즈 99-옮긴이)를 벗어던지고 임시적으로 8사이즈(한국 사이즈 66-옮긴이)를 입었던 동안 900여 벌의 드레스를 자선경매에 기증한 일이 있었다. 경매는 성황을 이뤘다. 드레스의 주인이 오프라였다는 사실은 물론이고 옷의 일부는 가격표도 떼지 않은 새 옷인데다가 몇몇은 본래의 3분의 1밖에 안 되는 가격이었기 때문이다. 오프라는 가장 매력적일 때조차도 결코 아담한 여성은 될 수 없었다. 신발 사이즈가 270밀리미터, 키가 168센티미터이었고 골격 또한 큰 그녀는 아무리 8사이즈를 입기 위해 끊임없이 노력한다고 해도 이는 본래부터 그녀의 사이즈가 아니었던 것이다.

항상 체중 문제로 고민이 많았던 오프라는, 팬들이 그녀의 체중이 얼마나 나가든 혹은 사이즈가 얼마이든 자신을 매력적이라고 생각한다는 사실을 믿으려 하지 않았다. 오프라의 팬들과 비교해 기자들은 종종 이목을 끄는 단어를 찾아, 이를테면 그녀를 '풍만하다' 든지 '글래머' 라는 식으로 묘사한다. 언젠가는 한 텔레비전 잡지 겉표지에 아름답지만 위조된 오프라의 사진이 실린 일이 있었다. 사실은 오프라의 얼굴과 앤 마거릿의 몸이 합성된 사진이었다. 오프라는 물론이고 앤 마거릿에게도 역시 모욕적인 일이었다. 그 잡지의 의도는 텔레비전에서 오프라가 누리는 재력을 강조하기 위한 것이었지만 합성사진인 사실이 드러났을 때는 오히려 역효과가 발생했다.

기자들이 오프라가 항상 체중과 관련해서 솔직했다고 언급하자 그녀는 자신 외에 다른 사람이 되려고 애쓴 적은 없다고 대꾸했다. 그녀는 미국인들이 체중에 강박관념을 갖는다고 믿는다. 누구도 그녀의 의견에 이의를 제기하지는 않을 것이다. 신체 사이즈를 걱정하는 것 역시 예외는 아니다. 오프라가 성인이 된 이후에 다른 어떤 문제들보다 더 자주 이야기하는 것이 바로 체중 문제가 아닌가!

오프라는 음식에 탐닉했다. 그녀가 정한 열 가지 수칙 가운데 여섯 번째는 바로 어떤 종류의 탐닉도 금한다는 것이다. 과거에는 그녀가 알코올과 마약에 빠져 지냈지만 이는 그저 지나간 일일 뿐 현재 그녀는 음식에 대한 탐닉에서 벗어나고자 끊임없이 싸우고 있다.

그녀는 항상 자신있다고 말하면서도 한편으로는 시카고 집에 붙여 둔 포스터 속 인용구, 영화 〈오즈의 마법사〉에 나온 착한 마녀 글린다의 말인 "넌 더 이상 도움이 필요하지 않단다"를 마음에 새겨둔 듯하다. 그 마녀는 어린 도로시에게 "너에겐 항상 힘이 있다"고 말한다. 오프라는 한편으로는 그 말을 믿으면서도 항상 다양한 이들로부터 도움을 받았다. 그녀는 시중에 광고되는 모든 다이어트를 시도해 보았고 그 가운데 몇 가지는 잠시 동안이나마 효과가 있었다고 고백했다.

1989년에는 10사이즈(한국 사이즈 66~77 – 옮긴이) 드레스를 입을 것을 목표로 다이어트에 도전했다. 그 결과 30킬로그램을 감량해서 64킬로그램이 되었다. 오프라는 감량한 체중이 얼마나 되는지를 시청자들에게 보여 주기 위해 자신이 감량한 체중에 상응하는 지방 덩어리를 끌고 무대 이리저리를 돌아다녔다. 2년 후, 체중은 다시 81.6킬로그램으로 불고 다시 9킬로그램을 감량하기 위해 영양학자에게 도움을 청했다. 조깅과 식이요법을 병행하여 결국 목표 달성에 성공하긴 했지만 만족할 만큼 빠른 시간에 체중이 빠지지는 않았다. 그래서 운동과 식이요법 외에도 내과의사의 감독 하에 옵티패스트Optifast 다이어트 프로그램을 병행하기로 결정했다.

오프라가 64킬로그램으로 체중감량을 한 지 얼마 되지 않았을 때 또다시 7.7킬로그램이 불었다. 이를 계기로 그녀는 체중 문제를 하루아침에 해결할 수 없다는 사실을 깨달았다. 우연히 이와 같은 시기에 오프라는 리처드 멜만과 동업하여 '엑센트릭'이라는 레스토랑을 시카고에 개업했다. 멜만은 오프라의 친구이자 스테드먼 그레이엄의 친구이기도 했다. 그는 이 식당 외에도 다른 곳에 이미 식당 세 곳을 운영하고 있었다. 네 곳 모두가 도시에 위치하지만 그 장소는 해외를 비롯해 각각 다른 주에 있다. 엑센트릭은 대규모 레스토랑으로 창고를 개조하여 만들었다. 이곳은 다양한 요리와 바, 작고 아늑한 공간부터 대규모 식사 공간을 비롯해 춤추는 공간에 이르기까지 모든 이들을 위해 각기 다른 종류의 장소와 다양한 음식을 마련하고 있다. 이곳의 메뉴는 건강을 위한 간단한 식사에서부터 쇠고기 요리로 유명한 도시에서나 기대할 법한 고급 메뉴에 이르기까지 그 가격 또한 저렴한 것에서부터 값비싼 것까지 다양하다.

오프라는 레스토랑 사업에 흥미를 느꼈다. 평생 음식에 집착했기 때문이라기보다 친구들과 함께 춤도 추고 음식도 먹을 수 있는 특별한 공간이 좋았기 때문이었다. 그녀가 좋아하는 감자 요리가 그 레스토랑의 특별 메뉴로 등장하기도 했다. 물론 오프라 팬이라면 이 요리를 익히 알고 있을 터였다. 오프라 잡지를 통해 이미 그 요리법 ─ 으깬 감자에 양고추냉이를 간 양념과 크림이 곁들여진 ─ 이 소개되었기 때문이다. 오프라 추종자들은 그녀가 감자 애호가라는 사실을 알고 있다. 따라서 엑센트릭을 처음 방문한 이들 사이에서 그 특별 요리가 인기 메뉴가 되었다는 사실은 어찌 보면 당연한 일이었다.

그런데 체중 문제로 고민하는 오프라가 레스토랑을 운영하면서 그곳에 자주 드나들다 보면 체중 조절에는 도움이 되지 않을 것이 분명했다. 게다가 정크 푸드와 달콤한 디저트의 유혹 앞에서 종종 걷잡을 수 없는 통제 불능 상태가 되는 까닭에 체중감량을 하겠다는 목표는 좌절을 맛보아야 했다.

1991년에 오프라는 자신이 하고 있는 체중감량 방법 외에 또 다른 방법을 시도하기로 결심했다. TV 시청자에게도 밝혔듯이 수년 동안 이런저런 다이어트를 시도한 끝에 비로소 다이어트 전략에 변화를 주기로 결정한 셈이다.

오프라는 날씬한 몸매에 맞는 사이즈에서 조금 더 큰 사이즈, 그리고 결국엔 더 큰 사이즈의 옷을 구매해야 했다. 한동안은 트레이너를 비롯해 주방장과 함께 체중감량에 힘썼음에도 체중은 줄었다가 다시 불어나기 일쑤였다. 오프라와 그레이엄이 지중해로 호화여행을 다녀온 후에는 체중이 93킬로그램까지 증가한 것을 보고 또 한 번 실망하기도 했다.

오프라는 캘리포니아 남부에 위치한, 체중감량 휴양지로 유명한 칼아비 스파에서 건강을 위한 휴가를 보내던 중 그곳 주방장인 로지 데일리를 알게 되었다. 그녀는 그레이엄과 마찬가지로 뉴저지 출신으로, 아일랜드계 미국인 가정에서 태어난 열세 명이나 되는 형제들 중 한 명이었다. 오프라와는 달리 로지는 아담한 여성이다. 비록 그녀가 요리사가 되고 싶었던 것은 아니었지만 여섯 살 때부터 집에서 주방 일을 도왔던 덕분에 성인이 되어 캘리포니아로 거처를 옮긴 후에 레스토랑에서 일자리를 구할 수 있었다. 그녀는 요리사 보조에서부터 시작해서 결국엔 자격을 갖춘 요리사가 되었다.

오프라는 일주일 동안 그녀의 체중에 큰 변화가 오지는 않을 거라는 판단 하에 좀더 장기적인 방법을 강구해야겠다고 생각했다. 바로 그때 로지의 맛있는 저칼로리 요리에 감동을 받고 그녀에게 자신의 개인 주방장이 되어달라고 부탁했다. 로지를 설득하는 데는 무려 여섯 달이나 걸렸다. 로지는 주거지를 바꾸는 것을 원치 않았다. 게다가 자신의 일을 좋아했기 때문에 다른 이들로부터의 일자리 제의도 거절했던 터였다. 그뿐만 아니라 싱글맘인 그녀에게 캘리포니아는 아이를 양육하기에 좋은 장소이기도 했다. 오프라는 그녀가 거절할 수 없을 정도의 급여를 제안했다. 그 금액은 정확히 밝혀지지 않았지만 여행을 많이 다니는 오프라의 라이프스타일에 따라야 하는 만큼 후한 금액이었다고 전해졌다.

이곳 저곳에 집이 있는 오프라는 시카고와 인디애나, 캘리포니아, 콜로라도-이전에는 플로리다에 이르기까지-로 자주 여행을 떠난다.

로지는 오프라와 함께 살지는 않았지만 호반에 위치한 시카고 고층 아파트에서 오프라의 모든 식사를 준비했다. 먼저 아침 일찍, 점심식사와 간식거리를 준비한 후 스튜디오로 배달했고 그 후에는 다시 아파트로 돌아와 오프라와 스테드먼을 위한 저녁식사를 준비했다. 그리고 저녁에는 마지막으로 다음 날 아침을 위한 소량의 건강식-쥬스와 머핀-을 만들어 놓았다. 그런 그녀에게 주어진 특권은 설거지를 하지 않아도 된다는 것이었다.

예술에 항상 관심이 있었던 로지는 예술가가 되지는 못했지만 음식을 아름답게 보이게 하는 데 그녀의 관심을 쏟아부었다. 그녀는 음식이 어떻게 보이느냐가 음식을 즐겁게 먹는 데 상당히 중요한 영향을 미친다고 생각했다. 몇 해 동안 오프라의 삶에 공헌한 로지는 결국 오프라의 식습관을 개선시키는 데 성공했다. 오프라는 여러 차례 일시적으로 다이어트와는 거리가 먼 '타락의 길'로 빠지기는 했지만 결국 기름지고 전분이 많이 함유된 음식을 포기한 채 야채와 과일, 샐러드, 곡물을 섭취하기 시작했다. 한편 로지는 오프라의 요리사가 된 이후에 그녀가 좋아하는 음식만을 선택해서 〈로지와 함께 주방에서〉 책에 그 요리법을 소개했다.

오프라는 로지의 요리를 통해 매주, 그리고 일요일 저녁마다 외할머니가 해주셨던 푸짐하고 군침이 돌게 하는 음식들을 추억했다. 어린 시절 그녀가 먹던 음식은 남부 대부분 가정에서 먹던-현재에도 먹는-음식이다. 아침식사로는 버터를 듬뿍 발라 구운 비스킷과 치즈를 넣은 옥수수 죽을 비롯해 남부인들의 식탁에서 빠지지 않는 햄즙으로 만든

고기국물과 집에서 가공한 햄을 먹었다. 오프라는 농담삼아 이 정도로 간단하게 아침식사를 해결했다고 강조한다. 주중에 먹는 저녁식사는 좀더 칼로리가 높았다. 삶거나 튀긴 닭요리뿐 아니라 농장에서 재배한 까치콩이나 집에서 기른 옥수수로 만들 수 있는, 이를테면 콘브레드가 저녁 메뉴였다. 오프라의 외할머니 집은 빈곤했지만 음식만큼은 풍족했다.

오프라에게 음식은 부모 없이 생활하는 외로운 아이가 기대할 수 있는 보호와 위로, 사랑 등 모든 것을 상징했다. 다른 여느 아이들처럼 그녀도 몸에 좋은 음식이나 해로운 음식 따위는 생각하지 않았다. 아니 그럴 필요가 없었다. 혹여 그랬다고 해도 그녀가 어린 시절을 보냈던 세계에서는 별다른 선택권이 없었을 것이다. 집에서 재배할 수 있었던 먹을거리를 섭취하면 그만이었다.

로지는 오프라를 위해 몸에 좋은 음식을 먹게 하는 반면, 음식을 탐닉하는 태도를 제지하는 규칙을 마련했다. 가장 중요한 문제는 아무래도 지방이 적고 칼로리가 낮은 음식을 찾는 일이었다. 다이어트를 해본 일이 있는 사람에게는 이러한 요령이 친숙하게 들릴 것이다. 다이어트를 위한 비법이란 없다. 다만 낮은 칼로리에 맛있는 대체음식이 있을 뿐이다.

오프라는 식이요법을 바꾸고 꾸준히 운동하는 습관을 기른 후부터 성과를 얻기 시작했다. 하지만 어린 시절의 식습관을 완전히 없애기란 거의 불가능한 일이었다. 무언가 일이 제대로 진행되지 않을 때마다 음식은 그녀의 위안이자 위로가 되었다. 스트레스를 받으면 어김없이 폭식을 하는 습관이 튀어나왔다. 때문에 오프라가 로지의 규칙을 항상 따르기란 힘에 겨웠다.

오프라는 과식의 정서적인 부분을 강조하는 제닌 로스의 책을 포함해 다이어트에 관한 책이라면 안 읽어 본 책이 없다고 말한다. 그녀는 로스의 책 덕분에 식욕이 신체적인 필요에 의해서가 아닌 감정적인 문제를 회피하려는 데서 비롯된다는 사실을 이해하게 되었다고 말한다. 대부분의 과체중 사람들처럼 오프라 또한 기적적인 해결책을 원했다. 이른바 폭식의 원인을 알고 식이요법에 대해 꿰뚫고 있음에도 불구하고 문제를 회피하거나 무시하기 위해 시작된 폭식이 중독에까지 이른다는 사실을 알고 있었음에도 말이다.

수백만에 달하는 사람들이 오프라의 체중 문제를 너무나도 잘 알고 있다. 이따금씩은 전세계가 그녀의 고민을 알고 있는 것만 같다. 뉴스 칼럼니스트들은 오프라의 문제와는 거의 상관 없는 이들에 대해 글을 쓰면서도 그녀의 이름을 들먹인다.

예컨대 〈뉴욕타임스〉에 실린 음식 칼럼에서처럼 말이다. 이 칼럼은 한 페이지에서 반 이상이 니겔라 로슨이라는 영국 요리사의 훌륭함에 대한 내용으로 가득했다. 로슨이 진행하는 영국의 요리 프로그램 〈니겔라의 먹을거리Nigella Bites〉는 미국 연예 TV방송 〈이E!〉와 〈스타일 네트워크the Style network〉에서도 방영된다. 그녀는 또한 〈먹는 법How to Eat〉과 〈살림의 여신이 되는 법How to Be a Domestic Goddess〉이라는 두 요리책의 저자이기도 하다. 로슨과 오프라의 연관성을 찾기란 결코 쉽지 않다. 하지만 〈뉴욕타임스〉의 음식 칼럼니스트 아만다 헤서는 그 둘의 연관성을 찾았다. 〈구르메〉 잡지에 로슨이 한 영화배우와 닮았다는 글이 실리자 헤서는 그 의견에 이의를 제기하며 로슨이 일반인들처럼 평범한 문제를 안고 사는 전형적인 여성이라고 주장했다. 그녀는 로슨의 가족과 일, 삶과의 전쟁에 대해 쓴 글에서 '오프라 윈프리 효과'를 언급했다. 다시 말해 한 스타가 얼마나 흥미진진한 삶을 사는지, 평범한 가정주부의 삶과 비교해 얼마나 더 매력적이고 색다르게 보이는지와 상관없이 그들을 자세히 들여다보면 여느 일하는 여성들과 같은 문제를 떠안고 산다는 내용이었다. 따라서 독자와 시청자들이 그들과 비슷한 형편인 그녀의 이야기를 신뢰해도 된다는 것이었다. 헤서의 요지는 오프라가 했던 말을 반영하고 심지어 그 이야기를 반복하는 것처럼 들린다. 요컨대 스타들이 모든 것을 가진 것처럼 보이지만 그들에게도 약점은 있다는 의미였다.

한편 신체이미지 전문가로 알려진 에이드리엔 레슬러는 2000년 9월 〈피플〉지에서 낮 시간대 텔레비전의 여왕 오프라가 체중이나 신체이미지에 대한 문제에서 초연하다는 내용의 글을 썼다.

사실상 오프라가 그 이야기를 받아들이지 않는다고 해도 수십 년에 걸쳐 많은 기자들이 그녀를 일컬어 매력적이다거나 아름답다고 극찬했다. 만일 그녀가 특정 다이어트 프로그램에 참여하면 잡지와 신문에서는 이를 포착하고 기사를 내보낸다. 의심의 여지없이 다이어트 산업은 오프라와의 연결을 통해 이득을 취해왔다. 스타의 영향력이 효력을 발휘하는 예라 할 수 있다. 비슷한 사례로, 영국의 요크 공작부인 사라 퍼거슨은 체중에 신경 쓰는 이들 사이에서는 유명인사였다. 특히 여성 잡지들은 이런저런 다이어트 프로그램에 대해, 그리고 유명인사들이 시도한 특정 다이어트 프로그램의 효과에 대해 특집 기사를 내보내며 독자들의 관심을 유도한다.

한 기자는 오프라 쇼에 출연한 마돈나가 요가를 하고 있다고 말한 후로 이곳 저곳에 있는 요가 클래스가 사람들로 북새통을 이루었다고 전했다. 그럼에도 2002년 6월호 〈컨슈머 리포츠〉가 다이어트에 대해 다룬 특집 기사 '다이어트의 진실'에서 밝힌 것처럼 많은 미국인들이 오프라처럼 개인 요리사와 트레이너를 고용할 수 있는 특권이 주어진 삶을 살지 않는 이상 체중을 감량하기가 어렵다고 생각한다. 오프라의 잡지에서도 다이어트에 성공한 유명인사들에 대해 다루지만 실패 사례는 이야기하는 법이 없었다.

로지 데일리의 책 〈로지와 함께 주방에서〉가 출간 즉시 히트를 쳤다는 사실은 더 이상 놀랍지도 않다. 소문에 따르면 미국 출판업계에서 가장 빨리 판매된 책으로 불리는 이 책의 판매량은 6백만 권에 달했다. 1995년에 알프레드 노프에서 출판된 이 책의 성공은 오프라와의 커넥션 덕분에 가능했던 일이었다. 1993년에 두 여성이 출연한 〈오프라와 로지의 요리 학교 Oprah and Rosie' s Cooking School〉 또한 인기였다. 오프라는 로지의 책에서 소개한 요리법을 극찬했다. 그녀는 종종 음식 조절과 식이요법, 운동의 중요성에 대해 반복해서 이야기한다. 또한 건강한 음식이 먹기에도 좋다는 것은 물론이고 해로운 음식을 대신할 만한 대체 음식을 쉽게 찾을 수 있다는 로지의 믿음을 옹호한다. 더욱이 오프라가 운동 코치인 밥 그린을 만나고 딘 오르니쉬 박사의 책을 읽은 이후부터는 걷기 예찬론자가 되어 한층 더 건강해지기도 했다.

　3년 전 오프라는 노프 출판사에서 자서전을 출간할 계획을 세웠다. 그녀가 자신의 이야기를 쓰겠다고 발표한 순간부터 그 책은 이미 유명세를 타기 시작했다. 출판사는 오프라의 두터운 팬층을 생각하며 그녀의 자서전이 엄청나게 팔릴 것이라고 기대했다. 하지만 대필 작가가 원고를 거의 완벽하게 준비해 놓은 시점에서 오프라는 당분간 자서전을 출간하지 않겠다며 계약을 철회했다. 그 일 이후 오프라는 노프 출판사 측에 위로의 의미에서 로지 데일리의 요리책을 출간하도록 했고 이 책은 불티나게 팔렸다. 그 덕분에 로지는 더 이상 생계를 위해 요리를 하지 않아도 될 만큼 부자가 되었다.

　오프라가 없었다면 로지의 책은 건강을 위한 그저 평범한 요리책이 되었을지도 모른다. 하지만 오프라를 위한 요리책은 로지를 부자로 만들었다. 요리사로서 몸값도 올랐을 뿐만 아니라 책도 잘 팔렸기 때문이다. 이 책은 오프라가 집에서 먹는 저녁식사 메뉴를 소개하며 독자들 또한 그녀가 먹는 똑같은 음식을 요리해서 먹고 그녀처럼 체중 조절도 할 수 있다고, 독자들에게 결코 뿌리치기 힘든 유혹을 하고 있다.

　로지의 책에는 오프라가 서두를 썼는가 하면 그녀의 이름이 겉표지를 장식하고 오프라의 매력적인 사진과 글들이 책 전반에 등장한다. 로지는 오프라와 스테드먼을 위해 일하는 데 행복해했고 그들의 요리사로서 할 수 있었던 모든 일에 감사를 전했다. 고급 휴양지에서 일한 요리사답게 그녀는 책 전반에서 몸에 좋은 음식을 강조했다. 각각의 요리법은 보기에도 아름답고 몸에도 좋은 '창조물'로 평가받았다. 더욱이 많이 먹어도 살이 찌지 않는 이른바 '죄책감'을 느끼지 않아도 되는 음식이 소개되었다.

　　로지의 책은 기름진 프랑스 스타일 요리를 소개하는 줄리아 차일드의 요리책과는 다르다. 오프라는 프랑스 음식을 그다지 좋아하지 않는다고 말했다. 이는 로지의 책을 통해서도 짐작할 수 있다. 그녀는 향신료를 사랑할 뿐만 아니라 아일랜드 스타일의 요리를 좋아한다. 로지의 요리에는 프랑스 요리의 필수 재료인 버터, 지방을 빼지 않은 우유, 크림, 기름이 들어가지 않는다. 또한 시골 요리의 특징인 기름에 튀긴 음식들을 금한다. 그 대신 튀기는 요리법을 대체하는 중요한 비법을 사용한다. 남부에서 어린 시절을 보낸 오프라에게 친숙한, 기름에 튀긴 옛날식 요리는 로지의 비법을 통해 새로운 스타일의 맛있는 감자와 크랩 케이크, 메기, 닭고기 요리로 탄생한다.

　　이 책은 마치 요리 경험이 없는 초보 요리사를 위한 듯 주방 구성에서부터 재료 준비, 음식 준비, 시각적으로 매력 있게 보이는 방법 등을 쉽게 전해 줌은 물론이고 몸에 좋은 저칼로리 재료 또한 소개한다. 또한 간단히 준비할 수 있는 메뉴를 상세하게 설명한다.

　　이 책에서 등장하는 첫 번째 메뉴는 오프라가 매일 먹는다는 스프이다. 스프를 좋아한다는 오프라의 짤막한 글이 소개된 후에 본격적인 요리법이 나오는데, 이처럼 각 부분에 오프라의 해설 몇 마디가 첨가되고 있다. 예컨대 그녀는 점심 메뉴로 겨울에는 스프와 샌드위치, 여름에는 스프와 샐러드를 먹는다고 독자에게 전한다. 그 후 로지는 재료를 설명한 후 지방 함유량, 칼로리를 비롯해 몇 끼 분인지를 밝힌다. 로지의 스프는 전통적인 요리책에서 설명하는 평범한 요리와는 다르다. 그 스프에는 다양한 허브와 양념이 첨가되는데 그 중 몇몇은 특산품점이나 우편 주문을 통해서만 구입할 수 있는 재료도 있다.

이 책이 오프라가 무엇을 먹는가를 상세하게 알리는 것을 목적으로 하는 만큼 각 장에는 오프라가 좋아하는 특정 음식이 소개된다. 로지는 살찌는 음식으로 알려진 피자나 파스타도 자신만의 요리법으로 재탄생시킨다. 로지는 체중을 염려하는 사람이 피자와 파스타를 먹을 거라고는 상상하기 힘들지만 자신이 만든 피자와 특별 소스라면 상관없다고 말한다. 미국인들은 오랫동안 이러한 음식을 즐겨 먹어왔고 오프라 또한 일주일에 다섯 번이나 파스타를 먹는다고 이 책의 파스타 편 서두에서 간략하게 밝혔다. 오프라와 로지 둘 다 다양한 종류의 반죽과 소스를 혼합하는 방법을 좋아하는 것처럼 보인다. 로지는 소스의 종류는 무궁무진하다고 자신한다.

로지는 올리브 오일이 첨가되지 않은 특별한 페스토를 만든다. 그녀의 페스토에는 올리브 오일 대신 레몬즙이 들어간다. 심지어 살찌는 음식으로 간주되는 브루스케타 또한 그녀만의 건강식 버전으로 재탄생시킨다. 파스타의 마지막 장에는 구운 야채 샌드위치 요리법이 소개된다. 로지가 선택한-오프라가 좋아하는-채소를 통해 오프라가 남부 출신이라는 사실이 또다시 드러난다.

많은 이들이 알고 있듯이 오프라는 감자 요리를 무척이나 좋아한다. 로지가 소개한 두 가지 요리도 역시 감자 요리다. 물론 오프라가 어린 시절 즐겨 먹던 튀김 종류는 아니지만 향신료를 좋아하는 그녀의 기호가 충분히 고려되었다. 첫 번째는 머스터드 소스를 바른 구운 감자이고 또 다른 것은 요거트 머스터드가 곁들여진 돼지 감자 요리이다. 감자 그라탱 요리법도 소개되었는데 물론 이는 살찌는 일반 그라탱과는 다른 방법으로 조리되었다.

다이어트에 열심인 사람들의 메뉴에 샐러드가 빠질 수는 없을 것이다. 어린 시절 남부에서 지내는 동안 거의 모든 음식을 기름에 조리해 먹었던 오프라에게 샐러드는 좋아하지 않는 음식이었다. 로지의 책에도 나와 있듯이 그녀가 샐러드를 싫어했던 것은 그저 맛이 없다는 이유 때문이었다. 하지만 로지의 도움으로 오프라는 샐러드를 다시 평가하게 되었다.

로지는, 샐러드는 아이스버그 레티스iceberg lettuce(양상추의 일종 - 옮긴이)뿐이라는 오프라의 고정관념을 탈피시키기 위해 그녀가 알지 못했던 다양한 종류의 야채를 메뉴로 등장시켰다. 오프라에게 어린 시절을 비롯해 그 이후에도 남부에서 샐러드라면 으레 어디서 먹든 항상 똑같이 맛없는 음식이었다. 샐러드 드레싱은 심지어 아주 평범했다. 로지는 고칼로리 드레싱은 피하는 반면에 색이 고운 생야채 샐러드나 화로 위에 구울 수 있는 흥미로운 샐러드 메뉴를 소개한다. 이제 오프라는 샐러드 팬이 되었다고 말한다.

로지가 개인 요리사가 된 이후로 오프라는 영양가 있는 음식 예찬론자가 되었다. 그리고 저녁식사에 친구들을 초대해서 좋은 음식을 함께 먹는 것을 즐겼다.

한편 로지의 책 앙트레 편에서는 저칼로리, 저지방 스페인 음식 파에야가 소개되었다. 오프라의 저녁식사에 초대된 게스트들이 특별히 이 음식을 좋아하기 때문이었다. 또한 텍사스·멕시코 절충 요리로 다소 양념향이 강한 살사salsa(멕시코와 스페인 요리에 쓰이는 매운 칠레 소스-옮긴이)를 곁들인 팥밥도 포함되었다. 책에는 비록 가격이 거의 언급되지 않았지만 이 요리법은 비용도 많이 들지 않을 뿐 아니라 칼로리도 적은 것이 특징이다.

로지가 소개하는 대부분의 음식은 색다른 조미료가 가미되거나 독자들이 기대하는 것과는 다른 방법으로 조리된다. 예컨대 파인애플 처트니chutney(카레 따위에 뿌리는 달콤하고 시큼한 인도 조미료-옮긴이)를 곁들인 구운 오리 요리는 친숙하게 들리지만 로지가 소개하는 요리법은 특별하다. 로지는 자신만의 요리법이 훌륭한 것은 물론이고 쉽다는 것을 강조한다.

그녀는 자신의 요리 가운데 머스코비 오리 가슴살을 추천한다. 이는 값이 비싸고 구하기도 어렵지만 살이 단단하고 뼈가 없기 때문에 훌륭한 음식이라고 말한다. 책 마지막에 저자는 색다른 음식 재료를 판매하는 상점 주소와 전화번호에 대한 정보를 제공한다. 로지가 값비싼 머스코비 오리 가슴살을 추천하는 데 대해 독자들은 음식비용은 크게 개의치 않는 고급 휴양지 요리사였던 그녀의 경력을 떠올린다.

책의 마지막은 대부분의 식사 마지막에서처럼 디저트를 소개한다. 오프라는 식사 마지막에 단 음식 먹는 것을 좋아한다. 독자들이 건강한 다이어트 음식을 떠올린다면 로지가 선택한 디저트-망고 파르페, 초콜릿 두부 케이크, 향신료를 넣은 밀기울(밀을 빻아 체로 쳐서 남은 찌꺼기-옮긴이) 머핀-를 보고 실망하지 않을 것이다. 만일 토핑을 원한다면 그녀는 가짜 생크림을 추천해 줄 것이다.

로지에 이어 오프라의 요리사가 된 사람은 아트 스미스였다. 그는 살림을 잘 하기로 소문난 마사 스튜어트를 포함해 다양한 유명인사들의 요리사로 일한 경력이 있었다. 요리를 하지 않는 오프라와는 달리 스튜어트는 자신의 잡지에 그녀만의 요리법을 소개하기도 했다. 반면에 오프라가 〈O〉에 소개했던 유일한 요리는 특별 감자 요리뿐이었던 것 같다.

1997년 이래로 오프라의 요리사로 일하고 있는 스미스의 크리스마스 메뉴는 2002년 연말호 〈O〉에 특집기사로 실렸다. 로지 데일리와 마찬가지로 그 또한 요리책을 출간했지만 그다지 성공하지는 못했다. 이는 아마도 스미스가 독자들에게 오프라가 좋아하는 음식이 무엇인지 밝히지 않았기 때문인지도 모른다. 하지만 〈팜 비치 포스트Palm Beach Post〉 같은 신문에 실린 스미스 책의 논평 글 표제에는 어김없이 오프라의 이름이 등장했다. 더군다나 그 책의 앞뒤 표지에는 스미스가 오프라의 개인 요리사라는 사실을 온 세상이 알 수 있도록 크게 선전문구가 적혔다.

스미스의 요리책 〈식탁으로 돌아가서:음식과 가족의 재회Back to the Table: The Reunion of Food and Family〉에 소개된 요리법 중 몇몇은 로지의 책처럼 오프라가 좋아하는 향신료를 포함하고 있다. 그리고 그 역시 라틴 시장에서 주로 구입할 수 있는 요리용 바나나와 호박씨, 마드라스 카레

등의 재료를 이용하는 점에서 로지와 비슷한 부분이 있다. 하지만 그의 요리책의 초점은 로지가 중점으로 하는 부분과는 상당히 차이가 난다.

로지의 요리가 실용성을 위주로 한 반면에 스미스의 요리는 그렇지 않다. 로지는 전에 뉴욕과 캘리포니아에서 거주했지만 스미스는 어린 시절을 플로리다 주 시골 지방인 팬핸들 지역 재스퍼에서 보낸 남부인이다. 그의 할머니 조지아의 집에서 먹던 음식이 오프라의 외할머니가 만든 음식과 비슷했다는 사실은 놀라운 일도 아니다. 어린 스미스와 어린 오프라가 먹던 음식이 대부분 비슷했던 반면에 그들이 살던 집은 상당히 달랐다. 해티 매의 집은 수도 시설과 실내 화장실이 갖추어지지 않은 소규모 목재 집이었던데 반해 조지아의 집은 벽돌로 지은 고대 빅토리아식 대규모 건물로, 그녀는 한때 이 집에서 하숙을 치며 손님들에게 식사를 제공하기도 했다. 스미스의 할머니가 직접 만든 비스킷과 잼, 젤리는 유명했다. 그리고 조지아 또한 해티 매처럼 농장에서 손수 기른 채소와 가축을 이용해 음식을 만들었다. 요리한 이가 흑인이든 백인이든 남부의 음식은 크게 다르지 않았다.

저자 자신을 그대로 반영하고 있는 스미스의 요리책은 정다우면서도 수다스러운 느낌을 준다. 이 책은 소소한 이야기들을 비롯해 개인적인 추억으로 가득하다. 그는 일요일 정찬과 교회, 주일에 대해 이야기하며 ‘위안’과 ‘사랑’이라는 단어들을 반복적으로 사용하면서 철학적으로 사색한다. 스미스에게 음식은 사랑의 상징인 반면에 오프라에게는 사랑의 대용이었다. 스미스에게 음식은 가족과 전통, 부활을 뜻한다. 더욱이 그는 식사를 함께 하면서 사랑을 나눈다고 믿는다. 하지만 오프라에게 음식은 인생에서 느끼는 실망에 대한 방패막이었다.

스미스에 따르면 사랑을 담아 요리한 음식은 치료를 위한 촉매제 역할을 한다. 영국신문 〈더 포스트〉의 논평가는 이러한 스미스의 시각을 부각시키며 그에 대해 이야기한 기사의 표제 ─ '오프라의 요리사가 전하는 충고:사랑을 담는 것을 잊지 마세요' ─ 를 볼드체로 강조했다. 비꼬기 좋아하는 사람이라면 이를 판매 전략으로 간주할지도 모른다. 하지만 스미스는 사랑을 담아 음식을 만들어야 한다는 사실을 그에게 처음으로 알려준 사람이 그의 어머니와 두 할머니, 그리고 숙모였다고 말한다. 사랑을 담아 요리한 음식을 가족이 먹으면 그들의 삶이 풍요로워진다는 스미스의 주장은 다만 감상적인 이야기에 지나지 않을까? 아니면 진실성이 담겨 있는 이야기일까?

가족과 사랑의 의미는 스미스의 마음과 음식 속에서 공존한다. 그의 한 숙모는 어떤 괴로움이든 케이크면 다 낫게 할 수 있다고 믿는다. 그래서 자신의 조카가 위안이 필요하다고 생각될 때마다 그에게 케이크를 보낸다고 한다. 그는 어린 시절 가족과 많은 시간을 보냈다. 그리고 지금도 마찬가지다. 반면에 오프라의 가족은 항상 분리되어 있었다. 그리고 심지어 현재에도 그녀는 가족과 친척들로부터 위로나 사랑을 느끼지 못한다. 그럼에도 스미스의 철학에는 강력한 호소력이 느껴진다.

스미스는 사랑이 들어간 음식을 가장 훌륭하다고 생각하는 반면 로지는 칼로리와 지방을 통제하여 만든 음식을 훌륭하다고 말한다. 다이어트를 하고 있는 오프라 역시 한편으로는 로지의 생각에 동의하면서도 외로움과 애정결핍에 대한 기억은 그녀로 하여금 스미스가 만드는 위안을 주는 음식에 눈길을 가게 만든다. 스미스가 요리한 기름에 튀긴 닭요리는 그녀가 어린 시절에 먹던 음식을 연상시키고 즐거웠던 기억과 다소 엄격했던 외할머니였지만 그 속에서 느꼈던 따뜻함을 떠오르게 한다.

오프라는 수십 년에 걸쳐 이런저런 다이어트를 통해 체중을 감량하려고 필사적으로 노력했다. 그리고 로지를 특별요리사로 고용한 후에도 마음을 놓지 못하며 격렬한 운동을 병행해야 한다는 생각을 잊지 않았다.

사실 그녀는 어른이 되기 전까지는 뚱뚱하지 않았다. 하지만 그녀가 처음으로 일을 했던 스물두 살 때의 볼티모어 WJZ-TV 공동앵커 시절부터 그녀의 삶에 체중은 중요한 이슈가 되었다. 음식은 그녀에게 위안 그 이상의 의미를 가졌다. 심지어는 생명과도 다름없었다. 그녀가 메릴랜드 외곽 콜롬비아로 불리는 계획도시에서 살던 시절 집 근처 쇼핑몰에 있던 푸드 코트의 유혹은 그녀의 문제를 확대했다. 새로운 환경에서 새로운 일을 시작했던 오프라는 음식을 통해 그녀의 삶에서 부재했던 모든 것을 충족시키려 했다. 이러한 습관은 쉽게 극복되지 않았고 몇 년 후에는 결국 밥 그린의 도움을 받아야 할 지경에 이르렀다. 그는 곧 오프라의 개인 트레이너이자 친구, 그리고 오랜 보조자가 되었다. 그의 책에 소개되었듯이 체력, 신진대사, 체중감량 전문가인 밥 그린은 오프라가 배워야 할 모든 지식을 가지고 있던 셈이었다.

오프라가 살을 빼기 위해 진지하게 노력하기 이전에는 여러 글 속에서 조소의 대상이 되기 일쑤였다. 신문의 스타일 섹션, 가십 칼럼, 유머 에세이는 물론이고 심지어 비즈니스와 경제 뉴스 면에서도 그녀를 우스갯거리로 다뤘다. 오프라가 시카고 텔레비전 진행자로 알려졌던 순간부터 그녀는 이른바 언론의 타깃이 되었다.

1986년부터 그녀가 점차 많은 팬층을 확보하고 경쟁자들에게 도전 상대로 보이기 시작하자 그녀의 외모에 대한 조소는 더해 갔다. 그녀는 '육중한', '풍만한', '뚱뚱한'이란 표현으로 묘사되었고 심지어는 동네 냉장고 속의 살찌는 스낵들을 모두 먹어버리는 뻔뻔스러운 캐릭터로 비유되기도 했다. 유머작가인 아트 부트월드는 그의 칼럼에서 오프라의 늘었다 줄었다 하는 체중을 소재로 익살스러운 글을 썼다. 비즈니스 뉴스에서는 재계에서 잘 알려진 한 여성이 자신의 체중을 오프라의 체중과 비교하기도 했다. 심지어 인터넷 유머에서조차 오프라를 좋은 소재로 삼으며 그녀를 일컬어 컴퓨터 하드 드라이브를 수축시키거나 팽창시킬 수 있는 '바이러스'라고 불렀다.

체중 문제로 고민이 많았던 오프라는 이런저런 해결책을 찾아다녔다. 통제된 환경에서 살을 빼기 위해 스파를 찾았던 것도 여러 번이었다. 그러던 중 밥 그린을 만나 그를 개인 트레이너로 고용했다. 그가 오프라를 처음 만난 것은 콜로라도 텔룰라이드에 있는 한 스파에서 피트니스 디렉터로 일하던 1992년이었다. 그린은 오프라에 대해 들어 본 일이 있었지만 그녀의 쇼를 시청한 일은 없었다.

그가 사우스 플로리다의 한 병원에서 피트니스 프로그램을 운영할 무렵, 체중감량 클래스에 대해 문의하는 전화가 빗발치기 시작했다. 액상 다이어트liquid diet를 통해 30킬로그램을 감량한 오프라의 이야기가 오프라 쇼에 방송되자 이를 본 시청자들이 그린이 운영하는 클래스에 수강하고자 난리였다. 30킬로그램이나 되는 지방이 담긴 수레를 무대 이쪽 저쪽으로 끌고 다녔던 그 날의 극적인 방송은 시청자들에게 강력한 효과를 불러일으켰다. 오프라 쇼에서 액상 다이어트의 결과에 초점을 맞추었음에도 그 여파는 그린의 피트니스 프로그램에까지 미친 것이다. 그의 클래스에 대해 문의하는 수많은 플로리다 주민들 가운데 물론 오프라는 없었다. 그녀는 여전히 액상 다이어트의 효과를 믿고 있었고 운동의 필요성은 느끼지 못한 터였다.

그린은 액상 다이어트의 지속적인 효과를 믿지 않았다. 그리고 오프라가 정상적인 식사를 하기 시작하면 체중이 다시 증가할 것이라고 확신했다. 그의 믿음은 일 년 안에 증명되었다. 오프라는 전보다 더 체중이 증가하고 말았다. 오프라에 관한 이야기라면 전 국민이 주목하는 까닭에 그녀가 다시 뚱뚱해지자 온갖 미디어에서 이를 놓치지 않았다. 이를 계기로 더 많은 플로리다 주민들이 그린의 피트니스 클래스에 문의 전화를 했고 다른 운동 시설 또한 같은 상황이었을 것이다.

2년 후 그린은 플로리다를 떠나 콜로라도로 갔다. 플로리다의 바다와 평평한 시골길보다 서부의 산이 더 좋았기 때문이었다. 오프라를 만난 것은 그가 텔룰라이드의 새로운 스파 휴양지에서 일을 시작한 지 얼마 안 되었을 무렵이었다. 그녀는 단지 체중감량을 위해 스파를 찾았지만 그들의 만남은 믿기 어려운 이야기였다. 그로 말할 것 같으면 집에 텔레비전조차 없었을 뿐만 아니라 방송에는 전혀 관심이 없는 사람이었기 때문이다.

그 무렵 오프라는 옵티패스트의 액상 다이어트Optifast liquid diet를 포기하고 로지가 준비한 식사를 통해 체중감량을 시도하고 있었다. 하지만 식이요법만으로는 그녀가 원하는 것을 얻지 못했다. 텔룰라이드에 머물렀던 3주 동안 오프라는 4.5~5.5킬로그램 감량에 성공했고 그린에게 다시 돌아오겠다는 말을 남기고 떠났다.

1995년에 〈멋진 몸과 멋진 삶을 위한 10단계〉가 출간되었다. 사실 이는 그린의 책이었지만 오프라와 그린의 공동 작업으로 보이게 하려는 의도에서 둘의 이름이 나란히 쓰였고 책 겉표지에도 역시 둘의 사진이 실렸다. 그럼에도 일부에서는 그 책을 오프라의 책으로 부르기도 한다. 사실상 이 책을 쓴 이는 그린이었지만 그의 철학이 아무리 훌륭하고 그의 훈련 방식이 유용하다고 한들 오프라와 관련이 되지 않았다면 그런 엄청난 성과는 기대하지 못했을 것이기 때문이다.

그 책의 첫 챕터 32페이지까지는 오프라와 관련된 이야기로 채워져 있다. 그들의 만남, 오프라의 체중과 싸움을 비롯해 그 둘이 함께 일하는 동안 얻은 깨달음 등의 내용이었다. 그들이 처음 만나고 3주가 지나기 전에 그린은 오프라에 대해 많은 것을 배웠다고 말한다. 이는 오프라와 같은 삶을 목표로 삼고 있는 많은 이들의 관심을 모았다. 체력이 좋은 오프라는 남는 체력을 운동으로 소모시켜야 했다. 그녀는 여러 해 동안 로지 데일리를 개인 요리사로 곁에 두면서 건강한 식습관을 길렀다. 그는 오프라가 가지고 있는 정신력이야말로 변화를 가져오는 데 필수적이라고 설명하면서 그 힘이 없다면 오직 실패가 기다릴 뿐이라고 설명했다.

오프라가 체중 조절을 하는 과정에서 느낀 고통과 실망은 책 전반에 실린 많은 사진들을 통해 명확히 전달되었다. 사진 한 장이 천 마디의 이야기보다 효과가 있었다. 날씬하고 더 날씬한 모습의 사진, 뚱뚱하고 더 뚱뚱한 모습의 사진, 마라톤을 준비하며 4시간 30분을 뛰는 모습의 사진, 그리고 마지막으로 미소짓고 있는 아름다운 오프라가 남자 친구인 스테드먼 그레이엄과 함께 찍은 사진은 체중감량에 성공한 그녀의 모습을 여실히 드러내고 있었다.

한편 두 가지 문제가 오프라를 괴롭혔다. 하나는 다른 많은 사람들처럼 오프라 또한 신진대사가 원활하지 않다는 점이다. 그녀는 항상 고통과 괴로움을 느끼면 음식을 섭취했다. 그린의 지적에 따르면 오프라는 배고픔을 해결하기 위해서보다는 스트레스 해소를 위해 먹었다.

오프라의 생활을 지켜본 그는 다이어트 규칙을 깨뜨리는 다양한 원인을 깨달았다. 그녀는 간식을 즐기고 자주 외식을 하며 해로운 음식을 먹는다. 또 축하의 자리에 자주 참석하며 살찌는 음식을 좋아한다. 일이 잘 풀리면 먹고 일이 잘 풀리지 않아도 먹는다. 오프라의 다이어트를 중요시하지 않는 친구들과 식사를 하는 것도 문제이고 외식과 놀이문화를 좋아하는 그녀가 친구들의 제안을 거절하지 못하는 것 또한 문제였다.

그린의 책이 오프라에게 초점을 맞추고 있지만 체중문제에 관해 그가 이야기하는 사실들은 오랫동안 체중과의 싸움을 했던 누구에게나 적용할 수 있는 부분이었다. 일반적으로 다이어트 책이나 다이어트 프로그램은 체중과 관련된 문제들을 말한다. 그리고 역설적으로 들릴지 모르지만 잃는 것에 대해 이야기할 때면 얻는 것 또한 강조한다. 즉 다이어트를 통해 자신의 삶을 관리감독하여 스스로를 존경하고 사랑하는 것은 물론이고 자신감 또한 얻는다는 사실을 강조한다는 의미이다. 그린은 오프라가 직면해야 했던 문제들을 언급하면서 이는 많은 이들에게 해당되는 보편적인 문제이기도 하다고 밝혔다. 물론 몇몇은 관계가 없을지도 모르지만 말이다. 그린은 체중을 감량하려는 오프라의 노력을 외면하는 친구들에 대해 솔직히 지적했고 오프라 역시 자신의 체중 감량 노력에 부정적으로 반응하는 팬들에 대해 근심을 털어놓았다.

그린은 체중과는 직접적으로 상관없는 문제에 대해서는 회피했다. 누군가 체중감량을 한데 대해 그의 친구나 동료, 파트너들의 반응과 관련해서는 이야기하지 않았다. 그는 운동 생리학자일 뿐 심리학자는 아니기 때문이었다.

오프라는 시련과 실수, 고통스러운 경험을 통해 우리들 각자가 자신이 원하는 변화를 얻어야 한다는 사실을 배웠다고 독자들에게 이야기한다. 또한 우리가 약하다는 이유로, 혹은 다른 이들을 기쁘게 해주려는 목적에서 우리의 삶을 다른 이들의 손에 맡겨서는 안 된다고 말한다.

그녀는 자기 자신을 먼저 받아들이는 것이 변화의 시작이라고 말하면서 이를 위해서는 우리가 누구인지를 스스로 파악해야 한다고 강조했다. 그리고 노력을 통해서만 변화가 찾아온다고도 말했다. 그녀는 운동에 너무나 지친 나머지 비명을 지르고 싶었던 때도 있었다고 고백했다. 그녀에게 운동은 결코 끝도 없는 시련으로 느껴진 적도 많았던 모양이다. 하지만 그린은 운동이야말로 변화를 위한 필수조건이라고 주장하며 그녀의 불평을 인정하지 않았다. 또한 인생의 다른 요소들과 마찬가지로 운동에도 좋은 날이 있는 반면에 덜 좋은 날도 있다는 사실을 이해해야 한다고 말했다. 그의 책에서 거의 언급되지 않은 내용은 바로 다른 많은 이들의 성공한 사례에 대한 이야기이다.

체중감량을 위해 온갖 노력을 다하는 동안 오프라가 낙담한 적은 한두 번이 아니었다. 운동을 해도 더 이상 체중이 빠지지 않는 시점에 도달했기 때문이었다. 하지만 그녀가 1993년에 그린을 만났을 때 그는 그녀의 문제점을 재빨리 분석했다. 식이요법과 기존의 운동이 도움이 되지 않았던 만큼 오프라에게는 신진대사를 촉진시킬 수 있도록 매일매일 좀더 강렬한 운동이 필요했던 것이다. 그는 또한 오프라가 아침에 일을 시작하기 전 운동을 하도록 충고했다.

그린의 조언에 따라 오프라는 프로그램 녹화를 하기 전 운동을 하기 위해 새로운 일과를 시작해야 했다. 오프라의 하루는 길고 고되다. 그런 그녀에게 운동은 이따금씩 고통스럽기도 하지만 큰 도움을 주고 있는 것이 사실이다. 오프라는 매일 5시에 기상해서 운동을 하고 샤워를 한 후 머리를 말리고 화장을 한다. 이는 모두 녹화가 시작되는 9시까지 그녀가 하는 일이다. 그녀는 프로그램 녹화 외에도 회사 경영에 참여하며 끝도 없는 회의에 참석해야 할 뿐만 아니라 수없이 많은 여행을 다니기도 한다.

훌륭한 의상과 메이크업, 눈길을 끄는 헤어스타일 등 그녀는 대중에게 매력적인 모습으로 비춰진다. 기자들은 이런 그녀에게 다른 몇몇 스타들에게서 보이는 허영심은 찾아볼 수 없다고 말한다. 이를테면 오프라는 이따금씩 그녀의 스튜디오에서 화장기 없는 얼굴로 머리 손질도 하지 않은 채 편안한 옷차림으로 세계적으로 유명한 사람들을 만나기도 했다.

밥 그린과 처음으로 체중감량 운동을 하기 시작했을 때 오프라는 1.6킬로미터 당 17분이라는 다소 느린 속도로 걸었다. 하지만 얼마 후에는 13분, 그리고는 또다시 8분으로 시간을 단축시켜 나갔고 곧 조깅을 시작할 수 있게 되었다. 그녀는 빨리 걷기를 통해 체중을 유지할 수 있었지만 체중감량을 위해서는 조깅이 불가피했다. 오프라는 걷기와 근력강화 운동, 조깅 혹은 러닝머신을 통해 강렬한 운동을 해야 했다. 그녀는 시간상의 압박과 고통이 뒤따르긴 했지만 정서적으로나 신체적으로 운동은 큰 도움이 되었다고 말한다. 오프라는 심지어 휴가 중에도 걷기나 조깅, 러닝머신에서 달리기 등 평소와 다름없이 운동을 한다고 말한다.

〈멋진 몸과 멋진 삶을 위한 10단계〉는 운동을 하는 이들이 따라야 하는 다양한 단계를 소개하고 있다. 그리고 그린이 정한 규칙에 대해 오프라의 개인적이고 고백적인 코멘트가 뒤따른다. 예를 들면 그린이 4단계 과정에서 균형 있는 저칼로리 식이요법을 병행해야 한다고 요구할 때 오프라는 자신이 어렸을 때 그녀의 가족 중 누구도 저지방 음식에 대해서는 아는 바가 없었다고 독자들에게 이야기한다. 채소를 포함해 어떤 재료도 기름 없이 요리되는 법이 없었다. 그러던 그녀의 삶에서 체중이 고민거리가 되기 시작해서야 비로소 칼로리와 음식량, 부담 없이 먹을 수 있는 간식이 무엇인가에 대해 배워야 했다. 또한 식이요법 중에 알코올이 어떤 영향을 끼치는지 - 술을 전적으로 마시지 말아야 하는지 혹은 아주 적은 양은 마셔도 되는지 - 를 알게 되고 늦은 저녁에는 건강에 이로운 간식마저 피해야 하며 하루에 많은 양의 물을 마셔야 한다는 사실도 배웠다. 물을 마시는 일마저 오프라에게는 곤욕이었다. 사실 그녀는 어떤 종류의 물도, 심지어는 음료수조차 싫어한다.

한편 물을 마시는 데도 규칙이 있었다. 특정 시간 이후로는 간식이나 식사를 하지 않듯이 숙면을 취하기 위해서는 저녁 6시 이후에 물 마시는 일도 금지였다. 오프라는 물과 관련된 재미있는 에피소드를 전했다. 그린과 처음 운동을 시작하면서 물 마시는 것에 적응해야 할 때였다. 인디애나 시골집에서 트레이너와 함께 뛰던 중 오프라는 볼일을 보기 위해 여러 차례 달리기를 멈춰야 했다. 시골길에는 화장실이 없었으므로 길가 관목 숲에서 일을 봐야 했다. 하지만 그때조차도 그녀의 일거수일투족을 놓치지 않고 시도 때도 없이 사진을 찍어대는 사진기자들을 의식하지 않을 수 없었다. 그리고 우스꽝스러운 자세로 일을 치르는 동안 행여나 사진기자의 촬영감이 되지는 않을까 염려했다는 것이다. 오프라는 혹시나 자신의 그런 모습을 건진 기자가 있었다면 그 길로 은퇴해서 평생 풍요롭게 살 수 있을 거라며 너스레를 떨었다.

오프라는 항상 일기를 쓰며 모든 활동의 성과와 실수를 꼼꼼히 기록해둔다. 그린의 철학적 개념을 받아들이고 이를 실천하는 모습 또한 일기에 상세하게 기록했다. 그린은 삶의 기쁨에 대해 이야기하면서 오프라에게 일상에서 스트레스를 받기보다는 행복을 찾으라고 격려했다. 오프라는 그 전까지만 해도 영화 〈컬러 퍼플〉을 촬영하는 동안이 평생에서 가장 행복하고 만족스러운 순간으로 생각했다고 말한다. 그린은 오프라가 다시 새롭게 시작한다는 목표를 세우고 다른 면에서 행복을 찾기를 바랐다. 그리고 마침내 그린이 바라던 대로 오프라는 삶의 매 순간에 기쁨을 느끼기 위해 노력했다. 예를 들면 다이어트를 통해 얻은 성과로 즐거움을 느끼기 시작한 것이다.

2002년에 사이몬 앤 슈스터는 그린의 또 다른 책 〈프로그램을 통해 목표 달성하기! 좋은 식습관을 위한 지침서The Get with the Program! Guide to Good Eating〉를 출간했다. 이 책은 2003년 1월 한 주간 베스트셀러 50위 가운데 12위를 기록했다. 〈USA 투데이〉는 그린의 새로운 책을 일컬어 에너지를 증가시키는 요리법을 제공하고 식이요법 프로그램을 소개하고 있다고 언급했다. 그의 이전 책과는 달리 이 책은 오프라의 사진은커녕 그녀의 글도 포함되지 않았다. 하지만 그린과 오프라의 관계는 이미 사람들에게 강하게 인식되고 있었기에 문제없었다. 그는 오프라의 라이프스타일 변신 그룹Lifestyle Makeover Team의 회원으로서 〈O〉를 비롯해 오프라의 온라인 프로그램에 글을 연재하는 등 계속해서 그녀의 건강과 체중감량을 책임지는 전문가로 활동하고 있다.

그린의 지도가 오프라 생활의 일부가 되었을 때 비로소 바라던 효과가 나타났다. 오프라가 걷기에서 조깅 단계로 넘어갈 수 있을 만큼 컨디션이 좋은 상태가 되자 그녀는 그린이 제안한 경주에 참여할 수 있게 되었다. 오프라는 부득이하게, 다시 말해 꽉 짜인 스케줄 때문에 조깅에서 달리기 단계로 넘어갔고 그 결과 하프마라톤에도 참여하기에 이르렀다. 그리고 마침내 그녀의 마흔 번째 생일을 기념하는 의미에서 워싱턴 D.C에서 열리는 해병대 마라톤에 참가하기로 결정했다.

많은 유명인사들이 일부 달리기 대회에 참가하지만 이런 대회와는 다른 해병대 마라톤은 참여자들 그 누구도 보상을 받지 않는 것으로 알려져 있다. 큰일을 앞두고 오프라는 그랜드캐니언에 있는 산길 등 난코스를 하이킹했고 다양한 단거리 경주에도 참여했다. 게다가 수영, 카약, 제트스키 같은 수상스포츠를 통해 체력을 단련하고 심지어는 롤러블레이드도 타기 시작했다. 코끼리를 타면서는 용기와 지구력을 얻었다. 그린과 훈련을 시작하기 전 맹렬한 운동이라고는 해보지 않았던 중년 여성 오프라는 이 경주를 위해 2년을 준비했다.

오프라는 1995년 마라톤에서 40킬로미터를 달려 결승선에 도착했다. 경주를 지켜보던 많은 관중들과 다른 경주자들이 그녀에게 환호를 보냈음은 물론이고 〈내셔널 인콰이어러〉의 두 기자들 또한 그녀와 기쁨을 나눴다. 오프라는 기쁨의 눈물을 흘렸던 그 순간을 평생 잊을 수 없다고 말한다. 밥 그린 덕분에 마라톤 경주에 참여했던 오프라는 자그마치 38.5킬로그램이나 체중을 감량했다. 그리고 그 마라톤에 참여하게 된 것을 계기로 그 후에도 자선기금 모금을 위한 경주나 유방암, 난소암 환자들을 비롯해 에이즈 환자들을 돕기 위한 경주에 참여했다.

한동안 오프라는 '오프라와 함께 움직이기 Get Moving with Oprah' 라는 프로그램을 진행했다. 이 프로그램의 기본은 운동을 하고 좋은 음식을 먹으면서 건강해지는 방법을 배우는 것으로 교외를 산책하는 것이 특징이었다.

건강을 위해 오프라는 현실을 직시해야 했다. 이는 그린을 비롯해 심리학 전문가로 몇 해 동안 오프라 쇼에 고정 출연했고 오프라 잡지에 매달 칼럼을 연재하기도 하는 필 맥그로 박사 또한 즐겨쓰는 표현이었다. 그린은 이따금씩만 오프라의 프로그램에 얼굴을 내비치지만 그럼에도 인기 있는 게스트이며 그 역시 오프라 잡지를 비롯해 매주 오프라 온라인 칼럼에 기사를 쓴다.

한편 현실을 직시하는 것과 관련된 그린의 철학은 육체와 정신 모두를 아우르는 것으로, 그가 제시한 방법은 지속적인 운동이다. 물론 음식물 섭취에도 현명함이 요구된다. 오믈렛은 노른자가 제거된 흰자로 만든 것이어야 하며 스프에는 유지방이 들어가지 않은 것이어야 하고, 쿠키나 파이 대신 떡이나 프레첼pretzel(매듭 혹은 막대 형태의 딱딱하고 짭짤한 비스킷 - 옮긴이)을 먹어야 한다. 감자는 튀기지 않고 구워야 하며 버터가 들어가지 않은 팝콘을 먹어야 한다. 과일과 야채를 섭취해야 함은 물론이다. 게다가 그린은 하루 세끼를 똑같은 양으로 먹을 것을 강조한다.

오프라가 이러한 규칙을 항상 준수했던 것은 아니다. 쇠고기 사건으로 텍사스에서 재판을 받는 동안 파이를 엄청나게 먹어 체중이 증가한 사실을 고백하기도 했다. 오프라는 인생이 투쟁의 연속이라는 사실을 깨달았다. 좋은 날이 있는 반면에 그렇지 못한 날도 있다는 사실을 배운 것이다. 이제 그녀는 건강을 유지하기 위해 스스로 자신을 사랑해야 한다는 사실 또한 인정한다.

오프라가 새롭게 발견한 음식과 체중, 미와 관련된 지혜를 강조하기 위해 그녀의 잡지는 건강과 관련된 문제들에 종종 관심을 기울인다. 예를 들어 2002년 8월호 〈O〉의 주제는 '당신의 몸을 사랑하는 법 배우기'였다. 잡지의 마지막에는 항상 '내가 확실히 아는 것'이라는 제목의 오프라가 쓴 에세이로 끝이 난다. 그 달의 칼럼은 평소보다 훨씬 더 개인적인 내용이 실렸다. 오프라는 모든 이들이 그녀를 본보기로 삼아 자신의 신체를 있는 그대로 받아들이고 사랑하라고 말했다. 이것이 유일한 메시지였다. 요컨대 그러한 경지에 도달하기까지 그녀 자신과 부단한 싸움을 했다는 내용이었다.

오프라는 알 수 없는 심장의 증상으로 두려움을 느끼고 난 이후에 비로소 자신의 신체에 대해 차분히 받아들이게 되었다고 이야기한다. 그녀는 눈밑 주름과 넓적한 코, 두꺼운 입술 등 머리부터 발끝까지 자신의 신체 전부를 있는 그대로 받아들이겠다는 다짐을 하고 심장을 소중히 여기겠다는 약속도 했다. 덧붙여서 자신의 투쟁이 끝났다는 선언과 함께 에세이를 마쳤다. 마침내 그녀의 몸에 평화가 찾아온 것이다.

타블로이드 신문은 여전히 오프라의 일거수일투족을 지켜보고 있다. 그녀의 체중과 건강에 대한 이야기에 더해 어떤 최근 기사에서는 오프라의 성형수술 계획에 대해 전했다. 또 다른 기사에서는 그녀가 불행해한다고 말했다. 이유는 다양했다. 오프라 쇼 시청률이 감소했으며 잡지 〈O〉는 심지어 더욱 심각한 상황이기 때문이라는 설명이었다. 하지만 잡지 매호에 실린 광고를 보기라도 한다면 〈O〉가 얼마나 호황인지 단번에 확인할 수 있다.

오프라를 불행하게 하는 원인으로, 개인적인 문제들 또한 제기되었다. 오프라의 친구라고 밝힌 한 소식통에 따르면 오프라는 맥그로 박사의 새로운 텔레비전 쇼로 인해 마음이 불편했다. 그가 유명해진 데는 오프라 쇼에 출연한 덕분이었다. 그런 그가 자신의 프로그램을 맡고 성공해 나가는 모습을 지켜보면서 오프라가 스트레스를 받았다는 것이다. 그가 그녀의 위치를 위협할지도 모른다는 걱정 때문이었다. 이런 종류의 비밀스런 가십은 다소 불확실한 추측으로밖에 보이지 않는다.

오프라는 많은 이들의 성공을 도왔다. 게다가 자신의 쇼가 인기를 잃었다는 사실이 그녀에게 큰 영향을 미쳤으리라고 믿기는 어려운 일이다. 그녀의 쇼가 실패할 가능성은 지금으로서는 극히 희박한 것으로 보이기 때문이다. 필 박사와 같이 오프라 덕에 미전역에서 - 아마도 국제적으로 - 기회를 얻고 유명해진 이들 역시 거의 없다.

하지만 일반적으로 제기되는, 현실적이거나 소설과도 같은 문제들은 오랜 연인 스테드먼 그레이엄과 관련된 이야기다. 그 이야기 속에서 오프라는 대개 그레이엄보다 일이나 다른 사람들을 우선시한 데 대해 비난의 대상이 되었다. 체중과 관련된 문제 또한 끊이지 않고 등장한다. 각 기사마다 막연하게 오프라가 파멸의 길을 걷고 있다는 식으로 이야기한다. 하지만 이런 보도들은 또다시 스테드먼과 오프라의 장기적인 계획에 대한 기사로 바뀌기 일쑤다.

상황이 어떻든 간에 오프라는 그녀의 신체적 · 정신적 결함을 받아

들인다고 이야기한다. 또한 인생을 충만하게 살고 싶은 바람을 가지고
있다고 말한다.

제6장

모든 여성들이 선택한 잡지 〈O〉

〈워싱턴포스트〉의 음식 칼럼니스트 캔디 사이공이 이른바 '허영심에 찬 잡지들'이라고 부른 세 출판물-마사 스튜어트의 〈마사 스튜어트 리빙Martha Stewart Living〉, 오프라 윈프리의 〈O〉, 로지 오도넬 의 〈로지〉-이 수년 동안 여성 출판물 시장을 장악했다. 그 중 〈마사 스 튜어트 리빙〉이 단연 선두의 자리를 지켰지만 오프라의 잡지 또한 시작 부터 성공 가두를 달려왔다. 셋 가운데 특히 스튜어트와 윈프리는 어떤 분야에서든 두각을 나타냈기 때문에 잡지를 창간할 당시 주변에서는 이미 그들의 잡지 또한 성공할 것이라고 기대했다.

반면에 같은 시기에 잡지를 창간했던 유명한 다른 여성들은 얼마 지나지도 않아 실패를 겪어야 했다. 이를테면 이바나 트럼프의 잡지 〈이바나〉는 첫 발행 직후 망했고 〈뉴요커〉에서 잘 나가던 편집자 자리 를 버리고 〈토크〉라는 잡지를 창간한 티나 브라운 역시 출판사의 과대 선전에도 불구하고 시작부터 된서리를 맞아야 했다.

특히 창간 잡지가 실패할 확률은 극히 높다. 심지어 존 F. 케네디 주니어의 잡지 〈조지〉는 케네디가 비행기 사고로 비극적인 죽음을 맞기 직전에 이미 궁지에 몰렸다. 어린 시절부터 대중의 지대한 관심과 애정을 받았음에도 그의 잡지는 성공하지 못했다.

오프라와 마찬가지로 로지 또한 TV스타였지만 2002년 5월에 6년간의 방송 생활을 접고 텔레비전을 떠났다. 그리고 같은 해 9월에 그녀는 잡지 출판업으로 새 인생을 시작했다. 하지만 처음부터 그녀와 잡지사 사이에는 좋지 않은 소문이 나돌았다. 그녀가 잡지계를 떠날 때는 일찍이 텔레비전에서 은퇴할 때와는 달라도 너무나 달랐다. 사실상 극과 극이라는 표현이 알맞을 정도였다. 로지가 잡지 사업에서 참패를 거둔 것과는 대조적으로 그녀의 토크쇼는 대단한 인기를 누렸으며 그녀에게 '친절함의 여왕'이라는 별명이 붙여지기도 했다.

로지가 잡지 사업에 합류하겠다고 발표했을 때 〈포브스〉는 '마사와 오프라의 뒤를 이은 로지'의 권력 체계에 주목하며 그녀를 독선적이라고 표현했다. 〈타임〉지가 오프라의 잡지 창간 때 그녀를 '고무적'이라고 했던 것과는 대조적인 평이었다.

〈O〉가 창간된 후 2000년 4월에 출간된 〈로지〉 잡지는 수백만 달러의 손실을 빚고 있던 125년 역사의 〈맥콜스〉의 뒤를 이었다. 19세기에 출간된 〈맥콜스〉는 재단사 제임스 맥콜의 의상 견본을 판매하는 데 중점을 두었다. 하지만 수십 년이 지나는 동안 이 잡지는 여러 차례에 걸쳐 새롭게 태어났고 마지막 〈로지〉에 이르러서는 초기의 잡지와는 아무런 연관성도 보이지 않았다.

독일의 거대한 멀티미디어 그룹인 버틀즈만의 그루너&야르는 오래된 잡지를 폐간하고 이를 대체할 만한 새로운 잡지를 창간할 계획을 세웠다. 그들은 〈마사 스튜어트 리빙〉과 〈O〉에 필적할 만한 잡지를 창간할 방법을 간구하던 중 마사 스튜어트나 오프라의 강력한 경쟁상대자로 로지 오도넬을 지목했다. 그녀는 유명하고 익살맞았으며 인기가 있었다. 더욱이 마사나 오프라와 비슷한 매력, 다시 말해 관중을 압도하는 힘을 비롯해 결단력이 있었다. 허스트가 오프라에게 기대했듯이 그루너&야르 또한 로지의 텔레비전 시청자들을 모두 잡지 독자로 끌어들일 수 있을 거라고 믿었다.

짧은 시간 동안이긴 했지만 로지와 오프라가 거의 판에 박은 듯 똑같이 보였다. 둘 다 텔레비전과 잡지, 책 분야에서 존재를 드러냈기 때문이었다. 하지만 오프라의 책 선택 범위가 광범위했던 데 반해 로지는 아동도서에만 집중했고 심지어 TV와 잡지에서도 항상 어린이들에게만 주목했다. 그녀는 실제로 아이들을 입양해서 키웠으며 40세에는 5년간 사귀었던 35세 파트너 켈리 카펜터가 인공수정으로 낳은 아기의 어머니가 되었다.

오프라와 마찬가지로 로지 역시 어린 시절 텔레비전 쇼에 매혹되었다고 말했다. 그녀는 오프라에 비해 텔레비전 쇼를 볼 기회가 더 많았다. 오프라와 로지의 어린 시절은 여러 면에서 서로 많이 달랐다. 어린 오프라가 미시시피에서 외롭고 가난한 환경에서 자랐다면 뉴욕 근처에서 거주했던 로지는 아일랜드 가톨릭 가정에서 행복한 분위기 속에서 자랐으며 특히 교회와 아이들에게 관심을 쏟았던 어머니 밑에서 영향을 많이 받았다. 로지는 방과 후 어머니와 시트콤을 비롯해 버라이어티 쇼를 시청했다. 오프라와 로지에게서 유사성을 찾는다면 어린 시절 이들에게 각각 외할머니와 어머니라는 보호막이 있었다는 점이다.

하지만 로지의 어머니가 세상을 떠나자 그녀의 보호막 또한 사라지고 말았다. 로지 집안의 다섯 아이들은 의지할 곳을 잃은 채 홀로 남겨졌다. 아버지는 그들을 돌보지 않았고 술에 취해 살았다. 한편 오프라는 그녀가 잘 알지 못했던 어머니와 살기 위해 외할머니를 떠났고 그 후 여섯 살부터 열네 살 때까지 밀워키에서 보낸 어린 시절은 그야말로 고통의 연속이었다. 싱글맘이었던 어머니는 오프라가 성적 학대의 대상으로 전락하는 것을 막지 못했다. 이에 비한다면 로지의 삶은 비교적 편안했다. 그럼에도 사춘기 시절에 오프라가 마침내 책임감 있는 아버지를 만났던 반면에 로지는 무력한 아버지로 인해 스스로 삶을 꾸려나가야 했다. 오프라는 대학에 다녔고 로지는 디킨슨에서 일 년을, 보스턴 칼리지에서 6개월 동안 잠시 수학한 후에 학업을 중단했다.

또한 오프라가 내슈빌 라디오와 텔레비전, 그리고 볼티모어 TV의 선택을 받았던 반면에 로지는 가족이나 친구, 혹은 연예계 사람들의 도움이나 격려 없이 몇 해 동안 스스로의 힘으로 진로를 개척해 나가야 했다.

1986년에 오프라의 이름이 유명해지기 시작할 무렵 로지는 로스앤젤레스의 한 클럽에서 연기를 하고 있었다. 오프라를 흉내내는 연기는 관중들에게 인기를 끌었다. 그 시기에는 흉내내지 못할 것이라곤 없었다. 로지는 '백인 오프라'와 '흑인 오프라'를 소재로 촌극을 선보였다. 여러 면에서 문제가 드러나긴 했지만 이는 흑인 공동체에서 수년 동안 오프라를 비난하던 내용과 크게 다르지 않았다. 그 시절 두 여성이 미디어의 정상에까지 올라가리라고는 누구도 상상하지 못했다. 자신의 이름을 내건 TV쇼를 진행하고 잡지 사업에 뛰어들며 전세계에 이름을 알리게 될 줄 예측하지 못했던 것이다.

머지않아 로지는 텔레비전 스타가 되었다. 처음에는 시트콤에서 그 다음은 TV영화, 그리고 마지막으로는 낮 시간대 TV토크쇼 진행자로 명성을 떨쳤다. 아이러니하게도 오프라가 패배시켰던 필 도나휴가 이 전에 사용했던 스튜디오가 로지의 차지가 되었다. 그렇다고 로지의 토크쇼가 오프라 쇼의 경쟁 상대는 아니었다. 방송 시간대는 물론이고 방송 채널 또한 달랐기 때문이다. 로지가 토크쇼에서 은퇴한 이유나 잡지를 포기한 이유 또한 오프라와는 상관없는 일이었다. 그럼에도 칼럼니스트들은 계속해서 그들이 경쟁 관계였음을 넌지시 내비쳤다.

로지, 스튜어트, 오프라가 유명해지기 전 그들에게는 한 가지 공통점이 있었다. 바로 그들 모두가 성공에 목말라했다는 점이다. 그들은 부자가 되길 바랐고 유명해지길 원했다. 이러한 공통된 바람 덕분에 세 여성은 텔레비전과 비즈니스 세계에서 전설적인 위치에까지 올라갈 수 있었다.

스튜어트는 로지나 오프라와는 달리 딸의 놀라운 성공을 지켜보았던 아버지와 어머니가 있는 정상적인 가정에서 성장했다. 하지만 스튜어트는 말이 없고 냉정하며 화를 잘 내었던 아버지에게 자신의 능력을 증명하기 위해서, 즉 부와 명성을 얻을 수 있다는 사실을 증명해 보이기 위해 항상 부단히 노력해야 했다.

2002년은 마사 스튜어트에게 모진 해였다. 그녀의 명예가 실추되는 사건이 벌어졌기 때문이다. 스튜어트는 '내부자 거래(유가증권 발행기관의 내부자가 그 직위상 다른 사람에 비해 먼저 인지한 정보, 즉 당해증권의 가격 내지 수익에 중대한 영향을 미치는 정보를 이용, 관련 주식의 거래를 통하여 이득을 얻거나 손실을 회피하는 행위 - 옮긴이)' 규정을 위반했다는 혐의를 받았다. 문제의 주식은 새로운 암 치료약품을 개발 중이었던 제약회사 임클론의 것이었다. 그런데 그 치료약에 대한 초기 보도가 호의적이지 않자 내부 정보를 갖고 있던 이들이 그 회사의 주식을 대량으로 처분했다. 마사 스튜어트는 식품의약국이 공개할 발표 내용을 자신의 주식 중개인으로부터 미리 전해 들었다고 주장했다. 그리고 스튜어트가 그에게 20만 달러의 주식을 팔게 했다는 것이었다. 일부 경제 기자들은 스튜어트가 그 사건에 개입된 비중은 극히 적었다고 전했다. 그리고 일부에서는 그녀를 향한 미디어의 재판에 이의를 제기했다. 스튜어트는 주가가 일정 가격 아래로 떨어지면 판매할 것을 중개인에게 지시했다고 말하며 자신의 거래가 내부 정보와는 아무런 상관이 없다고 주장했다. 하지만 상황은 떳떳하지가 못했다.

2003년 6월 초에 연방 대배심은 스튜어트를 기소했다. 그녀가 주식을 판매한 내용에 대해 수사관들에게 거짓 진술을 했다는 이유에서였다. 연방 검사와 맨해튼 변호사들이 동의하지 않았음에도 증권거래위원회는 내부자 거래 혐의로 그녀를 민사고소했다. 많은 변호사들이 그

밖의 전문가들, 기자, 대중들과 마찬가지로 그 혐의와 고소에 이의를 제기했으며 2003년 6월 8일에 CNN이 실행한 여론조사에서는 68퍼센트의 시청자들이 스튜어트의 편이라는 결과가 보도되었다.

정식 기소가 발표되자 스튜어트는 회장과 CEO자리에서 물러났다. 그리고 인터넷을 비롯해 〈뉴욕타임스〉에 자신의 위치를 변호하는 광고를 내보냈다. 2001년 초 이래로 〈마사 스튜어트 리빙〉의 겉표지에 그녀의 사진이 실리지 않았으며 그녀의 이름 또한 옴니미디어의 음식 잡지인 〈에브리데이 리빙Everyday Living〉에 등장하지 않았다. 하지만 음식 칼럼니스트들은 스튜어트의 요리법을 재연하거나 이를 칭찬하면서 그녀의 이름을 종종 언급했다. 스튜어트가 내부자 거래 혐의를 전적으로 부인했음에도 그녀의 기업 주식은 급락했다. 그녀의 잡지가 누렸던 인기 역시도 추락했다.

마사의 잡지는 손실을 막기 위한 방편으로 광고가 증가했다는 주장을 펼쳤다. 하지만 가판대의 판매율을 비롯해 총수입이 20퍼센트 감소했다는 사실은 인정했다.

유명 스타들이 관련된 상품이나 잡지들은 잘 팔린다. 반면에 잘 알려진 기업가들의 사생활에 결점이 있다면 구매자 대부분은 그들의 상품이나 잡지에 등을 돌리기 마련이다. 다양한 분야의 연예인 사업가들이 불명예스러운 스캔들로 인해 이런 일을 겪었다. 비즈니스 전문가들은 구매자들을 이끌 더 많은 스타들을 계속해서 물색할 것이라고 말한다. 하지만 이런 스타들의 이름은 이런저런 사건으로 계속해서 뉴스거리가 되고 있다.

한 칼럼니스트는 스튜어트의 순진함을 넌지시 암시하며, 증권거래 위원회가 그녀가 유명인사라는 이유로 강경자세를 취하고 있다는 사실을 정작 본인은 깨닫지 못했다고 말했다. 만일 그것이 사실이었다면 스튜어트는 그녀가 평생 쌓아온 명성이 함정에 빠지는 것을 눈앞에 두고도 보지 못한 것이나 다름없었다.

스튜어트의 잡지 판매부수가 떨어지기는 했지만 그 원인이 불법 주식 거래에 대한 기사 때문일 수도 있고 아닐 수도 있다.

2002년 말에 보도된 뉴스에 따르면 어떤 스캔들에도 휘말리지 않았던 오프라의 잡지도 판매가 다소 저조했다. 세 잡지가 같은 선반에 진열되어 있었지만 스튜어트 잡지나 로지의 잡지가 오프라 잡지 판매부수에 이득을 주지는 않은 듯했다. 일부 대형 식품 체인점에서는 오프라 잡지를 제외하고 스튜어트와 로지 잡지만을 판매하기도 했다.

달마다 새로운 여성 잡지들이 등장하면 흔히 다른 잡지들의 내용과 비교되기 마련이다. 여성 잡지 가운데 가장 인기 있는 부분은 음식 섹션이었다. 〈워싱턴포스트〉의 캔디 사이공 같은 음식 전문기자들은 〈O〉와 〈마사 스튜어트 리빙〉 그리고 〈로지〉 잡지에 실린 음식 기사들을 비교하곤 했다. 기자들은 세 잡지가 음식과 관련해 각각 다른 개성을 가지고 있다고 설명했다. 그녀에 따르면 칠리도그는 〈로지〉를 상징하고 오프라가 좋아하는 마늘이 첨가된 으깬 감자 요리는 〈O〉를 대표하는 반면에 레몬 버베나 토르테는 〈마사 스튜어트 리빙〉 잡지를 대표한다고 말했다. 그리고 레몬 버베나 토르테 요리법은 너무 복잡해서 설명하는 데만 해도 몇 줄을 써야 한다고 덧붙였다.

사이공은 그 가운데 로지의 이른바 '컴포트 푸드comfort food(집에서 만든, 혹은 쉽게 구할 수 있는 간편하고 보편적인 음식으로 그 친숙함, 어린 시절의 추억 등으로 인해 마음의 안정을 주는 음식-옮긴이)'에 다소 부정적인 태도를 보인 반면 오프라 잡지에 소개된 요리를 마사의 요리에 비해 선호했다. 준비하는 데 시간이 덜 걸리며 좀더 신뢰할 수 있을 뿐만 아니라 많은 노동력을 요하지 않는다는 이유에서였다. 사실 〈O〉의 스타일 디렉터는 요리법을 개발하는 이들과 요리책 작가들의 도움으로 아이디어를 구상한다. 때문에 잡지에 소속된 음식 전문 기자도 없으며 주방도 없이 몇몇 음식 담당 직원들만 있을 뿐이다.

미국 내 가장 유명한 서점 체인 가운데 보더스는 〈O〉에 특별한 대우를 한다. 이를테면 그 잡지는 판매대에서 항상 눈에 띄게 진열되어 있다. 오프라는 도서 판매에 커다란 영향을 끼쳤다. 작가들은 물론이거니와 출판사, 서점, 그리고 심지어는 코스트코, 샘스 클럽, 타깃 같은 대형 할인점이나 백화점에까지 큰 이익을 안겨 주었다. 많은 서점뿐 아니라 평범한 서점에서조차 오프라의 선정 도서들과 잡지를 진열해 두는 별도의 선반을 따로 마련해 두었다.

타임워너Time Warner(미국 CATV 시스템 운영, 〈타임〉과 〈피플〉 잡지 발행 회사-옮긴이)의 보고에 따르면 특히 그녀의 로고가 찍힌 책들은 판매가 그 전보다 열배로 증가했다. 사람들은 다른 책들에는 더 이상 주목을 하지 않으면서 오프라 관련 책에는 많은 관심을 보인다. 그래서 그 책들에는 오프라가 선택했음을 알리는 스티커를 부착한다. 특히 2003년 그녀가 처음으로 선택한 존 스타인벡의 작품 〈에덴의 동쪽〉은 빠른 속도로 페이퍼백 베스트셀러 목록 1위에 오르기도 했다.

〈포춘〉지의 기자 패트리샤 셀러스는 오프라의 잡지를 '가장 성공적인 잡지'라고 평했다. 이 잡지는 2000년 4월에 미국 뉴스 가판대에 처음으로 모습을 비췄지만 2002년 4월에는 해외판으로까지 확대되었다. 〈O〉의 해외판은 미국판과 다름없이 훌륭하다. 다만 잡지에서 다루는 주제만 약간 다를 뿐이다. 해외판에서는 흑인과 백인 여성 독자들을 위해 상당 부분을 남아프리카의 문제와 그곳 사람들에 집중한다.

〈O〉는 허스트사와 윈프리의 하포 엔터테인먼트 그룹이 공동으로 제작한다. 322페이지의 미국판 창간호는 160만부가 인쇄되었고 단시간 내에 250만 명이나 되는 독자를 끌어들였다. 〈O〉는 연간 1억 4천만 달러 이상을 벌어들이며 하포 그룹에서 중요한 부분을 차지한다. 대부분의 잡지가 창간 후 첫 1년 이내에 거의 수익을 내지 못하는 것을 볼 때 이는 놀라운 성과가 아닐 수 없다. 역사 깊은 다른 여성 잡지들이 좌절을 맛보는 때에 〈O〉는 계속해서 상당수의 새로운 독자들을 매혹시키고 있다. 〈O〉의 판매 부수는 심지어 오랫동안 사랑받아온 여성 잡지 〈보그〉를 능가한다. 독자들에게 광고되는 아이템들은 중상층 수준의 구매자를 대상으로 맞춰진다. 어린이들을 위한 타미 힐피거 의복, 캘빈 클라인과 에스티로더 향수가 그런 예이다. 잡지에서 소개되는 크리스털이나 우아한 식기류를 비롯해 대부분의 가정용품들은 저렴한 할인매장에서는 구매할 수 없는 것들이다.

〈O〉의 성공은 오프라의 헌신과 노력이 있었기에 가능한 일이었다.

〈O〉의 원로 베테랑 기자인 게일 킹에 따르면 오프라는 자신의 잡지에 지나칠 정도로 관심을 기울인다. 모든 것을 감독하며 심지어 쉼표와 느낌표 하나하나까지 확인할 정도라고 한다. 많은 이들이 그녀가 엄청난 시간을 잡지에 쏟는다고 말한다. 그로 인해 일부에서는 직원들이 엄청난 긴장감을 느끼고 있다는 조심스러운 보도도 전해졌다.

잡지가 창간되고 얼마 되지 않아 새로 임명된 편집장 엘렌 쿤즈가 사임했다. 그녀는 비록 개인적인 이유로 사임한다고 이야기했지만 일부에서는 〈미라벨라Miravella〉의 전 편집장 에이미 그로스가 재빨리 쿤즈의 후임으로 온 것에 대해 의심을 품기도 했다.

여성 독자들을 목표로 한 다른 많은 잡지들처럼 〈O〉 또한 처음부터 특정 여성 그룹-오프라의 데일리 TV쇼 시청자들보다 경제적으로 좀더 부유한-의 흥미를 끌 만한 이야깃거리를 주로 다뤘다. 이 잡지에는 화장품에서부터 책에 이르기까지 정기적으로 실리는 기삿거리도 있다. 오프라의 잡지답게 그녀의 존재는 잡지 곳곳에 드러나는 듯하다. 그녀의 오프닝 에세이 '자, 시작이다'에 이어 해당 달의 달력이 사진과 함께 등장한다.

어느 해 11월호의 달력에는 빨강과 오렌지색 뜨개실과 찻주전자, 따뜻한 차가 담긴 잔, 가을 일몰 광경이 담긴 사진이 실렸다. 그리고 어느 8월호 달력에는 어머니와 자녀 둘이 바다에서 미역을 감는 모습이 담겨 있었다. 또한 이름만 들어도 알 만한 유명한 이들-예컨대 간디나 제임스 볼드윈-의 잠언이 달력 위에 나오기도 했다.

〈O〉는 매달 다른 주제를 소개한다. 지난 2년 동안 우정, 성공, 창조, 가족, 친밀함, 즐거움, 고백, 모험, 당신의 몸을 사랑하라, 스트레스 해소법, 당신은 초대받았습니다, 가정, 건강을 위해, 사랑·섹스·데이트, 소통, 균형, 에너지, 진실, 자유, 커플, 힘, 체중 같은 주제가 등장했다. 잡지의 많은 주제들이 오프라의 TV쇼에서 다뤄진 이야기와 관련이 있는 듯 보였다. 안드레아 예이츠의 비극적인 이야기 역시 TV쇼를 비롯해 잡지에서도 다루어졌다.

어느 날 〈O〉와 오프라 쇼는 자식을 살해한 어머니 예이츠를 화제로 다룬 적이 있었다. 특히 〈O〉는 젊은 어머니였던 그녀의 삶과 출신배경에 초점을 맞췄다. 그녀의 가족은 조울증과 우울증, 알코올 중독과 같은 다양한 정신질환을 앓은 병력이 있었다. 예이츠는 자살 시도를 두 번이나 해서 여러 차례 병원 치료를 받았다. 또한 환각에 시달려 항정신병약 처방을 받았으나 제대로 약을 복용하지 않았고 의사들의 충고에도 피임을 거부해서 아이를 여럿 낳았다. 그녀가 앓은 산후정신병은 일시적인 산후우울증이 아니었다. 이는 위험을 알리는 신호였지만 무시되거나 간과되었기 때문에 결국 사건을 몰고 온 것이다. 오프라 쇼는 그녀의 문제와 관련해 전문가들의 이야기를 들으며 좀더 세부적인 내용까지 파고들었다.

〈O〉는 오프라의 기사를 비롯해 매달 정기적으로 등장하는 칼럼과 특정 문제를 다루는 전문가들의 글을 통해 다양한 정보를 제공한다. 이에 오프라는 '국가적인 치료사'로서 묘사된 바 있는데 그녀의 잡지 또한 같은 역할을 수행하는 것으로 보인다. 〈O〉는 개인적이면서 종종 고백적인 특징이 있다. 삶에 있어서 대부분의 문제들은 잡지 기사 속에서 결국 해결책을 찾는다.

　한편 신문이나 다른 잡지 속에 등장한 오프라의 사진 가운데 특히나 더 아름답게 나온 사진은 〈O〉에도 역시 등장한다. 밥 호프 인도주의 자상을 받던 밤, 하얀색 실크 드레스를 입은 매력적인 오프라의 모습은 다양한 잡지를 포함해 그녀의 잡지에도 기사와 함께 실렸다. 몇 해 동안 오프라의 사진을 지켜본 독자들은 평상복부터 우아한 드레스에 이르기까지 그녀의 의상 취향을 비롯해 다양한 종류의 헤어스타일 또한 파악할 수 있을 것이다.

　때때로 오프라에게 〈O〉 겉표지에 왜 그녀의 사진만 실리는지 질문을 하면 다소 솔직한 대답이 되돌아온다. 그녀는 매달 다른 사람을 선정해야 하는 번거로움을 피하기 위해서라고 이야기한다. 그럼에도 잡지 속에는 오프라의 사진 외에도 다양한 유명인사들의 사진이 실리며 이와 함께 그들의, 혹은 그들에 대한 짤막한 기사들이 나란히 게재되기도 한다. 비록 많은 기사들이 심각한 문제를 다루지만 여가 활동에 대한 기사도 있다. 예컨대 오프라가 개최한 파티에 대한 내용이 그에 속한다.

　한번은 오프라가 '모자 파티'라는 이름하에 정원 파티를 연 일이 있었다. 그녀와 함께 일하는 사람들을 비롯해 절친한 친구들 ─ 게일 킹, 마리아 슈라이버, 케이트 포르테(하포 영화사 사장 ─ 옮긴이), 다이앤 앳킨슨 허드슨(오프라 윈프리 쇼 제작 책임자 ─ 옮긴이), 그 밖의 선임 프로듀서 세 명 ─ 이 아름다운 모자를 쓴 채 사진을 찍었다. 캘리포니아 몬테시토의 한 친구 집에서 열린 이 파티는 부유하고 유명한 이들의 멋진 삶을 여실히 보여 주었다. 다채로운 꽃과 나무를 배경으로 오르되브르, 샐러드, 닭고기 요리, 음료와 디저트 등의 고급스러운 음식이 사진으로 펼쳐졌다. 그리고 오프라가 잡지나 TV에서 광고하는 식기류와 리넨 제품들도 보였다.

매달 정기적으로 실리는 기사 중에 오프라의 '자, 시작이다'라는 제목의 에세이에는 대부분 여성들이 공감할 만한 주제가 소개된다. 또 잡지 속 광고와 기사들은 오프라의 지혜롭고 다정다감한 모습을 강조한다. 예컨대 오프라가 한 여성과 포옹하는 모습이 담긴 사진을 한 페이지 전체에 싣기도 하면서 그러한 모습을 더욱 부각시키는 것이다. 사진 아래에는 '당신의 마음을 매일 움직이세요'라는 문구가 있고 또 그 아래에는 '오프라 윈프리 쇼를 시청하세요'라는 카피가 덧붙여 있다. 잡지 속에는 독자들의 마음을 끌어당길 만한 많은 내용들이 담겨 있다.

〈O〉는 매달 오프라와 유명인사들, 혹은 오프라에게 중요한 사람들 - 그녀가 잘 아는 사람들, 혹은 유명한 이들 가운데 그녀가 존경하는 사람들 - 의 인터뷰 내용을 특집 기사로 다룬다.

이따금씩 독자들은 인터뷰 기사를 통해 오프라에 대해 알게 된다. 예컨대 그녀는 4분의 1세기 이상을 함께 해온 절친한 친구 게일 킹과 그녀의 소중한 조언자 퀸시 존스와의 인터뷰 중에 그들에게 무조건적인 사랑을 표현하기도 했다. 오프라는 그녀가 행복할 때나 불행할 때 언제나 도움의 손길을 내밀었던 친구들을 신뢰한다. 우정에 대해 쓴 책은 많지만 오프라는 〈빌러비드〉에서 그녀가 좋아하는 한 구절 즉, '중요한 친구는 마음속에 있는 친구이다'를 인용해 기사에 덧붙이기도 했다. 그녀는 자립을 중시하지만 자립하기 위해서는 주변의 도움이 필요하다고 말한다.

많은 지식과 내용을 제공하기 위한 지속적인 노력의 일환으로 〈O〉는 행복하고 긍정적인 내용 외에도 가능한 한 다양한 기사를 전한다. 우정의 가치와 중요성을 다루었던 호에서는 우정에 금이 가는 이유를 사려 깊게 설명하기도 했다. 모든 이들의 우정이 영원한 것은 아니며 누군가는 우정에 금이 가는 현실을 경험하기도 한다는 내용이다.

〈O〉는 창간 이래로 다양한 사람들과의 인터뷰를 기사로 실었다. 인터뷰를 했던 모든 이들이 오프라와 개인적으로 친분이 있지는 않았다. 예컨대 콘돌리자 라이스처럼 그저 유명인사들과의 인터뷰 기사도 있었다. 오프라가 인터뷰를 했던 대부분의 사람들처럼 라이스는 그녀의 배경과 경험에 대해 솔직히 이야기했다. 라이스는 오프라와 동년배이긴 하지만 그녀와는 상당히 다른 삶을 살았다. 물론 비슷한 점도 있긴 했다. 그들은 둘다 인종차별적인 남부에서 태어났다. 라이스는 앨라배마에서 인종차별을 했던 학교에 다니다가 10학년 때 가족과 함께 덴버로 이주했다. 사랑이 많은 가정에서 애지중지 자란 라이스는 피아니스트가 되려는 꿈을 갖고 피아노를 배웠다. 오프라와 마찬가지로 그녀 역시 최초라는 수식어로 많이 불렸다. 스탠포드 대학 흑인 최초의 학장이 되었으며 후에는 국가안전보좌관을 지냈다. 오프라와 라이스의 공통점은 그들이 눈부신 업적을 성취했을 뿐만 아니라 항상 자신감 넘치고 목표한 것을 이루는 능력과 고난을 이겨내는 힘이 있다는 점이다. 또한 역사의 한 획을 긋는 세계적인 인물로 알려졌다는 사실 또한 같다.

힘이 있으되 상실이나 죽음에 대한 두려움이 없기로는 2002년 1월에 오프라가 인터뷰했던 전 시장 루디 줄리아니도 마찬가지다. 줄리아니는 2001년 가을 내내 그를 존경하고 심지어 숭배까지 하는 대중들에 의해 다양한 뉴스 보도와 인터뷰 기사에 등장했다. 오프라는 9·11 사건 직후 뉴욕 양키 스타디움에서 열린 추모행사에서 그를 처음 만났다. 그리고 위기 속에서 보여 준 그의 태도와 용기, 리더십에 대해 질문했다. 오프라의 다른 일부 인터뷰 상대들과는 달리 줄리아니의 개인적인 문제에 대해서는 단지 간략한 이야기만을 나누었다.

그런데 주디스 나산과의 연애사건에 대해 이야기를 꺼낸 사람은 다름 아닌 그였다. 줄리아니는 그녀를 일컬어 그가 가장 어려운 시기를 겪고 있는 동안 도움을 주었던 여성이라고 말했다. 하지만 오프라는 유부남이었던 그가 공개적으로 거론한 자신의 연애 문제에 대해 오랫동안 신문과 잡지에서 주목한 사실을 절묘하게 비켜나갔다.

연예인들은 오프라와의 인터뷰를 통해 평범하지 않은 자신의 이야기를 털어놓기도 하는데 이를테면 마이클 J. 폭스 역시 그들 가운데 하나였다. 그는 한창 인기 절정을 달리고 있을 때 병이 들었다. 상당히 성공적이었던 TV쇼를 떠나면서 그는 파킨슨병에 걸려 투병 중이라는 사실을 대중에게 고백했다. 사랑하는 부인과 가족이 있던 유명한 젊은 배우는 인생의 방향을 전향해야 했다. 그때부터 폭스는 그 질병에 대해 연구하는 재단을 설립하고 끔찍한 질병과 싸우는 일에 전념했다. 그 노력의 일환으로 2002년 3월에는 오프라와의 인터뷰를 통해 파킨슨병에 대한 정보를 나누었다.

〈O〉에는 질병과 건강 문제가 자주 등장한다. 특정한 화제가 대중의 이목을 끌 때마다 오프라는 특별한 사람들과 인터뷰를 한다. 파괴적인 질병 앞에서도 의지력과 힘을 잃지 않고 다른 이들을 격려하는 폭스와 같은 사람들이 그녀의 인터뷰 상대가 되는 셈이다.

폭스와 인터뷰를 한 지 7개월이 지난 2002년 11월에는 근위축증이라는 질병을 앓고 있던 열두 살짜리 매티 스테파넥과 인터뷰가 이루어졌다. 오프라가 '친구'라고 불렀던 매티는 네 명의 형제 가운데 유일하게 살아남았다. 네 살 된 형이 죽은 후로 매티는 세 살의 나이에 시를 쓰기 시작했다. 물론 어머니에게 받아쓰게 해야 했다. 그는 자신의 시를 희망의 노래로 여기는 의미에서 '마음의 노래들'이라고 불렀다. 매티는 비록 휠체어에 의지한 채 정상적인 어린 시절을 보낼 수 없었음에도 오프라와 죽음, 천국에 대해 이야기할 때는 상당히 철학자다운 모습을 보였다. 그는 놀라우리만큼 어른스럽고 세련된 언어로 삶의 목적과 태도에 대해 이야기했다. 그의 이야기는 오프라의 생각을 그대로 반영하는 것이었다. 이야기를 들은 그녀는 매티를 그저 '내 사랑'이라고 다정하게 불러 주었다. 오프라는 2004년 7월 그가 죽었을 때 장례식에 참석했다.

오프라의 잡지에는 건강에 대한 주제가 상당히 중요하게 다뤄진다. 건강과 관련해 매달 적어도 한 개의 기사를 포함하는데 이따금씩은 네 개가 실리기도 한다. 특히 여성 잡지의 소재로 빠지지 않는 체중 문제에 독자들은 관심을 쏟는다. 게다가 전세계가 오프라의 체중을 주의 깊게 지켜보는 까닭에 어떤 때는 〈O〉 잡지를 통해 그녀의 체중감량이 성공했는지 실패했는지에 대한 공개토론장을 마련하기도 했다. 몇 년 동안 그녀의 데일리 TV쇼에서 해왔듯이 말이다.

어느 호에서는 그녀가 시도했던 많은 종류의 다이어트 방법을 열거하고 오프라가 자신의 몸을 소중히 해야겠다고 결심했다는 이야기를 덧붙였다. 또한 자신에게 주어진 것 - 그녀의 코와 입, 몸매 - 을 받아들이겠다며 선언하기도 했다. 밥 그린이 그녀의 트레이너가 된 이래로 운동은 그녀의 일상이 되었다. 오프라는 독자들이나 시청자들에게 그녀의 건강한 활동들 - 바른 음식 섭취와 운동, 운동, 또 운동하기 - 을 따라하라고 격려한다. 항상 활력이 넘치는 그녀이지만 운동은 그녀에게 특별히 건강한 모습을 유지할 수 있게 도왔다. 그녀는 단지 기사에만 그치지 않고 잡지에 자신의 사진을 실어 독자들을 설득했다.

〈O〉에 실리는 건강과 관련된 일부 기사 가운데는 종종 독자들에게 새로운 정보를 전해주는 것들도 있다. 여성들이 많이 앓는 골다공증에 대해 다룬 기사는 남성 역시도 이 질병에 걸릴 수 있다고 지적했다. 또한 많은 독자들이 걱정하는 알츠하이머병에 대한 내용을 특집으로 다루기도 했다.

한번은 앤드류 솔로몬이 '난 그것을 기억해요. 음, 글쎄, 기억하나?'라는 제목의 기사에서 기억력 상실에 대해 이야기하고 이를 방지하기 위한 방법을 설명했다. 하지만 이를 완전히 막을 수 있는 방법은 없다고 언급했다. 현 통계에 따르면 교육을 더 많이 받은 사람일수록 알츠하이머병에 걸릴 확률이 더 적다. 그래서 오프라 잡지는 두뇌를 향상시킬 수 있는 방법을 소개했다. 과학자들은 두뇌를 사용함으로써 새로운 세포를 성장시킬 수 있다고 믿는다. 예컨대 독서나 카드게임, 기억력 훈련, 특정 신체 활동을 통해 두뇌를 향상시킬 수 있다는 말이다. 더욱이 충분한 수면을 취하고 스트레스와 음주, 흡연을 피하는 것 또한 이 질병에 걸리지 않는 방법이라고 솔로몬이 충고했다.

건강 문제 외에도 오프라 잡지는 매달 온갖 종류의 정보를 전한다. 예컨대 수즈 오먼은 '경제적 자유'라는 제목의 칼럼을 통해 돈을 관리하는 효율적인 방법을 제시하는 한편 돈과 투자에 대한 독자들의 질문에 답을 했다. 또한 중요하고 민감한 사안들에 대해 짚고 넘어가면서 현대 미국 문화의 문제점을 주저 없이 이야기하기도 했다. 이를테면 그녀는 여성이 그들의 수입을 관리하는 방식에 대해서 지적했다. 전통적으로, 부부가 맞벌이를 할 때조차도 그들은 급여를 공동으로 관리했다. 하지만 일하는 여성들의 수가 증가하고 결혼 시기가 더 늦어짐에 따라 여성들은 좀더 독립적이 되었고 그들의 자금을 스스로 관리하기에 이르렀다. 오먼은 다양한 관점에서 현 상황을 바라본다. 그리고 여성이 번 돈을 관리하는 데 다른 누군가의 허락을 구할 필요는 없다고 충고했다. 또한 급여의 크기로 한 사람의 영향력이 결정되지는 않는다고 말하며 오프라가 여성 독자들에게 부탁했듯이 스스로의 힘을 다른 이에게 양도하지 말 것을 권고했다.

아름다움과 건강, 스타일에 대한 기사는 매달 등장한다. 또한 '생각할 거리'라는 제목의 기사에서는 경제적 독립을 중시하는 오프라의 생각을 전달한다. 이 칼럼을 통해 독자들은 다양한 질문에 스스로 답해봄으로써 자기치료의 효과를 기대할 수 있다.

한편 맥그로 박사는 매달 '사실 그대로를 말하라' 라는 제목의 칼럼에서 다양한 독자들의 질문에 답을 해준다. 그가 하는 충고는 좀더 많은 독자들에게 적용할 수 있는 것이다. 〈오프라 윈프리 쇼〉에 출연한 덕분에 TV스타가 되고 더 나아가 베스트셀러 작가가 되었던 맥그로는 때때로 그의 책에서 밝힌 정보를 오프라의 잡지에 반복해서 전하기도 한다. 예를 들어 '당신의 갈림길' 이라는 한 칼럼에서 그는 인간에게 필요한 다양한 범위를 그의 일곱 가지 분류 목록에 적용시킨 후에 만족과 생존, 안전, 사랑, 자부심, 표현에 대해 간략히 논했다.

비평가들은 맥그로의 방식을 이른바 '5분짜리 치료' 로 이름 붙이며 그를 비난했고 맥그로는 그들의 처사를 불공평하고 옳지 않다며 항의했다. 오프라 잡지에 쓴 그의 글 대부분은 여러 세대들이 경험했을 수 있는 문제들을 비롯해 현대에 들어 발생한 몇몇 문제들에 대해 현실을 직시하는 내용이 담겨 있다. 한 예로, 오프라 잡지가 '소녀들과 섹스' 라는 주제로 기사를 실었을 때 맥그로는 '소년들과 섹스' 에 대한 기사를 써서 논의 범위를 확대했다. 그리고 이는 부모들과 자녀들 모두에게 귀중한 정보를 제공하는 기회가 되었다. 아마도 그는 다양한 이야깃거리를 불러내는 탁월함이 있는 듯하다. 하지만 좀더 대담한 그의 TV 쇼와는 달리 그의 기사는 대부분의 여성 잡지에서 오랫동안 사랑받아 왔던 글들과 같은 맥락을 이룬다. 비평가들과는 대조적으로 그의 쇼 시청자들을 비롯해 여성 독자들은 그의 글에 극찬을 마다하지 않는다. 그런 이들 가운데 오프라가 포함되어 있음은 두말 할 나위가 없다.

오프라는 소녀들과 섹스에 대한 문제를 다루면서 특히 그녀가 당했던 첫 성경험에 대해 말했다. 이미 여러 차례에 걸쳐 같은 이야기를 해온 터였지만 그녀는 십대들의 섹스에 숨겨진 문제점들을 말할 때마다 공감을 표현한다. 그리고 문제의 원인을 부모와 자식 간의 대화 단절과 십대들이 자신의 문제를 터놓고 이야기하기 두려워한다는 사실에서 찾는다. 하지만 성행위로 야기된 우울함과 자기 비난을 멈추기가 어렵다는 것 또한 문제점으로 제기했다.

오프라는 세상 사람들에게 그녀의 이야기를 들려주면서 자신만의 치료 방법에 몰두한다. 최근 몇 년 동안 그녀는 점점 더 자주 어린 시절의 추억들을 되새기며, 엄했지만 어린 손녀에게 눈에 띄지 않는 애정을 보여 주었던 외할머니를 떠올렸다. 그 당시에는 외할머니의 사랑을 알지 못했지만 시간이 지나면서 오프라는 깨달은 바가 있었다.

그녀는 다른 이들의 개인적인 깨달음의 순간들을 잡지에 특집 기사로 실었다. 어린 시절 다양한 관계 속에서 정신적 충격을 경험했던 그녀는 비로소 외할머니가 준 '선물'을 깨닫기 시작했다. 오프라는 과거의 추억을 되새기면서 마치 유쾌한 여행을 하는 듯한 경험을 한다. 그녀를 포함해 다른 이들이 경험하는 이 깨달음의 순간은 직관의 본질을 드러내는 것이다.

오프라는 공유하는 것을 중요하게 생각한다. 공유한다는 것은 다른 누군가에게 통솔권을 넘겨주는 것과는 반대 개념이다. 공유를 통해 우리 자신은 물론이고 다른 이들도 도울 수 있다. 공유는 다양한 형태를 취하지만 이야기하는 것도 그에 포함된다. 이야기를 통해 우리는 공유를 하고 치유도 할 수 있다. 더군다나 책임감을 갖는 것은 인격을 형성하는 것이나 마찬가지다. 오프라는 침묵과 고립에 굴복하기를 거부하는 이들을 존경한다. 가슴 아팠던 어린 시절에 대해 이야기할 때조차도 그녀는 자기연민을 배제한다. 우리 모두가 스스로의 삶에 책임을 져야 하며 스스로의 행복을 찾아야 한다는 사실을 깨달았기 때문이다.

아이나 어른 할 것 없이 모든 이들이 가족을 그리워하고 애정받기를 원한다. 특히 어린이들은 사랑을 받을 자격이 있음에도 그렇지 못한 경우 또한 많다. 하지만 스스로에게 주어지지 않은 것에 대해 마음 아파하기보다는 다른 길을 찾아야 할 것이다. 우리가 어떠한 성과를 얻든 인생의 성공은 우리 자신을 사랑하고 받아들이는 것을 배우는 데서 비롯된다. 이를 먼저 깨닫지 않고서는 다른 이를 사랑할 수도 없는 일이다.

요컨대 애정과 신뢰는 전세계 여성들의 관심사이며 이는 〈오프라 윈프리 쇼〉와 〈O〉 잡지에서 계속해서 탐구할 주제이기도 하다.

미래를 향하여

영화 〈컬러 퍼플〉의 촬영 말미에 퀸시 존스는 오프라에게 이렇게 말했다.

"당신의 미래가 너무나도 밝아서 눈이 뜨거울 것이다."

오프라는 여러 차례나 그가 한 이야기를 반복해서 들려주었다. 그의 이야기야말로 그녀가 확실히 믿는 바였기 때문이다. 오프라를 비롯해 그녀가 인터뷰했던 다른 성공한 여성들은 지금이야말로 그들에게 운이 좋은 때라는 데에 의견을 모은다. 그럼에도 오프라는 타고난 기질과 의지 덕분에 좀더 옛날이었더라도 리더로서의 역량을 충분히 발휘했을 것이다. 스스로 반복해서 이야기하듯이 그녀가 자신과 우리 삶을 감독할 능력이 있다고 믿기 때문이다.

오프라는 종종 극복할 수 없을 것처럼 보이는 현실적인 문제들을 마주할 때마다 어려움에 대처하는 방법을 찾기 위해 노력한다고 독자들과 시청자들에게 이야기한다. 오프라가 찾는 방법 중 하나는 그녀가 좋아하는 가스펠 곡 '일어나라'를 듣는 것이다. 그 곡은 '당신의 모든 것을 다 주고도 뜻을 이루지 못할 것 같다면 어떻게 해야 하는가?'를 질문하며 후렴구에서처럼 '일어나라'로 응답한다.

'일어나라'라는 가스펠 곡은 모든 역경을 극복하기 위해 필요한 결단력을 은유적으로 설명한다. 어찌 보면 콜리지의 시 '노수부의 노래 The Rime of the Ancient Mariner'를 연상시키기도 한다. 오프라는 종종 그 노래가 전달하는 메시지에 대해 반복해서 말한다. 그녀는 지금까지 살아오면서 장애를 극복하는 힘을 발견했다고 이야기하며 다른 이들에게도 그런 힘을 얻도록 노력하라고 충고한다. 비록 오프라가 칭한 자신의 '이처럼 위대한 삶'을 이루려고 계획했던 것은 아니었지만 그녀는 앞으로도 주어진 모든 도전에 적극적으로 대응할 작정이다.

그녀는 공개 토론장뿐 아니라 연설, 글, 프로그램들을 통해 '중요한 것은 인생의 행로'라는 그녀의 신념을 표현한다. 그녀의 이른바 '위대한 인생'이 거의 모든 것을 가져다 주었지만 그럼에도 오프라는 '최고의 날은 아직 오지 않았다'는 발전적인 마인드를 가지고 있다.

한편 그녀는 세상에 선행을 베풀며 살고자 하는 사명을 품고 산다. 한 기자가 '미국에는 오프라와 그 밖의 다른 이들이 있다'라는 표현을 쓴 것도 놀랄 만한 일은 아니다.

2002년 크리스마스 때에 오프라는 이전에도 몇 차례 방문한 적이 있던 남아프리카에 갔다. 그녀는 5만 명의 남녀 아이들에게 그들이 한 번도 본 일이 없던 청바지와 티셔츠, 운동화를 비롯해 공과 라디오, 흑인인형 등을 선물로 나누어 주었다. 그런데 그들 대부분이 무엇보다도 기뻐했던 선물은 다름 아닌 평생 처음으로 신어보는 운동화였다. 이는 선물을 나누어 주었던 이들에게도 뜻밖의 감동을 선사했다. 오프라와 함께 남아프리카를 찾은 이들은 스테드먼 그레이엄을 포함해 오프라 윈프리 재단과 그녀의 직원들, 그리고 친구들이었다.

오프라는 이전부터 여학교에 기부를 했다. 그리고 남아프리카에 머물렀던 3주 동안에는 그녀가 재정 지원을 했던 '남아프리카 소녀들을 위한 오프라 윈프리 리더십 아카데미The Oprah Winfrey Leadership Academy for Girls in South Africa'의 기공식이 있었다. 2005년에 개교한 이 학교는 다른 학교들의 본보기가 될 첫 학교였다. 오프라는 여학생들을 위해 아프리카에 열두 학교, 아프가니스탄에 두 학교, 미시시피에 한 학교를 개교하겠다고 선언했다. 그리고 시카고 위성방송을 통해 어린이들을 지도할 계획이라고 전했다.

남아프리카에 있는 동안 오프라와 스테드먼은 넬슨 만델라의 집에 머물렀다. 오프라는 그녀의 잡지를 통해 그들이 만델라와 함께 스물아홉 번의 식사를 함께 했다고 언급했다. 2003년 7월에는 세계적으로 유명한 인물들이 만델라의 여든다섯 번째 생일을 축하하기 위해 그녀와 함께 남아프리카를 방문했다. 그 가운데는 전 미 대통령 빌 클린턴 부부와 그들의 딸 첼시도 포함되었다. 오프라는 그 방문을 묘사하면서 '태어나서 보고 듣고 만지고 느낄 수 있었던 행복'에 대해 신께 감사했다고 말했다.

오프라는 계속해서 그녀의 데일리 TV쇼를 진행할 것인가? 혹은 영화를 만들 것인가? 연기를 할 것인가? 감독을 할 것인가? 제작을 할 것인가?에 대한 질문을 끊임없이 받고 있다. 현재로서는 그녀가 연기는 제외한 상태다. 하지만 지금까지 그래왔듯이 그녀의 마음이 언제 변할지는 아무도 모르는 일이다. 그녀가 특정 해에, 혹은 특정 나이에 데일리 쇼에서 은퇴한다는 소문이 들려올 때마다 오프라는 그녀의 행로에 어떤 의심의 여지도 없다는 듯이 유쾌하게 앞으로 나아간다.

그녀는 스스로가 선택한 삶을 살 권리에 대해 강조하며 여성들에게 그들의 권리를 이용하라고 충고한다. 그리고 그녀가 좋아하는 시인 에밀리 디킨슨의 시에서 인용한 구절 '가능성에서 살라'고 덧붙여 말한다. 오프라는 현재에나 미래에도 '가능성에서 살 것'처럼 보인다.

래리 킹에게도 말했듯이 오프라는 계속해서 스스로를 '만들어지고 있는 여성'이라고 생각한다. 그녀의 주제곡 속 노랫말 '마지막까지 최선을 다해 나아가리라고 믿습니다'처럼 그녀는 앞으로도 힘차게 나아갈 것이다.

오프라는 '내가 확실히 아는 것'이라는 한 칼럼의 결말 부분에서 마야 안젤루가 보내준 또 다른 노랫말 - '네게 춤출 기회와 앉을 기회가 주어진다면 네가 춤추기를 바란다' - 을 종종 떠올린다고 했다. 오프라의 이른바 위대한 삶이 그녀에게 모든 것을 주었음에도 그녀는 '앉아 있기'보다는 나가서 '춤추는 일'을 선택할 것처럼 보인다.

Oprah Winfrey

오프라 윈프리의 어록

책을 읽는 것은 내가 지닌 유일한 즐거움이다.

-〈엔터테인먼트 위클리〉에서

내가 책을 사랑하는 이유는 책이 우리 자신에 대해서 뭔가를 가르쳐 주기 때문이다.

-〈캐미스트 앤 드러기스트〉에서

나에게 있어 책을 읽는 것은 10년간의 치료 요법과 같다. 나는 책을 통해 나에 대해서 무척이나 많은 것을 깨달았다.

-〈하트포드 쿠란(코네티컷)〉에서

나는 삶의 정점에 도달했다고 믿기 때문에 엄청나게 대단한 힘을 느낀다. 지금 내 삶 속에서는 내 인격과 내 영혼이 추구하는 것이 결합되어 있다. 나는 더 높은 삶을 살려면 자신의 자아를 이용해야만 한다고 믿는다.

-〈에센스〉에서

사람은 어디에 사는지가 중요한 것이 아니라 어떻게 사는지가 중요하다. 성취와 부를 갈망하는 사람들은 세계 곳곳에서 손쉽게 만나볼 수 있다.

-〈제트〉에서

나는 인생의 전환점을 사랑한다. 실제로 그 시점에서 사람들이 결정적으로 인생의 중요한 핵심을 찾아내는 것을 알 수 있다.

-〈시카고트리뷴〉에서

여러분은 진정으로 중요한 사람이다. 이 세상에 태어난 자체로 여러분은 소중하다.

-〈시애틀타임스〉에서

현재의 나나 미래의 나는 모두 내 정신과 교육에 바탕을 두고 있다. 내 삶은 하느님이 인간에게 무엇을 해줄 수 있는지를 확연히 보여 주는 증거이다.

-〈AP통신〉에서

당신은 스스로를 믿어야 된다.

-〈AP통신〉에서

우리는 외부 자아에 주의를 기울이는 세상에 살고 있다. 하지만 중요한 것은 내부 자아의 더 깊은 의미를 찾아서 스스로의 삶에 균형을 잘 맞추어 완전하게 하는 것이다.

-〈아이리시 타임스〉에서

　우리는 백 년 전에 일어난 일들에 대해서는 말할 것도 없고 열 살 때 일어난 일에 대해서도 말하는 것을 두려워한다. 하지만 이런 두려움을 극복하려면 숨어서는 안 된다. 과거와 직면해야 한다. 내가 늘 사람들에게 강조해 말하는 것은 문을 열어 과거를 안으로 들어오게 하라는 것이다. 당신은 과거를 꿀꺽 삼켜 버려서는 안 되고, 쏟아지는 빛으로 치료를 받아야 한다.

-〈플래인딜러(오하이오 클리블랜드)〉에서

　이제야 나는 내 주위 사람들이 무엇을 알고 있었는지를 알게 되었다. 그것은 자기 내면을 들여다본 후에 "내가 저 사람보다 나아"라고 말할 용기를 찾는 것이다. 나한테 이것은 최고의 대담함이다.

-〈오타와 시티즌〉에서

　나는 원하는 것에 조심스러울 필요가 있다는 것을 깨달았다. 왜냐하면 그것을 얻게 되면 그 형태는 우리가 생각했던 것과는 똑같지 않기 때문이다.

-〈TV 가이드〉에서

나는 진정한 직업을 찾는 과정에서 자신의 삶에서 어떤 직업을 선택해야 하는지를 정확히 아는 것이 우선이라고 생각한다. 여러분의 천직은 무엇일까? 나는 모든 사람이 이 지구에 뭔가 특별한 일을 하러 왔다고 생각한다. 어떤 분야에서든 자신의 능력을 발휘할 재능 없이 이 세상에 태어나는 사람은 없다. 그렇기에 직업은 그저 부모님이 말한 것도 아니고 선생님이 말한 것도 아니며 이 사회가 말한 것도 아니다. 여러분의 심장이 말하는 것을 이해하는 것이고 그것에 그대로 이끌려 가는 것이다.

-〈래리 킹 라이브〉에서

내게는 성공을 향한 어떠한 계획도 없었다. 하지만 20년 전 나는 늘 "내 미래는 무척이나 밝아서 내 앞에 반짝반짝 빛나고 있다"라고 말했다. 나는 늘 강한 신념을 지녔고, 이것이 내 의지를 지켜주어 실패하지 않을 수 있었다.

-〈가디언(영국 맨체스터)〉에서

우리가 태어난 시점부터 우리에겐 삶을 통제할 수 있고 의지대로 살 수 있는 권리가 있다. 이것을 깨닫게 되면 승리는 자신의 것이 된다.

-〈상트페테르부르크 타임스〉에서

나와라. 접근하라. 그리고 당신이 살고자 하는 삶 속으로 들어가라. 그리고 당신을 제한하는 사람들의 한계 상자에서 걸어 나와라.

-〈헤럴드〉에서

나는 모든 것을 가진 것처럼 보일지도 모른다. 하지만 수년간 나는 자신의 가치를 높이려고 갖은 애를 써왔다. 그리고 지금 그 시기가 다가온 것뿐이다.

-〈피플〉에서

꿈이 없다면 삶은 너무 황폐해지고, 열정이 없다면 어려운 일을 잘 해낼 수 없다.

-〈캘거리선〉에서

행운은 준비의 문제다. 나는 내 신성한 자아와 아주 잘 조화를 이룬다. 나는 늘 내가 뭔가 큰일을 하려고 태어났다는 사실을 알고 있었다.

-〈인디펜던트〉에서

매일 최선을 다하라. 그리고 잘 되기를 희망하라.

-〈시카고트리뷴〉에서

50세가 되면 20세 때 알았던 것보다 훨씬 많은 것들을 알게 된다. 50세가 된다는 것은 당신이 하고자 했던 그 모든 것을 이룰 수 있다는 의미이다.

-〈피플〉에서

내가 위험을 무릅쓰지 않는다면 아무도 위험을 감수하려고 하지 않을 것이다. 명성과 신용이 있다 해도 여러분이 스스로 진정으로 믿는 것을 지지하고 소리 높여 말할 용기가 없다면 그것은 아무 의미가 없게 된다.

20대는 자신이 누구인지를 깨닫는 시기이다. 만약 아이를 갖게 된다면 인생의 진행 경로가 변화하게 된다.

-〈오프라 윈프리 쇼〉에서

과거로 거슬러가서 괴롭다고 써놓은 글을 읽어보면 그 사건을 기억조차 못하는 경우가 있다. 사람은 어떻게 해서든 그 고통을 헤치고 나가서 그 반대편으로 벗어나기 때문이다.

- '앨리시아(잡지〈O〉)' 와의 인터뷰에서

대부분의 사람들은 그들의 인생에서 할 수 있는 일뿐만 아니라 정말로 하고 싶은 일도 하기를 원한다.

-〈오프라 윈프리 쇼〉에서

이 순간에 최선을 다하는 것이 다음 순간 자신을 최고의 자리에 올려놓는다.

-〈뉴스위크〉에서

난 단 하루도 '감사합니다. 저는 정말로 복받은 사람입니다' 라고 기도하지 않고 지나가는 날이 없었다. 하지만 나는 자신이 받는 축복은 스스로 만들어낸다고 믿는다. 스스로 준비한 사람만이 기회가 왔을 때 그것을 잡을 수 있다.

　인생에 대한 태도가 긍정적일수록 인생은 긍정적으로 변할 것이다. 불평을 하면 할수록 스스로 비참해질 것이다.

　현재의 모습이 어떻든, 출신 배경이 어떻든 누구든 스스로의 삶에 변화를 일으킬 힘이 있다. 또 그런 자신의 삶을 책임질 수 있는 힘도 있다.
　"당신은 바로 지금 그 힘을 가지고 있습니다. 바로 지금 여기서 시작할 수 있습니다."

　여러분도 장차 캐딜락을 몰며 돈을 막 쓰는 멋진 삶을 누리고 싶은가요? 그러려면 열심히 공부하세요. 잘 읽지도 셈할 줄도 모른다면, 그리고 미혼의 처지에 임신을 한다면, 학교에서 퇴학을 당한다면 결코 캐딜락을 갖지 못할 거예요.
　저 하늘을 보세요. 나는 저 하늘의 태양을 보면서 집중력을 배우고 무한한 에너지를 얻어요. 당신도 성공할 수 있답니다.

오늘 졸업식에서, 또 앞으로 살면서 상을 받는 학생은 많을 겁니다. 그러나 그 무엇보다 소중한 상은 따로 있습니다. 그건 바로 여러분 자신이 스스로에게 주는 상입니다. 자신에게 존경받는 것이 최고의 기쁨입니다. 본래의 자신을 팔아넘겨 노예로 만들지 마십시오.

-하워드대학의 명예박사학위를 받은 후 연설에서

'나는 모든 여성이며 내 안에는 모든 여성의 모습이 들어 있지'라는 차카 칸의 노래처럼 이 세상에 존재하는 모든 여성이 '나'라는 생각을 갖는다.

-〈뉴스위크〉와의 인터뷰에서

지금 이 순간, 지금까지 지상에서 누렸던 시간보다 내게 남은 시간이 더 적다는 사실을 인식하고 있다. 어떤 기적이 일어나 내 수명을 50년 더 연장시켜 주지 않는 한 말이다. 그런 인식이 박진감과 끊임없는 자극을 준다.

-〈뉴스위크〉와의 인터뷰에서

내 아버지와 새어머니가 평생 책을 읽었는지는 잘 모르겠다. 하지만 그분들은 책을 읽는 것이 중요하다는 것을 인식할 만큼 충분히 교육을 받았다.

-〈라이프〉에서

비판하는 사람은 늘 있기 마련이다. 여러분이 "이것이 제 모습입니다"
라고 말하면 세상 사람들은 여러분에게 빈정거릴지도 모른다. 나는 어느
정도의 강력함을 보이지 않고는 여러분의 삶에 어떠한 것도 해내거나 도
전할 수 없다는 것을 직감적으로, 또 두뇌로 알고 있다.

—〈선센티넬(플로리다 포트로더데일)〉에서

아버지는 내가 예전보다 더 나은 사람이 될 수 있다고 강요하면서 내
삶을 변화시켰다.

—〈가디언(영국 맨체스터)〉에서

할머니는 내게 기도는 인간이 할 수 있는 가장 귀중한 도구라고 가르
쳤다. 언젠가 허리를 구부릴 수 없게 될 터이니 늘 무릎에 대고 기도를
하라고 말씀하셨다.

—〈산호세 머큐리 뉴스(캘리포니아)〉에서

진정한 성공은 흡사 모든 것이 당신의 뜻에 따라 진행될 때, 마치 모든
것이 하느님의 뜻에 따라 간절히 바랄 때 도래한다. 하느님은 여러분이
자신을 위해 소망하는 것보다 더 많이 당신을 위해 소망한다.

—〈애틀랜타저널 컨스티튜션〉에서

여성들은 도움의 손길을 내밀지 않고 상당히 많은 일을 하려고 노력한
다. 그래서 그들은 일을 점점 더 잘해 나간다. 항상 최선을 다하라. 어디

에서 그 누가 지켜볼지는 알 수 없는 노릇이다.

아마 이런 말을 들어본 적이 있을 겁니다. "돈과 미모에 대한 욕망은 끝이 없다." 저는 여기에 행복을 추가하고 싶습니다. "행복에 대한 욕망은 끝이 없다"라고요.

작년(1987년) 어머니 날, 어머니가 제 프로그램에 출연하셨죠. 그런데 저는 어머니를 안지 못했답니다. 세상 모든 사람을 안는 오프라 윈프리가 정작 본인의 어머니는 안을 수 없었던 거죠. 비록 우린 서로 끌어안지도 않고 사랑한다고 말하지도 않았지만, 어머니와 나는 별로 개의치 않았어요. 마야 안젤루는 저의 또 다른 인생에서 어머니라 생각해요. 전 어머니를 정말 사랑합니다. 우리 사이엔 말할 수 없는 무언가가 있어요. 아이를 낳을 수 있다고 해서 모두 엄마가 되는 것은 아닌 것 같아요.

전 훌륭한 경영자가 되기 위해서는 마음으로 대하는 것이 가장 중요하다고 생각해요. 여러분은 사업에 대해서 잘 알아야 합니다. 하지만 여러분은 또한 그 사업의 핵심은 사람이라는 것도 알아야 합니다. 가장 중요한 것은 바로 '사람'이죠.

강간, 학대, 폭행, 임신에 대한 두려움, 생활보호대상자였던 어머니, 살이 찌고 인기가 떨어질지도 모른다는 불안감…… 제가 이 모든 것을 극복할 수 있었던 것은, 진부할지도 모르지만 바로 하느님에 대한 믿음 때문이었습니다.

-〈맥콜〉에서

이건 새로 태어나는 것이 아니라 진화예요. 인생이 무엇인지 알아가는 거예요. 하느님이 세상의 중심에 계시다는 것을 깨닫는 거죠. 이 말을 이해하면 모든 것은 간단한 일이 되어 버린답니다.

-〈에보니〉에서

세상 모든 일에는 그 이유가 있어요. 살아가면서 하는 모든 행동들은 전부 자신에게 돌아오기 마련이죠. 전 이것을 '신성한 상호작용'이라고 부릅니다. 제가 사람들에게 친절하게 대하는 이유이기도 해요. 그건 그들을 위해서라기보다 결국 제 자신을 위해서랍니다.

-〈굿 하우스키핑〉에서

겁이 난다고 해도 앞으로 전진하고 어떻게든 해내는 것이 진정한 용기가 아닐까요? 두렵고 떨리지만 끝까지 포기하지 않는 것, 이것이 '용기'죠.

-〈ABC〉에서

전 아직 배워야 할 것이 너무나 많답니다.

-〈피플〉에서

제 인생의 껍질을 하나하나 벗겨내면서 저는 제 모든 어리석은 행동과 고통, 고난이 제 스스로의 가치를 인정하지 않아서 생긴다는 것을 알게 되었어요. 이제 저는 제가 겪었던 모든 고통이 다른 사람들이 저를 어떻게 생각할지에 대한 걱정 때문이었다는 것을 깨달았습니다.

-〈에보니〉에서

똑같은 실수를 14번이나 반복했던 날도 있었어요. 그땐 정말 제가 제정신인가 싶더군요. 그런데 결국은 제가 제정신이었네요. 이젠 실수를 할 때마다 이렇게 얘기할 거예요. "예전엔 나도 똑똑했었다고. 그걸 본 사람이 400명이나 있었다니까!"라고요.

-〈레이디스 홈 저널〉에서

전 계속 달릴 겁니다. 그 끝이 어떤지 제 눈으로 확인할 거예요. 전 제가 포기하지 않고 그 결과를 볼 수 있을 거란 걸 믿습니다.

-〈제트〉에서

남아프리카에 있는 동안 나는 내 생애 가장 큰 스승과 29번의 식사를 함께 했다. 그는 바로 넬슨 만델라였다. 그 누구보다 용기 있는 삶을 살았던 그의 인생 얘기를 들으면서 나는 '어떻게 그런 일이 내게 일어날 수 있

을까. 내가 넬슨 만델라와 함께 앉아서 얘기할 수 있다니! 믿을 수가 없
어!' 라고 속으로 되뇌었다.

　전 사람들을 변화시키려고 하지 않아요. 그저 그들에게 자신의 본래 모
습을 보여 주려고 노력할 뿐이죠.

체중 조절 개인 트레이너인 밥을 만나기 2년 전, 나는 저지방 음식과 간식만을 먹었다. 그런데 몸무게가 줄어들기는커녕 오히려 늘어나기만 했다. 그것은 내가 먹을 시기를 제대로 몰랐기 때문인 이유도 있다. 나는 강박증에 사로잡혀서 스트레스를 받을 때마다 뭔가를 먹었다.

-〈선센티넬(플로리다 포트로더데일)〉에서

유동식과 운동 프로그램으로 몸무게를 줄이는 것이 내가 평생해 본 다이어트 중에서 가장 어려웠다. 내가 해본 다이어트 중에 성공을 점칠 만한 것은 그 어느 것도 없었다.

-〈엔터테인먼트 위클리〉에서

나는 1977년 이후로 다이어트를 해오고 있지만, 모두 실패한 원인은 다이어트가 효과가 없기 때문이다. 나는 사람들에게, 혹시 저체중이라면 "다이어트를 해라. 그러면 몸무게를 좀 늘릴 수 있다"고 말을 한다. 요즘 나는 음식에 지배되지 않고, 뭔가를 먹지 않고는 못 배기는 것을 극복하려고 음식과 함께 공존하는 세상에 살 방법을 찾으려고 노력 중이다. 이

것이 내가 절대로 다시는 다이어트를 하지 않겠다고 말하는 이유이다.

—〈피플〉에서

나는 20대 때, 에너지를 조절하는 방법을 알게 되었다. 리포터로서 직장생활을 시작하고 일주일에 100시간을 일하면서 나는 최고가 되기 위해 미치도록 노력했다. 하지만 내 모든 에너지가 소진되고 나서야 나는 내 에너지가 무한하지 않다는 것을 깨달았다. 그 에너지를 유지하고 재생산해야 한다는 것을 알게 된 것이다. 에너지를 유지하기 위해서는 에너지의 일정 부분은 나 자신에게 투자해야 다시 에너지를 만들 수 있다는 것을 말이다.

지금은 에너지가 다 닳은 것 같다 싶으면 그냥 도망가 버린다. 일을 하는 중이건 책상 앞에 사람들이 줄을 서서 결재를 기다리건 간에, 말 그대로 숨어 버린다. 또 정신적 휴식을 위해 일요일은 꼭 나 자신에게 투자한다. 그래서 일요일에는 아무것도 하지 않는다. 일요일은 잠옷 바람으로 앉아서 쉬거나 산책을 하는, 내가 '나'로 돌아가는 것을 허락하는 날이다. 그렇게 하지 않으면 스트레스가 너무 심해지고 짜증이 나며, 불안해지기 시작한다. 결국 내가 아닌 다른 사람이 되어 버린다.

음식은 참을성에 영향을 준다. 그래서 나는 설탕을 되도록 멀리 하려한다. 또 카페인도 먹지 않는다. 나는 내 몸이 하는 이야기를 듣는 법을 터득했다. 나는 오전 10시가 되면 배가 고플 것이라는 것을 알고 있다. 두 개의 프로그램 중 첫 번째 녹화를 끝냈을 시간이다. 오후 4시가 되면 나는 완전히 굶주린다. "4시 10분 전에는 마쳐야 해." 나는 분명 회의에서 그렇게 말할 것이다. 그렇지 않으면 쿠션이 빵으로 보일지도 모르기 때문이다. 4시. 그때가 하루 중 가장 근사한 만찬을 즐기는 때이다. 거의가 단백질과 과일, 야채들이긴 하지만.

그러나 자신에게 영양을 공급한다는 것은 단순히 음식의 문제는 아니다. 나는 모든 사람들이 다른 이들과 에너지 영역을 일정 부분 공유한다고 믿는다. 사람들로 가득 찬 방에 들어갈 때면 당신의 에너지는 회복되거나 혹은 빠져나간다. 만일 자신을 약하게 만드는 사람과 같이 있다면 바리케이드를 쳐야 한다. 이는 진짜 보호막이 아니라 그 사람의 부정적인 기운을 막기 위한, 무형의 벽 같은 것이다. 나는 에너지로 똘똘 뭉친 이들을 알고 있다. 나에게 에너지를 나눠주는 사람들이다. 언제나 그들의 에너지에 감탄하곤 하는데, 다이앤 소여Diane Sawyer는 그 중 한 명이다. 도대체 어떻게 새벽 세네 시에 일어날 수 있는지 알 수가 없다. 또 에너지 하면 티나 터너Tina Turner가 빠질 수 없는데, 그녀의 에너지는 정말 경이롭기까지 하다. 어떻게 그렇게 춤출 수 있을까? 그것도 마놀로 블라닉 Manolo Blahnik 구두를 신고서 말이다.

에너지는 인생에서 가장 중요한 요소이다. 우리는 매일매일 우리가 원하는 것에 따라, 우리의 목표에 도달하기 위해, 또 이를 위한 집중력을 유지하기 위해 에너지를 어떻게 쓸 것인지 결정한다. 즉 에너지를 어떻게 쓸지는 스스로가 결정해야 한다는 뜻이다. 지금 내가 내 인생 계획에 맞춰서 잘 하고 있는지, 앞으로 내가 필요로 할 에너지를 충분히 만들 수 있는지를 말이다.

―〈O〉에서

　사람들의 의식을 높이는 것이, 그들의 삶에 희망을 안겨주는 것이, 내 삶과 내 쇼의 목표다. 그렇기에 나는 사람들이 나에 대해 부정적인 글을 쓰거나 말을 할 때면 참으로 당혹스럽다. 그것은 그들이 나와 내 쇼를 전혀 이해하지 못한다는 뜻이기 때문이다. 그들은 내 의도를 알지 못한다. 하지만 나는 사람들이 진정으로 나를 알게 되면 내가 그런 종류의 사람이 아니라는 사실을 알게 될 것이라고 확신한다.

-〈세터데이 이브닝 포스트〉에서

　내 꿈은 우리 모두를 업그레이드시켜 줄 새로운 텔레비전 방송을 찾는 것이다. 나는 진정으로 너저분한 방송에 싫증이 나 있다. 실현 가능한 인간 삶의 최고 수준에 다다르는 것이 내 목표다. 그렇게 되었을 때 내가 늙어서 죽음을 맞이할 순간에 나는 이렇게 말할 수 있기를 바란다. "여러분! 나는 해냈어요. 그렇죠? 맞아요, 내가 해냈어요!"

-〈레드북〉에서

　나는 마음을 굳건히 해서 내게 아주 소중한 쇼를 시작할 계획이고 나는 이것이 다른 사람들에게도 중요할 것이라고 믿는다. 내 마음은 내가 가진 명성과 부와는 상관없이 다른 사람들과 똑같다고 느끼기 때문이다.

내가 하고자 했던 것을 찾았던 순간 하나님께 감사했고 무척 행복했다. 비로소 아무런 불편 없이 숨을 쉬는 것과 같은 기분이 들었다. 살다 보면 자신이 원하는 일을 찾지 못하고 오히려 일이 자신을 선택하는 것 같은 생각이 들 때가 있는 법이다. 나는 우여곡절 끝에 첫 방송을 하며 내가 하고자 했던 일을 찾아 기뻤다.

내가 첫발을 내디딜 때 내 목표는 그냥 직장을 잡는 일이었다. 19세였으며 TV에 나온다는 사실을 믿을 수 없었다. 첫 직장의 연봉은 1만 달러였다. 난 내 나이만큼 벌기를 원했으며 22세 때 2만2천 달러를 받았다. 볼티모어의 TV방송국 화장실에서 친구 게일과 함께 펄쩍펄쩍 뛰며 "야호, 40세가 되면 4만 달러를 벌 수 있다니 상상이나 할 수 있겠니"라며 좋아했던 기억이 난다.

나는 매일 방송과 잡지를 통해 수백만 명에게 내 생각을 전달할 매체를 가졌다는 게 축복이라고 생각한다. 나는 종종 내가 하는 일에서 영감을 얻는다. 최근 우리 프로그램 중 시청자들에게 아동 학대범들의 추적을 도

와달라고 요청을 했다. 48시간도 안 되어 공개했던 남자들 중 두 명을 붙
잡았다. 아동 학대 피해자였던 나를 비롯한 수백만 명에게 그것은 의미가
컸다. 정말로 사람들에게 이야기를 건네듯이 자신의 목소리를 낼 수 있을
때 메아리가 울린다. 주제가 학교든 책이든 그냥 아이디어든 상관없다.
그게 바로 재미 아닌가. 그게 바로 진정한 삶의 의미다. 당당하고 충만한
삶 말이다.

-〈뉴스위크〉와의 인터뷰에서

우리가 처음 토크쇼를 시작했을 때만 해도 게스트가 출연해 스크린에
서 울면 그것은 대사건이었다. 요즘 나는 게스트들이 우는 것을 진정시켜
야만 한다. 나는 그들에게 진정하고 울면 안 된다고 말한다. 여러분도 알
다시피, 현재 미국에는 수많은 토크쇼가 있고 시청자들은 이것에 익숙해
져 있다. 현대 사람들은 카메라 앞에서 자신들의 생각을 좀더 자유롭게
표현하려는 성향이 있다.

-〈가디언(영국 맨체스터)〉에서

내 쇼는 봉사정신이 투철하고 돈을 절대 요구하지 않는다. 우리가 얼마
나 많은 삶을 변화시켰는지, 혹은 변화토록 용기를 북돋아 주었는지는 말
하지 않겠다.

-〈로스앤젤레스 타임스〉에서

존 F. 케네디 주니어와 인터뷰하면서 초조하게 의자에 앉아 나 자신에

게 "진정하고 호흡을 잘 유지하자"라고 말하던 때가 기억난다.

나는 최근 몇 년간 성공을 거두고 있다. 그것은 내가 회사를 위해서도, 돈을 위해서도 아닌, 진심으로 사람들을 위한 토크쇼를 하기 때문이다.

만약 여러분이 방송 중에 사람을 죽이려 하지 않는다면, 의자로 그들을 내리치지 않는다면, 육체관계를 가지려고 하지 않는다면 여러분이 과부화 상태에 이르렀을 때 어떤 실마리를 찾을 수 있게 된다.

텔레비전 쇼를 하는 것은 편하다. 그저 방송국에 가서 오프라가 되면 된다. 연기는 상대적으로 좀 다르다. 단편 단편을 연기해야 한다. 촬영 내내 우리는 모두 감정적으로 연기에 푹 빠졌다. 나는 오프라의 모든 것을 버리고 〈빌러비드〉 속의 세드가 되려고 애를 썼다. 하지만 이건 무척 힘든 일이었다. 며칠 간 나는 세드가 불쌍해서 울고 또 울었고, 나를 키워준 할머니를 위해서도 나 자신을 위해서도 울었다. 이해하겠는가? 그런 후 나는 다시 강한 세드가 되어야만 했다.

지난 9월, 나는 밥 호프 인도주의자상을 받았다. 나는 자리에서 일어나

무대로 올라가 섰다. 그러자 사람들이 모두 일어섰다. 나는 에미상 시상식에서 박수갈채 속에 서 있었다. 그리고 순간 현기증 같은 것이 일었다. 나는 "오, 이렇게 영예로울 수가 없네요"라고 말했다. 그런 후 톰 행크스와 함께 무대를 걸어 내려오다 뒤를 한 번 돌아보며 '이것이 정말로 일어난 일인가? 하고 생각하기도 했다. 정말로 이 일이 일어났단 말인가? 아, 이것이 분명히 유명해지는 것이 틀림없다.

―〈굿모닝 아메리카〉에서

어머나! 나는 '오프라' 라는 이름이 브랜드가 될 것이라는 말을 편집자들에게 전해 들었다. 나에게 있어 오프라는 내 인생이고, 내가 삶을 산 방식이고, 나를 상징하는 모든 것이다.

―〈볼티모어선〉에서

저는 그저 재미있는 방송이 아니라 시청자들이 더 나은 인생을 위해 나아가는 데 도움이 되는 방송을 만들고 싶어요. 그리고 지금 전 그 어느 때보다도 제 프로그램이 저의 소망을 이루는 데 가장 좋은 방법이라고 믿고 있어요.

―〈뉴욕 엔터테인 와이어〉에서

제 첫 방송이 나가고, 전 "하느님, 감사합니다. 드디어 제가 원하던 일을 찾았어요"라고 생각했습니다. 마치 숨을 쉬는 것처럼 자연스러웠어요. 때로는 당신이 일을 찾아가는 것이 아니라 일이 당신에게 찾아오기도 하는 거죠.

―〈에센스〉에서

나는 국가의 매우 중요한 자원들 중 하나가 어린 아이들이라고 믿는다. 그리고 어린 아이들이 더 좋은 세상을, 더 밝은 미래를 창조하도록 만드는 열쇠가 바로 교육이라고 믿는다.

-〈블랙이슈즈인 하이어 에듀케이션〉에서

나는 늘 나 자신을 이용하고, 내 삶을 이용하고, 내 돈을 이용하고, 내 시간을 이용하고, 내 에너지를 이용할 방법을 찾고 있다. 지금 내 관심은 효과를 영원히 창출할 수 있는 곳이다. 이런 내 노력은 학교로 향한다. 교육이 바로 자유이기 때문이다.

-〈래리 킹 라이브〉에서

미래를 내다보면 그곳에 나눔이 있다. 나눔 속에는 성장이 있다. 성장 속에는 부유함이 있다.

-〈로스앤젤레스 타임스〉에서

진정으로 중요한 것은 당신이 누구를 사랑하는지와 어떻게 사랑하는지

이다.

여러분도 손을 내밀 수 있다. 여러분은 가진 것을 다른 사람과 나눔으로써 자신의 삶에 공주도, 여왕도 될 수 있다. 그렇기에 나는 사람들에게 그들이 다른 사람의 삶에 일으킨 갖가지 기적을 이야기해 달라고 한다. 이것이 지금까지 내가 텔레비전에서 얻은 가장 보람된 일이다.

-〈제트〉에서

지저분한 시카고 공영 주택에서 사람들을 데리고 나와 그들의 삶을 바꾸고자 한다. 하지만 내가 더욱 중요하게 생각하는 것은 그들의 삶을 변화시키는 것보다 삶을 바라보는 그들의 사고방식을 변화시키는 것이다.

-〈시카고트리뷴〉에서

내가 모어하우스 칼리지에 낸 장학금이 어린 아프리카계 미국인 학생들에게 쓰이길 바란다. 나는 내 삶이 또 다른 삶에 닿을 수 있다는 것 외에는 어떠한 대가도 바라지 않는다. 하느님이 나와 우리 모두에게 바라는 것이 이것이라는 생각이 든다.

-〈제트〉에서

나는 천당이라는 것이 잘 구운 커다란 감자라고 생각하기에 이것을 다른 누군가와 나누어 먹으려 한다.

-〈이브닝 타임스(스코틀랜드 글래스고)〉에서

나는 크리스마스를 한 번도 경험해 보지 못한 아이들을 위해 최고의 크리스마스를 선물하려고 아프리카로 향했다. 그곳에서 즐거움이 몹시 컸다. 그 순간 새삼스레 내 머릿속을 스치는 것이 있었다. 왜 내가 결혼을 안 한 것일까? 지금에서야 내가 아이들이 없다는 것을 실감했다. 나는 아이들을 돌보는 것이 내 숙명이라고 생각한다.

-〈유나이티드 프레스 인터내셔널〉에서

남들보다 잘 사는 것은 사람들을 행복하게 만듭니다. 하지만 그보다 더 인생을 풍요롭게 만드는 것이 뭔지 아세요? 바로 베푸는 삶입니다. 저는 특히, 세상을 바꿀 수 있는 뛰어난 능력이 있어도 가난한 환경 때문에 꿈을 펼치지 못하는 인재들이 지원을 받을 때 더없이 기쁨을 느낍니다.

-〈O〉에서

2주 전, 만델라와 나는 2005년 1월 완공을 목표로 요하네스버그에 학교를 짓는 공사를 시작했다. 남아프리카 소녀를 위한 '오프라 윈프리 리더십 아카데미'가 그것이다. 한 10대 소녀가 착공식에서 나에게 이렇게 말했다. "남자들은 항상 세상을 지배해 왔지만 이제 남자들의 지배는 끝나가고 있어요. 바로 여성들 때문이죠. 두고 보세요. 바로 우리들이 그 주역이 될 테니까요! 전 제 여동생에게 이렇게 말한답니다. '최고가 되기 위해 최선을 다하자!' 라고요."

-〈O〉에서

만일 제가 한 가지 소원을 이룰 수 있다면 매 맞는 아이들을 구하고 싶어요. 매 맞는 아이뿐만 아니라 학대당하고 욕설을 듣고 무시당하는 아이들이 더 이상 없었으면 합니다. 이렇게 아이를 함부로 대하는 것은 이 나라의 가장 큰 문제입니다. 만일 우리가 이 문제를 없앤다면 분명 이 사회는 놀랄 정도로 변할 겁니다. 지난 10년간 제 프로그램에서 수천 번도 더 다루었던 문제가 바로 어릴 때의 경험이 그 사람에게 엄청난 영향을 미친다는 것이었습니다. 어떤 사람이 되고 어떻게 행동하느냐는 어릴 때의 경험에서 비롯된다는 것이죠. 저는 이것이 우리 사회 문제의 근본 원인이라 생각합니다.

-〈굿 하우스키핑〉에서

전 단지 유명하다고 해서 위대한 사람은 아니라고 생각합니다. 여러분들은 유명해지고 싶어하는지도 모르겠네요. 어쩌면 여러분들은 화장실에서 사람들이 '정말 그 사람 맞나요?', '저 사람 여기서 뭘 하는 거지?'라고 말하는 걸 듣고 싶어하는지도 모르죠. 이런 것들이 바로 유명세의 대가죠. 타블로이드 잡지에 실리는 것도 마찬가지고요. 여러분이 이런 삶을 원할지도 모르지만, 전 여러분이 진정 원하는 것은 위대한 인생이라고 믿습니다. 킹 박사의 말처럼 위대한 삶은 바로 봉사하는 삶입니다.

- 웨슬리안 대학 졸업 기념사에서

오프라 윈프리가 만난 사람
-버락 오바마

2004년 민주당 전당대회에서 모든 이의 박수갈채를 한 몸에 받았던 일리노이 주의 젊은 상원의원(사람들은 아직도 그에 대해 이야기한다)이 하루 16시간 일해야 하는 바쁜 일정을 쪼개어 아주 잠깐의 휴식을 가졌다. 자신의 다문화적 성장배경과 함께 정치가로서의 계획과 중요한 일들(어쩌면 백악관 입성?)*, 아내와 딸들에 대한 사랑, 그리고 현대인의 '감정 이입의 부족'에 대해 미국인들이 할 수 있는 모든 것을 오프라에게 이야기하기 위해서이다.

시카고 출신의 일리노이 주 상원의원 버락 오바마Barack Obama는 2004년 민주당 전당대회에서 이런 말을 했다.

"저는 제 삶이 위대한 미국 역사의 일부라는 것을 잘 알고 있습니다. 또한 제가 우리의 선조들에게 빚을 지고 있다는 것도, 미국만이 저를 꿈꾸게 할 수 있다는 것도 잘 알면서 이 자리에 서 있습니다."

그의 열정은 텔레비전을 통해서도 느낄 수 있었다.

---

* 이 인터뷰는 2004년에 잡지 〈O〉에 실렸던 것으로 버락 오바마의 모든 것이 잘 드러나 있다.

"오늘밤 우리는 우리의 조국이 위대한 이유가 세계 최고 높이의 빌딩이나 최강의 군사력, 최대 규모의 경제 때문만은 아니라는 것을 확인하기 위해 이 자리에 모였습니다."

그는 계속해서 말을 이었다.

"우리의 자긍심은 200년 전에 선언하고 지금까지 지켜오고 있는, 아주 기본적이고 간단한 진리에서 비롯되었습니다. 그것은 바로 '모든 사람은 평등하다'는 것입니다."

아랍어로 '축복받은'이라는 뜻의 이름을 가진 이 남자는 케냐인 아버지 버락 오바마 시니어Barack Obama Sr.와 캔자스 출신 백인 어머니 앤 던햄Ann Dunham의 아들이다. 두 사람은 1959년 하와이 대학 시절(아버지 버락은 하와이 대학 최초의 아프리카인 입학생이었다-옮긴이)에 만났고, 2년 후 앤이 19살 되던 해에 아들 버락이 태어났다. 당시에는 백인이 흑인과 결혼한다는 것이 여전히 많은 주에서 범죄였고, 이는 케냐에서도 그리 환영받지 못하는 일이었다. 이런 사회적 중압감 때문에 아버지 버락은 아들이 2살 때 가족을 버리고 하버드에서 박사과정을 밟기 위해 떠났다. 앤은 그가 경제학자가 되어 케냐로 돌아간 뒤에 인도네시아 남자와 재혼했다. 그리고 다시 버락이 6살 되던 해에 그들은 자카르타 외곽의 한 도시로 이주했고, 그곳에서 버락의 여동생 마야Maya가 태어났다. 이 후 4년 뒤, 가족은 다시 하와이로 돌아왔다. 버락은 친아버지와 편지를 주고받으면서 자신이 물려받은 아프리카인의 유산을 이해하려고 노력했다. 1982년 아버지가 나이로비Nairobi(케냐 공화국의 수도-옮긴이)에서 교통사고로 갑작스럽게 숨을 거두자, 버락은 케냐로 향했고 그때 처음으로 자신의 나머지 가족들을 만나게 된다.

콜럼비아 대학교를 졸업한 후 버락은 하버드 로스쿨에 입학했고, '하버드 법률평론' 역사상 최초의 아프리카계 미국인 편집장이 되었다. 1992년 그는 역시 하버드 출신의 변호사였던 미셸 로빈슨Michelle Robinson과 결혼하여 두 딸 말리아Malia와 사샤Sasha를 얻었다.

버락의 자서전 〈내 아버지로부터의 꿈Dreams from My Father〉은 1995년, 그가 33세 되던 해에 출간되었다. 이듬해에 그는 시카고 빈민 지역인 사우스 사이드를 대표하는 일리노이 주 상원의원에 당선되었다. 사실 오바마가 2003년 미국 상원의원에 출마했을 때, 그는 거의 인지도가 없었다. 하지만 그는 유권자 53퍼센트의 지지를 받으며 당선되어 존 케리John Kerry(2004년 민주당 대선 후보 - 옮긴이)의 관심을 끌게 되고, 이로써 그는 역사에 길이 남을 특별한 연설로 미국 정치계의 주목을 받게 된다.

오프라 어네스트 J. 게인즈Ernest J. Gaines(1933~ 저명한 아프리카계 미국인 소설가이자 루이지애나 대학교의 영문학과 명예교수. 그의 〈사형수의 마지막 수업A Lesson Before Dying〉은 1994년 퓰리처상 최고의 소설 부문 후보에 올랐고, 1997년 '오프라의 북클럽'에 소개되었다 - 옮긴이)의 소설을 각색한 TV영화 〈미스 제인 피트먼의 자서전The Autobiography of Miss Jane Pittman〉에 이런 대사가 있어요. 제인이 아기를 안고서 "당신이 '그 분'이 되어 줄 건가요?"라고 묻는 거죠. 당신의 연설을 들었을 때, 전 환호하며 이렇게 소리쳤어요. "저 사람이 바로 '그 분'이야!"라고요.

버락 기분 좋은데요. 전 그저 제가 보통사람이라고 생각하는데요. 전 흑인들이 동시에 여러 명의 지도자를 가질 수 없다는 관념에 맞서고 있죠. 우리는 메시아 사상에 사로잡혀 있어요. 그래서 경쟁이 생기는 겁니다. 한국계 미국인이나 아일랜드계 미국인 사회의 지도자는 누군가요? 우리가 이름을 댈 수 없는 이유는 그들이 집단 지도체제를 갖고 있기 때문입니다. 사업, 문화, 정치 분야에 기여하는 사람들이 동시에 지도자인 거죠. 그것이 제가 추구하는 시스템이에요. 저는 미국의 발전에 보탬이 되는 여러 목소리 중 하나가 되길 바랄 뿐입니다.

오프라 지도자로서의 당신은 어떤 사람인가요?

버락 지금 제가 정치 지도자인 건 분명하지만, 제가 처음부터 정치인이 되려고 했던 건 아니었어요. 전 선거 정치에 대해 부정적인 입장이었어요. 정치가 부패했으니 보다 근본적인 변화가 일어날 것이라고 생각한 겁니다. 대학을 졸업하고 시카고에서 직업 훈련 프로그램을 준비하던 교회에서 일한 것도 이 때문이죠. 사람들에게 영향을 주기 위해서는 정부 정책을 통해서가 아니라 사람들의 마음과 정신을 변화시켜야 한다고 생각한 것입니다. 3년 반 정도 그렇게 일하고 나서 인권 변호사가 되기 위해 로스쿨에 입학하고 책을 쓰게 되었습니다.

오프라 〈내 아버지로부터의 꿈〉을 썼을 때는 아주 젊었을 때인데요, 어떻게 33살이라는 나이에 자서전을 쓰게 되었나요?

버락 마침 기회가 생겼어요. '하버드 법률평론'의 편집장이 되었을 때 사람들이 돈을 주면서 자서전을 쓰라고 하더군요. 정말 멋진 일이었어요.

전 제가, 우리의 문화가 세상의 무지나 냉대와 어떻게 충돌하는지에 대해 쓸 수 있을 정도의 경험을 했다고 생각했습니다. 우리 가족의 이야기에는 미국은 물론 전세계 어느 곳에서나 나타날 수 있는 인종간의 긴장과 변화, 그리고 반목이 함께하고 있어요. 전 제 자서전에서 이런 서로 다른 문화들이 어떻게 서로 섞이는지, 또 공동의 가치와 주제를 위해 우리가 함께 살아가는 방법에 대해 언급할 수 있다고 생각했어요. 이 책을 쓰는 것은 제겐 마치 숙제와도 같은 일이었습니다. 제가 어디에서 왔고 또 어디로 향하기 위해 준비해왔는가를 명확하게 나타내야 했으니까요.

오프라 자신이 흑인 아이라는 것을 언제 실감했나요? 당신이 자서전에 언급했던 그 사건, 그러니까 7학년 때 누군가 당신을 '깜둥이'라고 불렀던 그때인가요?

버락 전 하와이에서 자랐고, 그 다음에는 인도네시아에서 잠시 살았기 때문에 제가 흑인의 피를 갖고 있다는 건 알고 있었습니다. 하지만 그것이 어디까지나 긍정적인 부분이라고 이해하고 있었죠. 제가 흑인은 불결하다는 고정관념에 대해 알게 된 건 8살인가 9살 때였습니다. 〈라이프 Life〉지에서 기사를 읽은 적이 있는데, 백인처럼 되고 싶어서 피부를 표백하는 흑인에 대한 이야기였죠. 그 때문에 전 많이 혼란스러웠어요. 도대체 누가 왜 그런 짓을 하는 걸까? 제 어머니는 항상 이런 칭찬을 해주셨거든요.

"넌 어쩜 이렇게 멋진 갈색 피부를 갖고 있니?"

오프라 자서전에서 당신은 밖에서는 농구를 하며 백인들을 욕하고, 집에 돌아가면 당신을 사랑하고 돌봐주는 백인들이 있다는 것이 어떤 건지 생생하게 묘사하고 있더군요. 혼란스러웠을 것 같은데요.

버락 그랬지요. 어렸을 때 저를 괴롭혔던 일 중 하나는 제 자신을 부모님, 조부모님과 분리시키고 거들먹거리는, 농구 선수 타입의 아프리카계 미국인의 이미지를 가져야 했던 것이었습니다. 누군가 제게 이렇게 물은 적이 있었죠.

"당신이 결국 모든 고정관념을 포용한 이유는 뭐라고 생각하나요? 당신은 대마초나 코카인을 한 적이 있지 않습니까?"

70년대에 여러 영웅이 있었죠. 〈샤프트Shaft〉(마약거래와 매춘, 범죄에 빠진 흑인 주인공이 등장하는 영화로 1971년에 개봉했다-옮긴이)와 〈수퍼플라이Superfly〉(흑인이 주인공으로 등장해 화제를 모았던 영화로 1972년에 개봉했다-옮긴이)의 주인공들, 그리고 플립 윌슨Flip Wilson(1933~1998 아프리카계 미국인 코미디언이자 텔레비전 배우로 최초의 버라이어티 쇼인 '플립 윌슨 쇼'를 진행했다. 그가 여장으로 분한 제럴딘은 그의 쇼에서 가장 인기 있는 캐릭터였다-옮긴이)과 제럴딘…… 이 중에 누구를 선호하는가는 그 사람이 가지고 있는 삶의 방향을 명확하게 보여 줍니다. 물론 당신 말이 맞습니다. 저는 10대 때 서로 다른 정체성을 모두 갖고 있었어요. 집안에서의 저와 바깥 세상에서의 저는 다른 사람이었던 거죠. 대학에 진학하고 나서야 제가 거짓된 삶을 살아왔다는 것을 깨달았습니다. 제 자신이 흑인이라는 사실을 다른 방식으로 받아들여야 한다는 것, 또 제 어머니와 외조부모님들이 제게 주시는 사랑과 은혜의 소중함도 이해하게 되었고요. 제가 물려받은 아프리카계 미국인의 유산을 자랑스러워하고, 또 그로 인한 한계에 아직 부닥치지 않았다는 사실을 조화시켜 생각해야 했던 겁니다.

오프라 이제 당신의 연설 중에서 제가 가장 좋아하는 구절에 대해 이야기해 보죠! 당신이 전당대회에서 했던 연설 중에 아직도 제 마음을 울리는 구절이 하나 있어요.

"만약 우리가 텔레비전을 끄지 못하고 아이들의 가능성을 이끌어내지 못하거나, 혹은 책을 들고 있는 흑인 젊은이는 백인처럼 행동하는 것이라는 근거도 없는 편견을 없애지 못한다면, 우리 아이들에게 미래는 없습니다."

전 이 부분에서 기립 박수를 치면서 환호를 보냈어요.

버락 그건 제가 개인적으로 경험했던 겁니다. 빌 코스비 씨가 이런 말을 했을 때 그는 곤경에 처했었죠. 그 분은 저보다 세상을 더 오래 사신 분이기 때문에 제가 말할 수 없는 부분에 대해서도 말씀하실 수 있다고 생각해요. 어쨌든 저는 그 분의 근본적인 전제에 전적으로 동감합니다. 우리는 사고방식을 바꿔야 해요. 우리 사회에는 반지성주의가 팽배합니다. 그런 풍토는 반드시 없어져야 합니다. 저는 젊기 때문에 성공에 반하는 저항문화가 어디에서 만들어지는지 이해할 수 있어요.

오프라 그건 어디서 나오는 건가요?

버락 두려움에서요. 적어도 전 그랬어요. 아마 많은 젊은 아프리카계 미국인들은 그럴 겁니다. 우리가 그들만큼 능력이 없다고 말하는 사회에서 우리의 권리를 지킬 수 있는 유일한 방법은 다른 일을 찾는 것뿐이라고 믿으려고 했던 거죠. 이를테면 경쟁을 하는 대신에 우리만이 할 수 있는 걸 하자는 거죠. 그리고 그 일이란 거리에서 사는 것이나 랩 음악을 하는 것이 된 거구요.

오프라 그럼 당신은 우리가 성공할 수 있다는 신념을 잃어버리고 있다고 생각하는 건가요? 저는 스킵 게이트Skip Gates(아프리카계 미국인 문화 여성 학자 헨리 루이즈 게이츠 – 옮긴이)와 인터뷰한 적이 있는데, 우리 부모님이 자신들이 몇 배로 더 일하기만 하면 어린 우리 아들, 딸들이 저절로 자라서 어엿한 사람이 될 거라고 믿었다는 게 얼마나 어이없는 일이냐고 말씀하시더군요.

버락 그런 방법은 더 이상 통하지 않긴 하지만, 우리는 남들보다 더 열심히 일해야 합니다. 왜냐하면 우리에게는 다른 집단은 갖고 있지 않은 과제와 장벽들이 여전히 남아 있기 때문이죠.

오프라 민주당 전당 대회 얘기를 해볼까요? 어떻게 기조 연설을 맡게 된 거죠?

버락 우리가 예비선거에서 이긴 것은 다소 놀라운 일이었습니다. 7명이 경합을 벌인 선거구에서 우리는 53퍼센트의 지지를 받았죠. 사람들은 제가 당선되려면 흑인표의 90퍼센트에, 자유주의 백인의 표를 조금이라도 얻어야 가능성이 있다고 예상했어요. 그런데 우리는 흑인은 물론 백인의 지지도 이끌어냈던 겁니다. 시카고 사우스 사이드와 그 북쪽 지역 모두에서 말이죠. 아마 그런 점이 민주당원들 사이에서 기대감을 불러일으켰던 모양이에요. 백인은 흑인에게 투표하지 않을 것이라는 고정관념을 깨버렸으니까요. 또 교외지역 거주자들이 도시 사람들에게 투표하지 않을 것이라던가, 일리노이 주 남부 사람들이 북부 사람들에게 표를 주지 않을 것이라는 막연한 생각들을 제가 뒤집었던 거죠. 사실 그건 제 선거운동의 기본 원칙이기도 했습니다. 사람들은 서로 닮지도 않았고 서로 다른 식으로 이야기하고, 또 서로 다른 장소에서 살아가지만 그들은 모두 공통점을 갖고 있었어요. 관심을 쏟거나 신조로 삼고 있는 핵심적 가치관이 없다는 것이었죠. 그래서 누군가 그런 가치 기준을 제시한다면 그들은 반응을 보여 줄 것이라고 믿었습니다. 그 누군가의 이름이 조금은 특이하다고 해도 말이죠(버락 오바마의 본명은 버락 후세인 오바마이다 – 옮긴이).

오프라 제가 볼티모어의 방송국 보도국에서 일할 때 간부 중 한 명이 제 이름을 ‘수지Suzie’ 라고 바꾸길 바랐어요. 그는 “아무도 오프라라는 이름을 기억하지 못할 거요”라고 단언했죠.

버락 저도 그런 말을 들은 적이 있어요.

“사람들이 당신 이름을 기억할지는 모르지만, 호감을 갖진 않을 거요.”

성이든 이름이든 하나에만 아프리카식 이름이 들어가는 것이 좋겠다고 하더군요. 예를 들면 버락 스미스라던가, 조 오바마는 괜찮지만 버락 오바마는 안 된다고요.

오프라 전 당신의 이 말이 너무 좋았어요.

버락 사람들은 제 이름이 오사마인지 요마마인지 모를 겁니다. 앨라배마, 바하마, 바라마인지도요.

오프라 전 당신 이름이 당신에게 딱 맞는다고 생각하는데요?

버락 물론이죠. 당신에게 오프라라는 이름이 잘 어울리는 것처럼요. 어쨌든 예비선거 몇 주 뒤에 존 케리 의원이 행사차 시카고로 왔습니다. 행사장에서 저는 케리 의원, 부인 테레사와 같은 테이블에 앉아 있었죠. 그리고 그의 연설에 앞서 먼저 연단에 올랐습니다. 제가 연설은 좀 하죠!(그와 오프라는 큰소리로 웃었다)

오프라 당신의 그런 재능에 대해서 언제 알게 되었나요? 전 제가 3살 때 교회에서 저의 재능을 알게 되었는데요.

버락 전 정규 교육을 제대로 받는 환경에서 자라지는 않았지만, 언제나 제 의견을 피력할 수 있다는 건 알고 있었어요. 제가 말싸움을 잘한다는 것도, 외조부모님과 어머니를 말싸움에서 이길 수 있다는 것도 알고 있었죠. 아무튼 케리 의원의 행사에서 제가 했던 그 5분의 연설 때문에 그는 제가 전당대회에서 연설을 하는 것이 좋겠다고 생각했던 것 같습니다. 하지만 전 제가 그럴 만한 자격이 있는 것인지에 대한 확신이 없었습니다. 그리고 전당대회가 열리기 2주 전에 기조 연설을 해 달라는 요청을 받았어요.

오프라 투나이트쇼에 출연해 달라는 요청을 처음 받았을 때가 생각이

나네요. 전 이렇게 소리쳤어요. "세상에! 자니 카슨Johnny Carson이잖아!!"

우린 탁자 위로 뛰어올랐었죠. 당신에겐 전당대회가 그런 순간이 아니었나요? 설마 춤이라도 춘 건 아니겠죠?

버락 저도 이게 정말 큰 기회라고 생각했었어요.

오프라 그래서 어떤 말을 할 건지 생각하기 시작했나요?

버락 제가 가장 잘한 일은 그날 밤에 당장 연설문을 쓰기 시작했다는 겁니다. 일단 제가 할 말을 대략적으로 쓴 다음, 연설문을 완성하는 데에는 3일이 좀 넘게 걸렸어요. 그리고 케리 의원의 보좌관에게 보냈죠.

오프라 글이 물 흐르듯 써지고 몸이 뜨겁게 타오를 때 원고를 쓴 건 정말 현명한 행동이었던 것 같아요.

버락 맞습니다. 그리고는 연설문 수정을 끝낼 때까지는 특별히 긴장되거나 하지 않았어요. 다만 연단에 서서 할 말을 잊어버리는 일은 없을 거라고 확신하려 애썼습니다.

오프라 리허설을 했었나요?

버락 무대 뒤에 제가 연습할 수 있는 연단 모형이 있었어요. 하지만 텔레프롬프터TelePrompTer(테이프가 돌면서 출연자에게 대사 등을 보이게 하는 장치 – 옮긴이)는 사용하지 않았죠.

오프라 정말요? 말도 안 돼요!

버락 전 주로 즉흥 연설을 하는 편이에요.

오프라 (버락의 아내 미셸에게) 남편 때문에 긴장했었나요?

미셸 우린 감정을 잘 드러내는 편은 아니에요. 하지만 그때 전 의자 끄트머리에 걸터앉아 있긴 했었죠. 남편은 중압감이 높은 상황에서도 잘 해내는 훌륭한 연설가죠. 전 단지 대회장에 모인 사람들에게 강렬한 인상을 줄 수 있을까 그것이 걱정이었어요. 남편이 무대 위로 걸어 나오자, '오바마'라고 쓴 플래카드가 일제히 올라갔고 우리와 함께 하는 모든 이들의 에너지가 느껴졌어요. 그때 전 이렇게 중얼거렸죠.

"그래, 저인 잘 해낼 거야."

오프라 그걸 느꼈군요. 버락, 당신의 연설 도중에 당신 자신이 연설에 빠져들면서 리듬을 타게 되는 순간이 있었는데, 전 당신이 '무아지경에 빠졌다'고 생각했어요.

버락 그런 상황은 그 연설이 단지 저 혼자만의 것이 아니라는 사실을 인식하는 순간 일어나죠. 청중과 그들의 에너지, 그리고 그들의 삶이 제 입을 통해서 나타나는 겁니다. 뉴스 등의 보도에서 극찬을 아끼지 않았었죠. 하지만 제가 느긴 최고의 반응은 우리가 보스턴에서 길을 걷고 있을 때였습니다. 호텔의 경비원과 경찰, 버스 기사들이 하나같이 '훌륭한 연설'이었다고 말해주더군요.

오프라 당신이 대회장 밖으로 공을 날렸고, 그 공이 여전히 날아가고 있다는 것을 그때 알게 된 거군요.

버락 그때 단순한 정치인을 넘어섰다는 것을 알게 된 거죠.

미셸 그리고 그 임무를 훌륭히 완수했어요.

버락 일리노이로 돌아갈 때 우리는 레저용 대형차를 타고 남부지역을 순회했습니다. 5일 동안 39개 도시를 돌았죠.

미셸 아이들도 함께요.

오프라 정치가로서 사는 것이 즐겁나요?

버락 보수적인 공화당 지역에서도 1200명이나 되는 사람들이 일요일 아침 9시에 저를 보려고 나왔더군요.

오프라 사람들의 그런 반응들이 당신의 뜻을 명확하게 해 주었나요?

버락 제 직관을 믿고 정치에 뛰어든 것이 옳았다는 것을 느낄 수 있었죠. 저는 미국인들의 수준이 높다고 생각합니다. 그저 잘못된 정보나 혹은 너무 바쁜 나머지 스트레스로 인해 주의를 기울이기 힘들기 때문에 때때로 혼란에 빠지는 거죠. 하지만 사람들과 대화를 나누다 보면 그들이 얼마나 너그럽고 사랑이 넘치는지 새삼 놀라곤 합니다.

오프라 대부분의 사람들은 자신의 인생에서 할 수 있는 일뿐만 아니라 정말로 하고 싶은 일도 하고 싶어하죠.

버락 그렇죠. 때론 살려고 발버둥치고 힘들어하기도 하지만 사람들은 근본적으로 선한 것 같습니다.

오프라 정치가로서 어떤 일을 하고 싶나요?

버락 제 목표는 두 가지입니다. 첫째는 이 땅의 모든 아이들이 기회를 가질 수 있는, 진정한 의미의 이상적 미국을 만들고 싶은 겁니다. 물론 지금 당장은 총체적인 문제가 아닐 수도 있어요. 뜻밖의 행운이 생길 수도 있고, 또 당신이나 나를 좋아하는 누군가가 성공할 수도 있습니다. 하지만 문제는 아주 많은 아이들이 너무나 높은 불평등의 벽에 부딪히고 있다는 점입니다. 불평등의 벽이 그렇게 높아서는 안 될 것입니다. 우리는 모든 아이들이 반드시 건강보험의 혜택을 받을 수 있고 유아 교육을 받으며, 지붕이 있는 집에서 살고 훌륭한 선생님을 가질 수 있도록 해야 합니다. 이런 변화를 위해서 우리가 할 수 있는 일들이 있어요. 제 임무의 일부는 미국 대다수의 사람들에게 이 일이 투자할 만한 가치가 있는 일이라는 것을 확신시키는 것입니다. 우리 정부에서 더 나은 선택을 한다면 우리는 그 약속을 지킬 수 있습니다.

제 두 번째 목표이자 제 동료들의 공동의 목표는 우리의 다양성과 복잡함을 축복하면서도 공동의 유대관계를 굳건히 하는 방법을 나라 전체가 함께 모색하는 것이죠. 이건 미국뿐만 아니라 전세계를 위해서도 대단히 중요한 도전이 될 겁니다. 다르지만 같다는 것을 우리는 어떻게 받아들이고 있을까요? 물론 우리는 차이에 대해서 논쟁을 벌이기도 합니다. 하지만 우리는 상대가 나와 다르다는 사실보다는 나와 같다는 믿음에 기반을 두고 사회를 만들어야 합니다. 두려움, 희망, 자식에 대한 사랑은 저나 다른 사람들이나 똑같이 느끼는 것들입니다. 제 안에는 서로 다른 많은 부분들이 공존하고 있기 때문에 아마도 제가 여기에 도움이 될 겁니다.

오프라 지금은 당신이 유일하게 그 위치에 있는 것 같은데요, 제가 아프리카에 갔던 얘기를 해 드릴게요. 크리스마스에 선물을 갖고 갔을 때였어요. 제 가장 큰 목표는 아프리카 어린이들도 즐거워하며 감동할 줄 알고 다정하다는 것을 보여 주는 것이었죠. 사람들은 배가 부풀어 오르고 눈가에 파리떼가 붙어 있는 아이들을 보면 아예 그런 모습을 보려고 하지도, 이야기하려고 하지도 않을 테니까요. 남아프리카공화국의 한 백인 여성한테서 '처음으로 이 아이들도 생일이 있다는 것을 실감했습니다' 라는 이메일을 받았을 때 전 우리가 성공했다고 생각했어요.

버락 정말 대단한데요. 저는 종종 우리가 심각한 예산 적자와 중대한 무역수지 적자에 빠져 있다고 역설하곤 하지만, 제가 가장 걱정하는 것은 우리가 감정 이입을 할 줄 모른다는 것입니다. 학생들에게 강연을 할 때, 저는 우리가 할 수 있는 가장 소중한 것은 다른 사람의 눈을 통해 세상을 보는 것이라고 얘기합니다. 빈 라덴 같은 사람들은 감정 이입이 무엇인지 이해하지 못합니다. 그래서 세계무역센터에 있는 사람들을 막연하게 생각했던 거죠. 그들은 '내 아이가 저기에 있다면 어떻게 했을까?' 라는 생각은 해 보지도 못하고 비행기를 돌진시킨 겁니다.

오프라 우리 미국인들도 교감의 부족으로 고통을 겪곤 하잖아요. 보스니아나 아프가니스탄에서 아이를 잃은 여성들과 우리는 다르다는 생각을 하는 것이 사실이니까요.

버락 점점 추상적으로 바라보게 되는 거죠.

오프라 당신이 새로운 정치관으로 어떤 일을 하고 있는지 설명해 주시겠어요? 저는 제 스스로를 정치적이라고 생각하지도 않고, 또 정치가를 인터뷰하지도 않아요. 그래서 제가 당신을 만난다고 했을 때, 사람들은 어떻게 된 일이냐고 하더군요. 그래서 전 이렇게 대답했죠. "이 사람은 단순한 정치가는 아닌 것 같거든. 그 이상이야." 아무래도 뭔가 다른 새로운 것이 있을 것 같았죠.

버락 제 정치관이 정말 새로운 것이기를 바랍니다. '역사'가 되는 많은 순간들은 정치가 우리의 깊은 소망을 표현할 수 있을 때 생겨납니다. 우리 두 사람은 모두 냉소적인 사연이 많았던 시절에 성장했어요. 워터게이트 사건(1974년 닉슨 대통령 사임의 직접적 원인이 된 도청사건 – 옮긴이), 베트남 전쟁……등등.

오프라 그리고 많은 정치가들이 그랬죠. 그래서 정치가가 되고 싶지 않았던 거군요.

버락 제가 연설을 하면서 처음 직면한 것이 사람들의 그 냉소주의였습니다. 물론 이해는 가지요. 정치를 사명이 아니라 비즈니스라고 생각할 테니까요. 그동안 우리의 몇몇 지도자들은 미사여구로만 포장한, 알맹이 없는 말들을 해왔습니다. 권력자들은 언제나 원칙을 최우선으로 삼지요. 그래서 우리는 개인의 세계와 삶 속으로 물러나야 했고, 정치라는 것이 우리에게 가장 중요한 문제들은 해결해 줄 수 없다고 생각했던 겁니다. 하지만 민권운동 역시 정치활동입니다. 또 여성들에게 투표권을 주기 위한 운동도 정치활동이었고요. 우리는 한 명 한 명으로 모두 하나가 될 수 있습니다. 우리가 가진 공통의 의무는 우리 가족과 기독교, 유대교와 이슬람교는 물론 우리의 정부도 자신의 생각을 말해야 한다는 것입니다.

오프라 사람들이 다른 이들의 입장에서 더 생각하도록 당신은 어떤 방법을 사용할 건가요? 실질적인 방법 말이에요.

버락 남아프리카공화국에 대한 당신의 이야기는 훌륭했어요. 영상이나 행동, 이야기들은 아주 강력하게 그 사실을 전달할 수 있습니다. 그래서 저는 제 책을 제 정치의 일부라고 생각합니다. 전 더 많은 책을 쓰려고 해요. 정책은 진실에 따라 움직여야 하지만, 그 이야기를 듣는 사람들도 움직여야 합니다.

오프라 그런데 책을 더 쓸 여유가 있나요?

버락 결혼 준비를 하면서, 또 유권자 등록 프로젝트를 지휘하면서도 전 제 첫 번째 책을 썼습니다. 그러니 책을 쓰기 위한 시간은 있을 거예요.

오프라 80년대에 이런 적이 있었어요. 시카고로 오고 나서, 제 프로그램이 잠시 전국으로 방송되었던 때였죠. 저는 마치 모든 별들이 저를 위해 일렬로 늘어서 있는 것 같았고, 또 나의 시대인 것만 같았죠. 혹시 당신도 지금 그렇게 느끼고 있나요?

버락 작년에 미셸과 저는 서로 마주보고 이야기를 나누면서 하나가 되는, 꽤나 흥미로운 행사에 참여한 적이 있었어요.

미셸 우리는 교만하지 않고 늘 기도해야 한다는 걸 잘 알고 있어요. 먼저 우리는 우리의 근원에 도달해야 해요. 그렇게 해서 생각이 하나가 되면 우리는 그 생각들 중 무엇이 버락의 생각이고, 또 무엇이 우리의 생각인지 알게 되죠. 하지만 그 어떤 생각도 우리와 아무런 관계가 없는 것은 없어요.

오프라 당신의 경쟁 상대들이 당신이 꾸며내지 않은, 당신과 무관한 스캔들로 낙오한다면요?

버락 괜찮은 기회가 될 것 같은데요. 하지만 그 때문에 더 결의를 다지고 책임감을 느껴야 하겠죠. 그리고 더 많은 생각을 하게 될 거고요. 나는 절대…….

미셸 ……그런 잘못을 저질러서는 안 되겠구나 하고 생각하겠죠.

오프라 제게 그런 순간이 닥쳤을 때 전 말 그대로 굴복해 버렸어요. 당신이 겸손하든 그렇지 않든, 만일 명성 앞에 동요한다면 더 큰 주목을 받는 바보가 될 뿐이에요. 당신이 실제로 어떤 사람이건 간에 그렇게 보일 거라고요.

버락 이 연단은 엄청난 특권이고 그건 제 것이 아닙니다. 이 작은 도시에서 제가 만났던 모든 사람을 위한 것이었습니다. 직업을 잃은 사람들과 의료보험이 없는 사람들, 자녀의 대학 교육비를 마련하려고 애쓰고, 고통으로 인해 몸부림치는 사람들 말입니다. 그런 문제를 해결하는 것이 쉬운 일은 아니겠죠. 게다가 경제의 변화와 제조업의 쇠퇴, 테러의 위협, 까다로운 의료보험 체제 등과 같이 광범위한 중대 현안들도 있습니다. 물론

충돌도 있고 다툼도 있겠죠. 또 모든 사람들이 언제나 제게 동의할 거라고 생각하지도 않습니다.

미셸 저는 버락이 상원의원이 되길 바래요. 저는 이 사람을 잘 압니다. 남편은 능력 있고 예의 바르고, 사람들이 바라는 모든 것을 갖춘 사람이에요.

오프라 당신의 가족은 당신에게 어떤 의미인가요?

버락 제 전부죠.

오프라 당신의 예비선거 연설 중에 아내에게 감사한다고 했을 때, 저는 당신이 정말로 아내에게 고마워한다고 느꼈어요. 당신 말대로 미셸이 당신의 가족을 하나로 뭉치게 하니까요.

버락 전 아내를 사랑합니다. 우리는 정말 힘든 시기를 보냈어요.

미셸 정말 그랬어요……

버락 지금까지 제 선거 운동에 대한 최고의 기사는 〈뉴요커〉지의 기사였습니다. 기자가 미셸과 이런 얘기를 나눴어요. "정말 힘드시겠어요."

미셸이 말했죠. "이건 미친 짓이에요. 스케줄이 너무 많아서 남편은 집에 들어오지도 못하고, 그래서 난 두 딸을 키우면서 일을 하고 있다니까요." 미셸은 잠시 말을 멈추었다가 이렇게 얘기했어요. "이게 바로 남편이 훌륭한 사람인 이유랍니다."

오프라 정말 멋지네요.

버락 제 일에서 가장 힘든 부분은 미셸에게 너무 큰 짐을 안겨준다는 점과 아이들과 충분한 시간을 보내지 못한다는 겁니다. 하버드 로스쿨을 나온 뒤에는 재정적인 문제도 겹쳤고요.

미셸 하버드에 프린스턴, 콜럼비아가 합세했죠. 버락 때문에 가족들이 희생해야 했던 부분이 많았죠.

오프라 당신의 하루는 어떤가요? 얼마나 자주 집을 비우나요?

버락 지난 3년 동안 쉬는 날이 열흘밖에 없었어요. 그것도 주말을 포함해서요. 전 보통 하루에 16시간을 일합니다.

미셸 그런데도 더 많은 사람들이 남편에게 시간을 내달라고 하죠.

오프라 그럼 그 중에서 어떤 일을 할지는 어떻게 결정하나요?

버락 그게 점점 어려워지더군요. 만일 당신이 나타나지 않는다면 사람들이 상처를 받을 거예요. 사우스캐롤라이나의 학교에서 온 예쁜 편지를 받았는데, 그 편지에 선생님이 이렇게 썼다고 생각해 보세요. '당신이 방문해 주신다면 이 아이들에게는 큰 힘이 될 거예요' 라고요.

오프라 제가 받는 편지들은 보통 이렇게 시작하죠.

'오프라, 우리는 당신이 아이들을 아낀다는 것을 알고 있어요……'

버락 지금까지는 거절할 이유가 있죠. 아직 당선되지 않았으니까요. 하지만 선거가 끝난 뒤에 그 요청들을 처리하기 위해서는 규칙이 있어야 할 겁니다. 미셸이 그 일을 해오고 있어요. 저를 위해서 할 일들을 조정해 주는 거죠. 저는 모두 해야 하는 것이 천성이거든요. 아무도 실망시키고 싶지 않아서죠. 그런 점에서는 미셸이 좀더 분별력이 있습니다.

오프라 누군가는 말을 해야 하죠. 그 정도면 충분하다고요.

미셸 우리가 실망시키고 싶지 않은 첫 번째 사람들은 우리 아이들이에요. 버락은 훌륭한 아빠예요. 집을 떠나 있을 때도 매일 밤 전화를 하거든요. 사람들은 남편을 일에 파묻어 버리려고 해요. 이 사람이 두 아이의 아빠란 사실은 무시해 버리죠. 남편은 아이들의 발레 발표회나 학부모-교사 회의에도 참석해야 해요. 그리고 이이는 그렇게 하는 걸 좋아하죠.

버락 제가 직원들과 늘 벌이는 논쟁 중 하나가 저의 스케줄에 우리 아이들의 행사가 들어가야 한다는 겁니다. 저는 그것이 무엇보다도 중요하다는 것을 제 직원들에게 확실히 이해시켜야 했지요.

미셸 그런데 사람들은 버락이 올 수 없다고 하면 제가 오면 된다고 하지요. 저라도 괜찮다고요. 하지만 저는 매일 밤 나가 있을 수는 없어요. 그리고 지금부터 선거일까지 매주 토요일에는 아무 일도 할 수 없어요. 그날은 우리가 공원에 가거나 아이들과 놀아주기로 약속한 날이거든요. 직원들은 토요일이 우리에게 어떤 날인지를 납득해야 해요. 그날은 다시 되돌아오지 않으니까요. 제 바람은 우리 아이들이 건전하고 행복하고 건강하게 자라는 거예요. 지금처럼요.

버락 우리가 계속 주의를 집중하고 방심하지 않는다면 우리는 이길 수 있을 거라 생각합니다. 계속 열심히 뛰어야 하죠. 하지만 제가 이번 선거에서 원하는 것은 단지 승리하는 것이 아닙니다. 저는 상대 후보자를 격려하는 방식으로 이기기 바랍니다. 적대적인 공격을 하거나 근거 없는 중상 모략으로 상대를 끌어내리지도 않을 겁니다. 그러면서 꾸준히 나아갈 겁니다. 이런 방법이 더 어렵고 쉽지는 않겠지만요.

오프라 당신은 그 남자(버락이 가는 어디든 쫓아다니는 상대 캠프 쪽 사람)가 매일 당신을 따라다니는데도 어떻게 그 사람을 가만 놔둘 수 있었나요? 한대 치지도 않고요.

버락 미셸이 당신한테 말했던 것처럼 전 거의 항상 침착한 편이죠.

미셸 제가 그 자리에 있었다면 아마 한대 날렸을 거예요(미셸이 크게 웃었다).

버락 처음엔 저도 그 사람과 얘기를 해보려고 했어요.

"이봐요, 날 따라다니는 건 상관없는데, 1미터 이상만 떨어져 주시겠어요? 아내와 통화 중이라서요." 그러니까 사무실 앞에 자리를 잡더군요.

미셸 그리고는 침실까지 따라갔죠.

버락 음, 실제로 침실에 들어온 건 아니었어요. 밖에 서서 제가 나오는 걸 보고 있었죠.

오프라 하나님은 비열한 짓을 싫어하실 텐데요.

버락 상대를 괴롭혀서 이성을 잃게 만드는 그런 책략들이 워싱턴 정가에서는 관행이 되어가고 있습니다. 하지만 우리는 그에 따르지는 않을 거예요. 사람들은 후보자들끼리 서로 고함을 지르고 정책적인 문제로 비난하는 걸 원치 않습니다. 그들은 정치인들이 자신들의 문제를 해결해 주길 바라죠. 저는 다른 사람들을 불쾌하게 만들지 않기로 결심했습니다. 그건 일종의 감정 이입이죠. 단지 귀여운 꼬마에게만 감정 이입을 해서는 안 됩니다. 흑인을 좋아하지 않는 어떤 사람과 이야기할 때에도 감정 이입은 필요합니다.

권력을 위한 다툼이기 때문에 정치에는 사악한 면들이 있어요. 다행히도 제가 과거에 했던 잘못들은 대부분 사람들이 알고 있는 것들입니다. 제가 책을 쓰기에 좋은 점들 중 하나죠.

오프라 당신이 마약을 한 적이 있다는 사실을 너무 솔직하게 털어놓아서 놀랐어요.

버락 정치가들이 저지르는 가장 큰 잘못은 진실하지 못하다는 겁니다. 저는 제 잘못들을 정확하게 공개함으로써 많은 미국의 젊은이들과 마찬가지로 제가 얼마나 유혹에 빠지기 쉬운 사람인지를 보여 주려고 했던 겁니다.

오프라 그렇군요. 그럼 워싱턴의 무언가가 당신을 두렵게 하기도 하나요?

버락 제가 걱정하는 것은 제 가족입니다. 저는 우리가 서로 충분한 시간을 보낼 수 있어야 한다고 생각해요. 또 매우 부자연스러운 환경에서도 우리의 공감대를 잃지 않고 서로 뭉칠 수 있기를 바랍니다. 제가 미셸에게 이렇게 많이 의지하는 이유도 이 때문이죠.

오프라 당신이 확실히 알고 있는 건 무엇인가요?

버락 제가 가족을 사랑한다는 것은 확실하죠. 사람들이 근본적으로 선하다는 것도 알고 있고요. "정신적 세계는 깊게 구부러져 있지만 그것은 정의를 향하고 있습니다"라는 킹 박사의 말의 뜻도 알고 있습니다. 세상에는 극심한 고통과 비극이 있다는 것도 알지만, 그래도 세상은 궁극적으로 살 만하다는 것도 확실히 알고 있어요.

오프라 자신이 미국 역사상 첫 번째 흑인 대통령이 될 거라고 생각하나요?

버락 많은 사람들이 그것에 대한 이야기를 했습니다. 만일 정치에 몸을 담고 있다면 어느 쪽으로 향해 나아갈지 생각해야 할 겁니다. 하지만 지금 이 시점에서 그것을 생각한다는 건 시기상조로 보이네요. 정치는 마라톤과 같아요. 많은 것들이 바뀔 수 있습니다. 12년 뒤의 일을 미리 계획할 수는 없는 일입니다. 하지만 이건 분명히 말할 수 있어요. 우리가 지금 하고 있는 시합에서는 이길 자신이 있습니다. 저는 제가 훌륭한 미국 상원의원이 될 능력이 있다고 생각합니다. 그리고 만약 첫 번째 임기가 끝날 무렵 일리노이 주 사람들이 "이 사람 정말 잘 했어"라고 말해준다면, 그때는 제가 미국에 오랫동안 큰 영향을 끼칠 수 있는 유력한 위치에 있을 거라 생각합니다. 그것이 대통령이건 아니건 간에요.

* 이 인터뷰 이후, 오바마는 일리노이 주를 대표하는 미국 상원의원에 선출되었다. 몇 년 후 오바마는 민주당 대통령 후보 힐러리와 치열한 경선을 통해 민주당 대통령 후보로 선출되었고, 2008년 당당히 미국 최초의 흑인 대통령에 당선되었다.

1954년 버니타 리Vernita Lee와 버논 윈프리Vernon Winfrey의 사생아인 오프라 게일 윈프리Oprah Gail Winfrey는 1월 29일 미시시피 코지어스코에서 태어났다. 그녀는 그곳에서 여섯 살 때까지 외할머니 해티 매Hattie Mae와 외할아버지 이어리스 리Earless Lee와 살았다.

1960년 오프라는 어머니 버니타, 이복 여동생 패트리샤Patricia와 위스콘신 주 밀워키에서 살기 시작했다.

1962년 오프라는 잠시 동안 테네시 주 내슈빌에서 아버지 버논과 계모 젤마와 함께 살면서 이스트 와튼 초등학교를 다녔다.

1963년 밀워키 어머니의 집에서 사는 동안 오프라는 사촌에게 강간을 당했고 다른 남자들의 성적 희생양이 되었다.

1968년 오프라는 장학금을 받고 밀워키 니콜레트 고등학교에 입학했다. 그후 그녀는 다시 내슈빌의 아버지에게로 보내졌고 그곳에서 아들을 낳았지만 아기는 곧 세상을 떠났다. 그녀는 이스트 내슈빌 고등학교에 입학했고 1971년에 졸업했다. 고등학교에서는 연극부와 전국 토론 연맹, 학생회, 영예학생 단체에서 활동했으며 상급생이 되었을 때는 가장 인기 있는 여학생으로 뽑혔다. 또한 백악관 청소년 회담에 대표로도 참석했다.

1970년 내슈빌 라디오 방송국 WVOL 대표로 화재 예방을 위한 미인 대회에 나가서 우승했다. 또한 최초의 '미스 블랙 테네시' 로 선발되기도 했다.

1971년 고등학교를 졸업한 후, 장학금을 받고 테네시 주립대학에 입학했다. 라디오 방송국 WVOL에서 주말 뉴스를 비롯해 이따금씩은 주중 뉴스도 낭독하는 일을 시작했다.

1973년 한동안 WLAC 라디오 방송국에서 일한 후에 텔레비전 방송국인 WLAC-TV로 자리를 옮겼다. 볼티모어의 일자리 제의를 수락하고 대학 졸업을 하지 않은 채 학업을 중단했다.

1976년 볼티모어 방송국 WJZ-TV에서 저녁 뉴스 프로그램 공동앵커와 리포터로 일했다. 그곳에서 조연출이었던 게일 킹을 알게 되었고 그녀와 둘도 없는 친구가 되었다.

1978년 WJZ-TV 저녁 뉴스 프로그램에서 하차하고 〈사람들은 말한다People Are Talking〉라는 아침 쇼 공동 진행을 맡았다.

1984년 오프라는 시카고 방송국에서 제의한 〈에이엠 시카고AM Chicago〉 진행자 자리를 수락했다.

1985년 오프라는 스테드먼 그레이엄을 처음 만났고 그는 곧 그녀의 중요한 '반쪽' 이 되었다. 같은 해 만난 퀸시 존스는 그녀에게 영화 〈컬러 퍼플The Color Purle〉의 소피아 역을 제의했고 오프라는 이 영화에 출연하여 오스카상 후보에까지 올랐다.

1986년 오프라가 진행했던 〈에이엠 시카고〉가 〈오프라 윈프리 쇼〉로 이름이 바뀌었다. 그 후에 쇼는 전국으로 방송되기 시작했다. 같은 해 그녀는 리처드 라이트의 소설을 기반으로 만든 영화 〈네이티브 선Native Son〉에 출연했다.

1987년 테네시 주립대학교를 떠난 지 10년도 더 지난 후에 학위를 받았으며 졸업식 연설을 했다.

1988년 인터내셔널 텔레비전&라디오 소사이어티International Television and Radio Society로부터 그 해의 방송인으로 선정되어 최연소 수상자가 되었다. 또 그녀는 〈오프라 윈프리 쇼〉의 소유권과 감독권을 손에 넣은 후 프로그램을 직접 제작하기 시작했다. 하포 프로덕션 회사를 설립했으며 자신의 스튜디오와 프로덕션 회사를 소유한 최초의 흑인 여성이 되었다.

1989년 오프라의 이복 남동생 제프리 리Jeffrey Lee가 에이즈로 사망했다.

1990년 오프라는 텔레비전 시리즈물인 〈브루스터가의 여인들The Women of Brewster Place〉을 제작했지만 10주 후에 막을 내렸다. 또한 〈퀸시 존스의 삶에 귀 기울이기Listen Up: The Lives of Quincy Jones〉라는 영화를 제작하고 출연도 했다.

1992년 다큐멘터리 영화 〈겁에 질린 침묵Scared Silent〉을 만들었다.

1993년 텔레비전 영화 〈여기엔 아이들이 없다There Are No Children Here〉를 제작하고 그 영화에 출연했다.

1995년 오프라의 요리사가 글을 쓰고 오프라가 해설을 곁들인 〈로지와 함께 주방에서In the Kitchen with Rosie〉 책이 출간되었다. 밥 그린과 오프라 윈프리는 공동 저자로 〈멋진 몸과 멋진 삶을 위한 10단계Make the Connection: Ten Steps to a Better Body-and a Better Life〉 책을 출간했다.

1996년 조지 포스터 피버디George Foster Peabody상을 수상했다. 오프라 쇼에 북클럽 프로그램이 개설되었다.

1997년 엔젤 네트워크를 창설했다. 〈여성들이 날개를 가지기 전Before Women had Wings〉을 제작하고 출연도 했다.

1998년 할리 베리가 주연한 〈결혼The Wedding〉이라는 텔레비전 미니시리즈를 제작했다. 에미상 평생공로상을 수상했으며 영화 〈빌러비드

Beloved〉를 제작하고 출연했다. 〈타임〉지에서 '20세기의 가장 영향력 있는 인물'로 선정되었다.

1999년 CBS 코퍼레이션이 킹 월드 프로덕션을 인수하고 옥시전 케이블 네트워크의 지분을 인수했다. TV영화 〈모리와 함께한 화요일〉을 제작했다.

2000년 〈O〉 잡지가 창간되었으며 몇 개월 뒤에는 해외판도 발간되었다.

2002년 하포 프로덕션이 맥그로 박사를 위한 프로그램을 신설했고 오프라는 프린스턴 대학으로부터 명예박사 학위를 받았다. 밥 호프 인도주의자상Bob Hope Humanitarian Award도 수상했다.

2003년 메리언 앤더슨상Marian Anderson Award의 수상자가 되었다. 이복 여동생 패트리샤 리 로이드가 마약 과다 복용으로 사망했다. 오프라 쇼의 북클럽 프로그램이 재개되었다. 오프라는 아프리카계 미국인 최초로 억만장자가 되었다.

2004년 유엔이 선정한 세계지도자상을 수상했다.

2005년 미국 인권박물관으로부터 자유상을 수상했다. 〈타임〉지에서 '21세기의 가장 영향력 있는 인물' 1위로 선정되었다.

2006년 남아프리카공화국 헨리온클립 마을에 여자 기숙학교인 '오프라 윈프리 리더십 아카데미'를 설립해 11~12세 여학생들을 대상으로 무료 교육을 시작했다. 〈더 기빙 백 펀드〉가 발표한 2006년 '공식 자선기금 기부자' 1위에 선정되었다. 〈포브스〉지가 선정한 2007년 연예계 최고 여성 갑부로 기록되었다.

2007년 2006년에 이어 자선기금 기부자 1위에 연속으로 선정되었다. 〈포브스〉지가 선정한 '세계에서 가장 영향력 있는 인물' 1위에 뽑혔다.

오프라 윈프리. 모든 것을 가진 듯 보이는 그녀에게도 고민은 있었다. 이 책의 번역을 마치고 얼마 지나지 않아 그녀의 체중 문제가 또다시 뉴스거리로 등장했다. 기사는 다이어트에 실패한 오프라의 현재 체중이 91킬로그램이라고 전하며 "자신에게 화가 나고 창피하다"는 그녀의 고백을 덧붙였다. 비정상적인 가정에서 태어나 외할머니의 손에서 어린 시절을 보낸 오프라. 가난과 성적학대, 더욱이 인종 문제까지 극복한 그녀가 세계적인 명성과 부를 손에 넣은 남부럽지 않은 삶을 영위하면서도 여전히 극복하지 못한 것이 바로 체중 문제가 아닐까.

어린 시절 오프라는 커서 유명한 사람이 되겠다고 다짐했다. 그리고 그 다짐은 현실로 이루어졌다. 힘겨웠던 어린 시절을 보상해 주려는 듯 그녀의 삶은 거침없이 앞으로 나아갔다. 오프라의 인생에 포기란 없었다. '오프라라면' 의지를 굽히지 않을 것이다. 지금까지도 그래왔듯이 그녀는 자신을 지켜보는 전세계 수많은 추종자들을 위해, 그리고 틈만 나면 그녀를 가십거리로 만들기 위해 애쓰는 타블로이드판 신문 기자들에게 보란 듯이 건강하고 균형잡힌 모습으로 다시 나타날 것이라 믿는다.

　매번 작업 하나를 끝내면 어느새 계절이 바뀌어 있었다. 지난 가을에는 바쁜 중에도 다행히 절정에 이른 단풍을 놓치지 않고 잠시나마 살아 있음에 감사하는 여유도 부려보았다. 이제 새로운 작업을 시작하기에 앞서 이 겨울을 마음껏 즐겨야겠다. 항상 기도로 응원해 주시는 친정 부모님과 시부모님, 온갖 투정을 받아주느라 애쓰는 남편에게도 감사의 마음을 전한다.

2009년 1월

김지애